LES DAMES DE MARLOW ENQUÊTENT

Poison en huis clos

L'auteur

Robert Thorogood est né en 1972 à Colchester (Essex), en Angleterre. À l'âge de dix ans, il lit *La Maison du péril* d'Agatha Christie et tombe amoureux du roman policier. Auteur de plusieurs livres, il est le créateur et le scénariste de la série à succès *Meurtres au paradis*, diffusée sur la BBC et France 2, suivie par trois à cinq millions de téléspectateurs à chaque nouvel épisode. Il vit à Marlow avec sa femme, ses enfants et leurs deux lévriers, Wally et Evie.

Du même auteur

Les Dames de Marlow enquêtent, Mort compte triple, tome 1, La Martinière, 2021 ; Points, 2023

Les Dames de Marlow enquêtent, *Il suffira d'un cygne*, tome 2, La Martinière, 2022

Robert Thorogood

LES DAMES DE MARLOW ENQUÊTENT

Poison en huis clos

Traduit de l'anglais par Sophie Brissaud

Éditions de La Martinière

Les trois grilles de mots croisés de ce livre ont été spécialement conçues pour l'édition française, par Fabrice Bouvier.

Illustrations du livre : © Anaïs Lefebvre
L'éditeur remercie la talentueuse agence Pekelo, Marion et Elsa, pour leur aide précieuse dans la conception graphique de l'ouvrage.

Titre original : *The Queen of Poisons*
Éditeur original : HQ, une maison d'édition du groupe HarperCollins*Publishers*, Angleterre.

Publié avec l'aimable autorisation de l'agence Johnson & Alcock Ltd.

ISBN : 979-1-0401-1527-4

À Penny Thomas.

OXFORD
Maison d'Alec Miller
Strawbe
Grove c
Bibliothèque
Maison de Dave Butler
Garage Platts
Maison de Becks
N
O
E
S
Club de hockey
Higginson Park
Skatepark
Conseil municipal
Maison de Debbie Bell
LA TAMISE
CARTE DE
MARLOW
Buckinghamshire

rry
afé
Maison
de Suzie
The Chequers
Gare
Jardin
des poisons
Église de
Tous-les-Saints
Maison
de Sophia
LA TAMISE
Cabinet d'architecte
de Jeremy Wessel
Marlow FM
Maison de G. Lushington
Maison de Judith
Route vers
le poste de police
de Maidenhead
LONDRES

Personnages

Judith Potts

Judith, vieille dame au caractère tranché, vit au bord de la Tamise et réalise des grilles de mots croisés pour la presse. Son talent pour résoudre les énigmes n'a d'égal que son incroyable courage, dont elle n'est pas toujours consciente, pas plus que de sa réputation d'excentrique dans toute la ville de Marlow (dont d'ailleurs elle se ficherait complètement si elle était au courant).

Becks Starling

Ou faut-il dire Becky ? Ou Rebecca, plus convenable ? Becks (en fait, tout le monde l'appelle Becks) n'en est jamais sûre. La quarantaine, tirée à quatre épingles, ménagère accomplie voire maniaque, elle est la femme du vicaire de Marlow et, à ce titre, doit penser à sa respectabilité sociale. Mais sous ses dehors impeccables, Becks rêve de liberté et d'aventure — enfin, quand elle s'y autorise.

Suzie Harris

Plus âgée que Becks et plus jeune que Judith, Suzie est promeneuse de chiens à Marlow. Elle a la solidité d'une bonne fermière, l'autorité d'un capitaine de galion et l'intelligence d'un fin limier : nul ne flaire mieux qu'elle une entourloupe. Son cœur est aussi grand que ses manières sont brusques, et si son dédain des convenances frise parfois le sans-gêne, sa loyauté et sa bravoure en font une amie très appréciée.

CHAPITRE 1

Suzie Harris avait une mission à accomplir.

Elle savait que le risque d'échec était élevé, mais elle avait malgré tout décidé de tenter le coup. Elle assisterait donc, du début à la fin, à une réunion du comité d'aménagement urbain du conseil municipal de la ville de Marlow.

Suzie détestait les réunions, encore plus quand elles portaient sur un sujet aussi ennuyeux que l'aménagement urbain ; mais récemment, elle avait mis au point un nouveau stratagème pour gagner de l'argent et savait qu'elle aurait bientôt besoin d'un allié au sein du conseil. Cette réunion serait l'occasion pour elle d'identifier les personnages clés, d'étudier la façon dont ils prenaient leurs décisions et – le plus important – de voir lequel d'entre eux elle pourrait harceler jusqu'à le contraindre à jeter un œil favorable sur tout projet qu'elle soumettrait.

Le comité d'aménagement urbain se réunissait toujours au siège du conseil municipal, une jolie demeure de style géorgien située sur les rives de la Tamise, près de Higginson Park. On y entrait par une porte noire si soigneusement cirée qu'elle n'aurait pas déparé à Downing Street, et bien que presque tout l'édifice de deux étages fût converti en bureaux, il restait, au fond, une vieille salle des débats qui servait encore pour les réunions administratives. L'entrée donnait sur une petite galerie destinée au public, séparée par quelques marches d'une grande salle en contrebas, meublée d'une demi-douzaine de bureaux, d'une table centrale imposante et d'armoires remplies d'archives. À gauche de la pièce, un passe-plat et, juste derrière, une petite cuisine. À l'opposé, les armoiries de la ville – un cygne enchaîné –, sculptées sur un écu en bois accroché au mur, dominaient l'ensemble. Cette chambre des débats parvenait à être aussi somptueuse que petite, un peu comme la ville de Marlow elle-même.

Un écran et un projecteur avaient été installés sous les armoiries pour permettre au conseil d'examiner en détail les demandes de permis de construire. Suzie s'était arrangée pour arriver bien en avance. Assise dans la petite galerie, elle tenait entre ses mains un carnet et un stylo, prête à esquisser une brève description de chaque membre du conseil. Leurs points forts, autant qu'elle pût en juger, mais surtout chacune de leurs faiblesses dont elle pourrait tirer profit.

Une première personne entra dans la salle : un homme d'une cinquantaine d'années, vêtu d'un costume sombre à fines rayures et d'une cravate en soie bleue à petits pois roses. Large d'épaules et visiblement très sûr de lui. À la vue de son sourire naturel et plein d'aisance, Suzie sentit son cœur bondir un tout petit peu.

– Vous êtes ici pour la réunion du conseil ? demanda-t-il.

– Oui, oui ! répondit Suzie avant de se rappeler qu'elle n'était plus une collégienne qui trouvait les hommes attirants simplement parce qu'ils avaient la mâchoire carrée. En passant, il se frotta légèrement à elle, puis descendit l'escalier en trottinant. Une fois dans la salle, il joua un peu des coudes pour montrer combien il était en forme et se dirigea à grandes enjambées vers un bureau où l'attendait déjà une liasse de documents.

– Vous venez pour une demande de permis de construire ?

Suzie s'aperçut qu'elle n'avait prévu aucune excuse pour justifier sa présence.

– Euh… oui ! répondit-elle dans l'espoir de gagner du temps.

– Laquelle ?

– Pardon ?

– Si vous vous intéressez à une affaire en particulier, il est important que nous entendions ce que vous avez à en dire. Quelle est la référence de la demande ?

– Eh bien ! dit Suzie, temporisant avec l'énergie du désespoir, c'est le projet… Le projet… Sur la grand-route. La grande maison, vous voyez ? Elle n'est pas très grande pour le moment, mais ses propriétaires aimeraient qu'elle soit, enfin, vous comprenez… plus grande.

Malgré son optimisme inébranlable, Suzie ne put s'empêcher de noter que son explication bancale n'avait pas convaincu son interlocuteur. Avant qu'il eût pu lui poser d'autres questions, la porte s'ouvrit et une femme fit son apparition. Elle paraissait avoir la soixantaine, et si l'homme avait paru à Suzie rayonner de bienveillance, celle-ci semblait aspirer toute joie de l'atmosphère sur son passage. Elle rappelait à

Suzie les institutrices toutes sèches qui n'avaient pas été contentes d'elle à l'école.

– *Mais, doucement !* dit l'homme en se tournant vers la galerie. *Quelle lumière brille à cette fenêtre*[1] *?*

– Tu n'es pas drôle, dit la femme d'un ton revêche. Elle fronça les sourcils en passant à côté de Suzie.

– Excusez-moi, vous permettez ? lui dit-elle.

– Mais je vous en prie ! répondit Suzie, déjà certaine de détester cette femme. Elle pratiquait le genre : ceux qui connaissent le prix de chaque chose sans connaître la valeur d'aucune, et pour qui, de toute façon, c'est toujours trop cher.

– Bonsoir, Marcus, dit la nouvelle venue en s'asseyant à son bureau. Tu as des conflits d'intérêts à déclarer, cette fois-ci ?

Marcus se leva en direction du passe-plat.

– Ça, répondit-il avec un clin d'œil, c'est au président du conseil de le savoir.

Suzie remarqua qu'un homme se trouvait dans la kitchenette. Il rangeait des tasses et des soucoupes sur le comptoir. Alors qu'il y déposait une boîte de sachets de thé, elle vit qu'il portait des gants fins en latex bleu, comme on en porte dans la restauration. *Être obligé de porter des gants de protection pour servir du thé*, se dit-elle, *était bien la preuve que tout ce bazar d'hygiène et de sécurité avait dépassé la limite du raisonnable.*

– Debbie, une tasse de thé ? demanda Marcus à la nouvelle arrivante en actionnant le robinet du samovar

1. Vers de l'acte II, scène 2, de *Roméo et Juliette* de William Shakespeare, où Roméo décrit l'apparition de Juliette.

électrique en acier posé sur le comptoir du passe-plat, à côté d'une machine à café.

– Non, merci.

– Comme tu voudras.

Marcus, sa tasse à la main, retourna à son bureau.

La porte s'ouvrit de nouveau. L'homme qui se trouvait derrière s'arrêta net en découvrant Suzie, qui lui bloquait le passage.

– Bonjour, bonjour ! dit-il d'une voix nasillarde qui exprimait tout à la fois la jovialité, la condescendance et la supériorité. Suzie nota qu'il se coiffait en ramenant ses rares cheveux par-dessus son crâne chauve. Son visage long et pâle lui rappelait une savonnette sur corde proche de sa fin. *Et il a aussi le charisme d'une savonnette,* pensa-t-elle.

– Vous voulez passer ? demanda-t-elle.

– Je ne dis pas non !

De toute évidence, il se trouvait très drôle. Il bouscula un peu Suzie et descendit l'escalier.

– Salut à toi, camarade ! dit-il à Marcus.

– Debbie, ajouta-t-il. Suzie nota qu'il avait repris son ton condescendant.

– Tu veux du thé, Jeremy ? demanda Marcus.

– Non, merci, pas pour moi, répondit Jeremy en s'asseyant à son bureau. À moins que, et seulement à moins que, le conseil ne nous attribue enfin les biscuits promis à la dernière réunion. En l'absence de ces biscuits, je ne m'adonnerai à aucune libation caféinée.

Sur ces paroles, il se saisit des documents posés sur le bureau.

C'est alors que Suzie vit le serveur s'éloigner du passe-plat pour se diriger vers une porte de secours au fond de la kitchenette. Pendant que Jeremy lui demandait, de la chambre des débats, « À moins qu'il n'y ait des biscuits, cette fois ? », il quitta la pièce, laissant la porte claquer derrière lui. Suzie sourit en son for intérieur : la sortie de cet homme, au moment même où Jeremy commençait à exprimer des exigences, n'était pas une coïncidence. Elle en était quasi certaine.

Jeremy poussa un « Oh ! » de déception en s'apercevant qu'il n'y avait plus personne pour le servir.

– Ça alors ! Suzie Harris ! dit une voix mélodieuse : Geoffrey Lushington, le maire de Marlow, venait de franchir la porte. C'était un petit homme tout rond, d'environ soixante-dix ans. À cause de son épaisse tignasse blanche ébouriffée encerclant sa large calvitie au milieu du crâne, Suzie lui avait toujours trouvé un air de gnome. Un gnome joyeux, doté d'un sens de l'humour espiègle. À Marlow, tout le monde l'aimait.

La première fois que Suzie et ses amies Judith et Becks avaient aidé la police à résoudre une série de meurtres dans la ville, deux ans auparavant[1], Geoffrey avait tenu à organiser une réception en leur honneur. Alors qu'il saluait le courage des trois dames de Marlow, Suzie s'était immédiatement prise d'affection pour lui.

– Quel bon vent t'amène ? lui demanda-t-il, passant auprès d'elle avant de descendre l'escalier.

– Oh ! Pas grand-chose, vraiment, Geoffrey, répondit Suzie qui, après son échange catastrophique avec Marcus, avait compris qu'elle devait changer de scénario.

1. Voir *Les Dames de Marlow enquêtent*, t. 1, *Mort compte triple*, et t. 2, *Il suffira d'un cygne*.

– Ah, bon ? dit Geoffrey, qui se dirigea vers la kitchenette pour y saisir une petite capsule de café avant de l'introduire dans la machine à expresso.

– J'exerce mon droit démocratique à voir le comité en pleine action, c'est tout, répliqua Suzie, espérant avoir trouvé la parfaite excuse.

– Je n'en doute pas, dit-il en regardant le café s'écouler dans sa tasse. À ceci près que c'est la première fois que tu viens à une réunion du conseil.

– Avant, ça ne me disait rien.

– Admettons.

Il revint à son bureau et y déposa sa tasse de café.

– Réflexion faite, se ravisa Debbie, je prendrais bien un café.

Au même moment, Marcus tendit à Geoffrey un petit bocal.

– Un sucre ? proposa-t-il.

– Oui, merci, dit Geoffrey en saisissant un morceau. Il le plongea dans son café, remua un peu le breuvage, et s'adressa à Suzie :

– La dernière fois que je suis passé devant ta maison, j'ai remarqué que tu avais fini les travaux.

Quelques années auparavant, Suzie avait été victime d'un entrepreneur sans scrupule qui avait laissé en plan les travaux d'agrandissement de sa maison. Elle avait résolu le problème en participant à une émission de téléréalité. La maison de production se chargeait de terminer les travaux inachevés puis partait à la recherche des entrepreneurs malhonnêtes. Dans le cas de Suzie, on avait découvert que ce dernier avait pris sa retraite en Espagne après avoir liquidé son entreprise, rien de plus. Quand l'émission avait été diffusée, Suzie avait été un peu déçue par le peu de retentissement de son affaire. Peut-être avait-elle surestimé la passion du grand public pour les émissions de téléréalité portant sur la rénovation immobilière.

Malgré tout, l'expérience s'était soldée par une conclusion heureuse. Et si elle assistait, ce soir-là, à cette réunion du comité d'aménagement urbain, c'était à la suite d'une conversation avec l'architecte de l'émission. Bien entendu, elle n'allait pas évoquer le sujet devant le comité. Pas encore.

– Oui, en effet, dit Suzie à Geoffrey. Les travaux sont terminés.

– Il n'y avait pas une émission de téléréalité ou un machin de ce genre ?

Suzie s'efforça de ne pas se vexer du peu d'enthousiasme que témoignait Geoffrey à sa carrière télévisuelle.

– Au fait, continua-t-il, à l'attention des membres du conseil, quelqu'un sait où est Sophia ?

– Elle ne m'a pas prévenue d'un éventuel retard, dit Debbie.

Geoffrey leva les yeux vers l'horloge murale : 19 h 30 passées.

– Bon, je suis sûr qu'elle va finir par arriver. On commence ?

– Motion de procédure ! réclama Jeremy en levant la main.

– Ah, non ! Tu ne vas pas recommencer ! dit Debbie.

– Nous ne pouvons pas débuter sans Sophia. Le quorum n'est pas atteint. Aucun vote ne sera valable.

– Ce qui t'interdit justement de présenter une motion de procédure, lâcha Marcus tout en remuant son thé.

– Comment ça ?

– Si le quorum n'est pas atteint, la réunion ne peut pas commencer, et donc personne ne peut invoquer de rappel au règlement.

Le sourire aux lèvres, Marcus fit tinter le bord de sa tasse avec sa petite cuillère et reposa celle-ci sur la soucoupe. Jeremy essaya de sauver la face.

– Non, tu as raison, convint-il. Tu as techniquement raison.

– Alors je propose de commencer cette réunion, conclut Geoffrey, d'expédier aussi vite que possible les affaires du jour, et ensuite, je paie la première tournée au George and Dragon.

– Pas avant l'arrivée de Sophia ! reprit Jeremy.

– Je suis sûr qu'avec plus de cinquante pour cent du conseil réuni, le quorum est atteint, objecta Marcus.

– Ce n'est pas ce que dit le règlement. Debbie, c'est toi la secrétaire, j'espère que tu es en train d'inscrire tout cela au procès-verbal.

Debbie parut s'éveiller d'un songe.

– Qu'est-ce que tu viens de dire ?

– J'ai dit : es-tu en train de noter tout cela dans le procès-verbal ?

– Bien sûr que non ! La réunion n'a même pas commencé !

– Alors je déclare cette réunion ouverte, dit Geoffrey. Article 1 : projet d'installation de lucarnes de toit au premier étage du 13 Henley Road.

Debbie ouvrit un carnet et saisit son stylo, prête à prendre des notes.

– Mais cette réunion n'est pas légale ! se plaignit Jeremy.

– Bien sûr que si, assura Marcus.

– Jeremy, dit Geoffrey, aurais-tu oublié ce qui s'est passé la dernière fois ?

– Et voilà ! Il recommence ! se plaignit Jeremy. Il me prend de haut !

– Pas du tout !

– Vraiment pas du tout ! dit Debbie.

– Et toi, tu prends parti !

– Pas le moins du monde ! rétorqua Debbie, furieuse. Monsieur le président, pourriez-vous faire entendre raison à Jeremy ?

– Il n'est pas président ! dit Jeremy.

– Il l'est, et tu ne vas pas tarder à t'en rendre compte ! assura Marcus, que cette altercation amusait follement.

– Non, il ne l'est pas !

– Si, si, il l'est bien.

– Non ! s'écria Jeremy en cognant du poing sur la table. L'autorité n'est conférée au président qu'à partir du début de la réunion, et *notre quorum n'est pas atteint* ! hurla-t-il avec une fureur dont l'intensité surprit tout le monde, lui compris.

Personne n'osa briser le silence qui s'ensuivit.

– Désolé, je suis un peu sous pression ces jours-ci. Je ne sais pas ce qui m'a pris, dit enfin Jeremy, espérant réparer les dégâts qu'il venait de causer.

– Excusez-moi ! Je suis en retard ! annonça une voix essoufflée depuis la porte.

Suzie se retourna et découvrit une grande femme d'environ cinquante ans. Elle avait le teint rosé, des cheveux blonds et lisses qui lui arrivaient aux épaules, et ses yeux étaient exagérément soulignés par un large trait d'eye-liner noir. Elle rayonnait de santé, peut-être même encore davantage de richesse. À la vue de ses créoles en argent, de sa robe d'été parfaitement coupée et de ses derbies en cuir marron bien cirées, Suzie tira instinctivement sur la chemise bleue en polyester qu'elle portait sous sa grosse veste de gardienne de chiens.

– Bonjour, dit-elle à Suzie avec l'intérêt d'un visiteur de zoo devant un animal étrange.

Suzie se rendit compte qu'elle ne trouvait rien à répondre à une créature si radieuse. Cette dernière la dépassa nonchalamment, laissant derrière elle un sillage que Suzie identifia comme celui d'un parfum très cher.

– Désolée de ce retard, dit-elle encore en descendant l'escalier.

– *Maintenant*, le quorum est atteint ! dit Jeremy, dont le ton suggérait que, réflexion faite, il avait eu bien raison de protester.

– Ah ! dit Sophia en s'installant à la grande table. Y aurait-il eu un souci de procédure en mon absence ?

– Rien d'insurmontable, précisa Marcus. Peut-on commencer la réunion, maintenant ?

– Comment vas-tu, Sophia ? demanda Geoffrey.

Suzie n'en était pas tout à fait certaine, mais il lui semblait avoir vu le sourire de Sophia s'effacer brièvement avant qu'elle ne réponde.

– Très bien, merci, Geoffrey.

– Veux-tu une tasse de thé ?

– Non, merci.

– Un café peut-être ?

– Nous devrions plutôt démarrer cette réunion une bonne fois pour toutes, non ? dit Sophia en souriant, mais à nouveau Suzie perçut quelque chose d'étrange dans son attitude. Elle nota dans son carnet : *Tensions entre Sophia et Geoffrey ?*

Pendant la réunion, Suzie s'installa plus confortablement dans son fauteuil. Le moment était venu de savoir à qui elle soumettrait son projet immobilier.

Sophia lui semblait bien trop snob et imbue d'elle-même pour se laisser influencer. Son expérience lui avait d'ailleurs appris que les gens comme Sophia ne prêtaient jamais beaucoup d'attention aux gens comme Suzie.

Marcus paraissait une cible plus prometteuse. Suzie appréciait l'idée d'apprendre à mieux le connaître. Mais d'un autre côté, ses airs de grand bourgeois lui inspiraient la prudence. Trop bien habillé, trop satisfait de lui-même – trop rouleur de mécaniques. De plus, elle était certaine qu'elle aurait eu plus de chances de l'amadouer si elle avait été un homme. Ou plus jeune et plus jolie, peut-être.

Quant à Debbie, elle dégageait tant de négativité que Suzie savait avec certitude que jamais elle n'accepterait de soutenir un projet d'une telle audace.

Restaient donc Jeremy et Geoffrey. Le mouvement d'humeur du premier pour une simple question de procédure ne laissait aucun doute à Suzie : elle n'exercerait aucune influence sur celui-ci non plus. Geoffrey, alors ? Plus elle l'étudiait, plus elle voyait en lui son allié idéal. Après tout, il avait organisé une réception pour elle, et semblait donc déjà l'apprécier. Un homme bien, incontestablement. Sa position de président du conseil municipal ne gâtait rien. Si Suzie parvenait à le rallier à sa cause, il serait en mesure de convaincre tous les autres membres du conseil, qui n'auraient pas d'autre choix que de valider son projet. *Oui !* pensa-t-elle. *L'affaire commençait à devenir intéressante, très intéressante.*

Tandis qu'elle se prenait à rêver d'un avenir de

richesse sans limite, elle vit Geoffrey boire une gorgée de café, tousser une fois, puis s'étouffer sérieusement. Après une toux beaucoup plus violente, il tomba de sa chaise et s'étala sur le parquet, inerte.

Sophia fut la première à réagir. Elle cria : « Geoffrey ! » et tomba à genoux près de lui. Marcus, Debbie et Jeremy se levèrent, horrifiés.

– Appelez une ambulance ! cria Sophia.

Debbie, sortant de sa stupeur, prit son téléphone et pianota frénétiquement sur le clavier. Suzie entreprit de descendre l'escalier pour porter secours, mais Jeremy lui bloqua le passage.

– Vous ne pouvez pas descendre ici, c'est réservé aux membres du conseil municipal.

Un bref instant, Suzie pensa bousculer Jeremy, mais comme Debbie avait déjà les services d'urgence au bout du fil, elle estima qu'elle serait plus utile ailleurs. Elle remonta l'escalier, sortit son téléphone et composa un numéro abrégé. La sonnerie retentit alors qu'elle poussait la porte et entrait dans le petit couloir qui menait vers la sortie. À l'autre bout de la ligne, on décrocha.

– Judith ! C'est moi, Suzie !

– Bonjour, comment vas-tu ? demanda Judith.

– Oh, moi, très bien, merci ! Beaucoup mieux que le maire de Marlow.

– Pourquoi dis-tu ça ?

– Eh bien ! Je ne sais pas trop comment te l'annoncer, mais il vient de mourir. Je crois même qu'il a été assassiné.

CHAPITRE 2

Tanika Malik lisait une histoire à sa fille Shanti pour l'endormir quand elle entendit la sonnerie de son téléphone retentir dans une autre pièce.

– Shamil, tu peux prendre l'appel, s'il te plaît ? demanda-t-elle.

Tanika tourna de nouveau son visage vers sa fille, assise sur ses genoux. Shanti sentait les biscuits, le savon et le linge propre. Tanika était consciente de partager avec elle un moment privilégié, même si Shanti lui demandait pour la centième fois – ou plutôt la millième – la même histoire, celle de Sam le pompier distrait. Et comme elle connaissait le texte par cœur, Tanika pouvait se concentrer sur Shanti tout à loisir sans avoir à lire le texte.

Shamil entra dans la chambre, le téléphone de Tanika à la main. À l'expression de son mari, elle comprit que le coup de fil était professionnel. Son estomac se noua : ses nouvelles fonctions au commissariat exigeaient qu'elle fût disponible vingt-quatre heures sur vingt-quatre, même en dehors de ses heures de service.

Avec un sourire forcé, elle se retourna vers Shanti.

– Papa aimerait finir l'histoire avec toi, dit-elle.

– Papa ! s'exclama Shanti, qui venait juste de remarquer sa présence.

Shamil s'assit sur le lit et tendit son téléphone à Tanika.

– Alors, qu'est-ce qu'on lit ? dit-il.

Avant de quitter la pièce, Tanika s'arrêta un court instant pour les contempler tous les deux. Son mari, à tous égards, ne servait à rien. Il était sans travail (il espérait devenir un jour un DJ célèbre) et, en termes de ponctualité ou de fiabilité, n'était pas le partenaire idéal pour élever une petite fille. On ne pouvait même pas compter sur lui pour faire la lessive à temps ou conduire la voiture au garage pour sa révision annuelle. Cependant, Tanika était sûre d'une chose : il n'y avait qu'une personne au monde qu'il aimât plus qu'elle, et c'était sa fille.

Bien sûr, le fait d'être arrachée, une fois de plus, au coucher de Shanti lui brisait le cœur, mais cela ne brisait pas celui de Shanti, et là était l'essentiel. Sans compter le fait que livrer des meurtriers à la justice l'était tout autant.

Tanika se rendit dans le couloir pour répondre à l'appel. Moins de vingt minutes plus tard, elle se garait devant le siège du conseil municipal de Marlow, à côté d'une ambulance et de deux voitures de police. En sortant de son véhicule, elle remarqua aussi la présence du van de Suzie, la gardienne de chiens.

Ses yeux se plissèrent. Antonia, une jeune inspectrice, vint à sa rencontre.

– Merci d'être venue si vite, madame l'inspectrice principale.

– Ne me dites pas que Suzie Harris est là, dit Tanika avec un soupir.

– Suzie Harris ?

– Oui, une dame qui ressemble à une petite montagne et s'habille comme une alpiniste.

– Ah oui, Suzie Harris ! Vous parlez d'un des témoins clés.

– Comment ? Elle est témoin du décès ?

– Oui, et vous devez aussi savoir que les autres témoins affirment que la victime a été empoisonnée. C'est pourquoi je vous ai appelée. Il s'agit probablement d'un meurtre.

– Est-ce qu'elle est seule ?

– Qui ?

– Suzie Harris.

– Oui, elle est seule. Ou plutôt elle l'était quand Mr Lushington est mort. Deux amies sont venues la rejoindre. Pour la soutenir moralement.

– La soutenir moralement… grommela Tanika entre ses dents tout en se dirigeant vers l'entrée.

Derrière l'ambulance, elle aperçut Suzie en pleine conversation avec Judith Potts et Becks Starling.

– Vous, je ne vous parle même pas ! leur lança-t-elle sur son passage.

– Je suis témoin ! lui dit Suzie. Mais Tanika, sans se retourner, ouvrit la porte et entra.

Judith croisa les bras.

– Bonsoir à toi aussi !

Judith Potts approchait les quatre-vingts ans, mais ses yeux brillaient d'intelligence. Ce soir en particulier, ils brillaient aussi de la petite rasade de whisky qu'elle avait bue un peu plus tôt.

– Je comprends qu'elle soit fâchée, dit Becks.

Becks Starling était l'épouse du vicaire de l'église de Tous-les-Saints, et, de loin, la plus timorée des trois amies.

– Qu'est-ce que tu comprends au juste ? demanda Judith.

– Elle nous a sans cesse sur le dos, expliqua Becks. À chaque enquête pour meurtre, nous lui collons aux semelles comme des chewing-gums mâchés.

– Parle pour toi ! répliqua Suzie. Moi, je ne suis pas un chewing-gum mâché ! Et je ne colle aux semelles de personne ! J'étais là quand il est mort. Personne n'a passé une pire soirée que moi.

– Il me semble, observa Judith avec une extrême diplomatie, que Geoffrey serait en droit de dire qu'il a passé une pire soirée que la tienne.

– Mais comment vais-je faire valider mon projet de construction, maintenant ? La prochaine réunion du conseil n'aura pas lieu avant des mois, tant qu'il n'y aura pas de président.

– Allez, on y va ! dit Judith en avançant vers la porte.

– Où ça ? demanda Becks.

– Puisque Tanika ne veut pas nous dire ce qu'il se passe, nous allons nous renseigner par nos propres moyens.

Elle posa ses mains courbées contre la vitre d'une des fenêtres de la chambre des débats pour mieux voir à l'intérieur.

– Elle ne va pas être contente, dit Becks.

– Elle n'est jamais contente ! De nous, en tout cas, remarqua Suzie en rejoignant Judith devant la fenêtre.

– Nous ne devrions pas l'espionner ! Ce n'est pas bien ! souffla Becks, qui restait en retrait.

– Fais comme tu veux ! dit Suzie en imitant le geste de Judith pour y voir plus clair.

Dans la salle, Tanika s'adressait à un photographe de la police scientifique tandis que deux ambulanciers zippaient un sac mortuaire contenant le corps de Geoffrey.

– Et tu es bien certaine que Geoffrey a été empoisonné ? demanda Judith à Suzie.

– Il a bu une gorgée de café et il s'est effondré, raide mort.

– Le poison était donc dans son café ? Tu as vu qui l'a préparé ?

Suzie tenta de se souvenir.

– Il me semble qu'il l'a fait lui-même. Tu vois le passe-plat, là-bas ? Il a pris une de ces capsules et l'a mise dans la machine à expresso. Enfin, je crois, je n'ai pas regardé attentivement. Je ne m'attendais pas à le voir casser sa pipe.

– Les autres ont-ils aussi utilisé cette machine ? demanda Judith.

– Non, je ne crois pas. Marcus est arrivé en premier, et il s'est préparé une tasse de thé avec le samovar en inox que tu vois juste là… Ensuite, il s'est éloigné. Jeremy, quant à lui, n'a même pas été dans la cuisine. Ah, mais si, Debbie l'a fait ! se rappela Suzie avec enthousiasme. Elle a d'abord refusé une tasse de thé, puis quand elle a vu Geoffrey se faire un café avec la machine, elle y est allée à son tour. Oh oh, ça y est, nous sommes repérées !

Elle fit un pas en arrière pour s'éloigner de la fenêtre. Judith, à travers la vitre, vit Tanika gravir quatre à quatre les marches de la petite galerie et sortir de la salle. Quelques secondes plus tard, la porte principale s'ouvrit et Tanika apparut.

– Qu'est-ce que vous fichez ? demanda-t-elle sans gentillesse.

– Qui, nous ? demanda innocemment Judith.

– Oui, vous !

– Nous ? Rien.

– Vous regardiez par la fenêtre.

Becks, restée en arrière, leva la main pour attirer l'attention de Tanika.

– Pas moi ! dit-elle.

– Nous devons examiner la scène du crime, c'est important ! reprit Judith d'un ton impérieux.

– Ah, tu crois ça, toi ? dit Tanika en se penchant vers elle.

– Au cas où quelque chose t'échapperait, ce que je crains.

– Pardon ?

– Quelque chose t'a échappé.

– J'aimerais bien voir ça ! De l'extérieur du bâtiment, tu peux me dire que quelque chose m'a échappé ?

– Le sucrier, par exemple.

– Quel sucrier ?

– Absolument ! dit Judith avec jubilation. Où est-il ?

– De quoi parles-tu ?

– Tu confirmes que Geoffrey a été empoisonné ?

– Oui, pour l'instant, c'est ce que nous pouvons conclure de la scène du crime.

– Voilà qui fait plaisir à entendre : pour une fois, tu admets dès le début qu'il s'agit d'un meurtre. Mais si la victime est morte juste après avoir bu une gorgée de café, cela ne signifie pas nécessairement que le poison était dans le café. Dans le lait, peut-être ? Peu probable, puisque, selon Suzie, le lait que Marcus a versé dans sa tasse de thé provenait certainement de la même bouteille. Donc, si le lait n'était pas empoisonné, où se trouvait le poison ? C'est là que j'ai remarqué deux morceaux de sucre sur une des soucoupes encore posées sur la table, mais pour autant que je puisse constater, il n'y a aucun sucrier sur cette table. Étrange, non ? Je n'en vois pas non plus sur le parquet, où il aurait pu être renversé.

Tanika réfléchit un instant : si Judith pouvait se montrer insupportable, elle avait rarement tort – si jamais elle avait tort. Elle soupira et lui dit, avec un sourire las :

– Décidément, tu ne peux pas t'en empêcher.

– Si tu fais allusion à ce que je pense, je t'en remercie.

– Eh bien, mesdames, nous voici revenues à la case départ. Vous avez dans tous les cas l'intention de mener votre enquête, n'est-ce pas ? Ne tournons pas autour du pot.

– Oh ! Non, pas du tout ! assura Becks, qui n'avait aucune envie de se disputer. C'est bien malgré nous que nous nous sommes laissé mêler à ces histoires de meurtre !

– Mais il est clair qu'une fois de plus, vous vous en mêlez, observa Tanika.

– Je ne pouvais pas savoir que Geoffrey allait mourir, tout de même ! rétorqua Suzie. J'étais juste venue magouiller un peu pour lui faire valider mon projet de chantier !

Se souvenant un peu tard qu'elle s'adressait à un officier de police, elle ajouta précipitamment :

– Euh, non, pas magouiller ! Je n'ai pas voulu dire ça ! Je cherchais juste à connaître sa façon de procéder. Comment il fonctionne, quoi.

– Mais je connais la chanson, reprit Tanika. Maintenant que vous êtes ici, toutes les trois, vous allez vouloir fouiner. Avec ou sans mon accord. Alors voici comment nous allons procéder : demain matin, rendez-vous au commissariat de Maidenhead, où je vous désignerai officiellement comme conseillères civiles assignées à cette enquête.

Les trois amies étaient sidérées.

– Tu ne vas pas nous en empêcher ? demanda Judith.

– Je vous ai déjà laissées faire les fois précédentes, je peux recommencer.

– Ça ne va pas plaire à ton inspecteur principal.

– Ne vous en faites pas. Cette fois, je peux vous assurer que l'inspecteur principal approuvera.

– Il nous a pardonné depuis la dernière fois[1] ? demanda Becks, pleine d'espoir.

– Pas le moins du monde. Il vous déteste même encore plus qu'avant, mais ce qu'il en pense n'a aucune importance, répondit Tanika avec un sourire narquois.

1. Voir *Les Dames de Marlow enquêtent*, t. 2, *Il suffira d'un cygne*.

– Pourquoi ? dit Suzie. Il a été muté ? Ou – j'ai trouvé ! – il était ripou et il s'est fait prendre la main dans le sac ?

– Oh ! non, il travaille toujours au commissariat. Mais il n'est plus mon supérieur.

– Comment est-ce possible ? demanda Becks.

– J'ai accepté de suivre une formation accélérée et j'ai passé les examens : désormais, l'inspecteur principal, c'est moi.

Judith et ses amies restèrent coites pendant un instant, puis Becks s'avança pour serrer Tanika dans ses bras, tandis que Judith et Suzie la félicitaient.

– Mais quelle merveilleuse nouvelle ! s'exclama Judith, résumant le sentiment général.

– Oui, c'en est une, dit Tanika, dont le sourire timide laissait échapper un petit éclair de fierté.

– Ton père doit être si fier de toi !

– Maintenant, il veut savoir quand je serai nommée commissaire – mais tu as raison, il est fier de moi.

– Tu m'étonnes !

– Eh bien, dit Suzie avec un petit rire, voilà un joli retournement de situation ! Et la bonne vieille équipe de nouveau au complet.

– En effet ! reconnut Tanika, mais vous devez me promettre d'obéir au doigt et à l'œil. Recruter des conseillers civils n'est pas encore une pratique bien acceptée, même si je suis persuadée que c'est la meilleure décision pour cette enquête.

– Ne t'inquiète pas, tu peux nous faire confiance, dit Judith.

Elle fouilla dans son sac à main, sortit sa petite boîte de bonbons acidulés, en fit sauter le couvercle et la tendit à ses amies.

– Il faut fêter ça. Un bonbon ?

Voyant ses amies choisir leur bonbon, Judith ne put s'empêcher de penser aux quatre mousquetaires croisant leurs épées avant de partir en mission.

– Une pour toutes ? demanda-t-elle.

– Et toutes pour une ! répondirent les trois autres.

Chacune mit un bonbon dans sa bouche et Judith croqua le sien avec délectation.

CHAPITRE 3

Dès le lendemain matin, la nouvelle s'était répandue comme une traînée de poudre. C'était une jolie matinée de printemps, fraîche et vive, mais toute la ville – des cafés au club nautique en passant par l'église méthodiste – ne parlait que du meurtre de Geoffrey. Pour beaucoup, l'état de choc s'accompagnait d'un sentiment de deuil intense. Geoffrey était né à Marlow, il avait toujours fait partie de la ville, et ses longues années de service et de bonne humeur inaltérable lui avaient permis de gagner le cœur de ses milliers de concitoyens. En quelques heures, des montagnes de fleurs et de messages de gratitude s'étaient élevées devant la porte du conseil municipal, et la file continue de Marloviens qui se rendaient à l'église de Tous-les-Saints pour allumer un cierge à sa mémoire ne cessait de s'allonger.

À 9 heures pétantes, Judith, Becks et Suzie se présentaient à l'accueil du commissariat de police de Maidenhead. Un peu déconcerté, l'agent d'accueil confirma que trois badges avaient bien été déposés pour elles. Difficile de juger qui était le plus surpris de tous : lui, ou Judith et ses amies. Quand il leur eut donné leurs laissez-passer, il appuya sur un bouton et une porte située juste derrière son bureau s'ouvrit.

Elles se retrouvèrent dans une cage d'escalier qui menait aux étages supérieurs. Ce n'était pas la première fois qu'elles pénétraient dans ce commissariat – par le passé, elles avaient déjà assisté Tanika de façon plus ou moins officielle –, mais elles savaient qu'elles y demeuraient des étrangères qu'on ne sollicitait qu'en dernier recours. Cette fois-ci, l'enquête ne faisait que commencer. Connaissant certains collaborateurs de Tanika, elles se doutaient un peu de l'accueil qui leur serait réservé, et cette perspective ne les enchantait guère.

Une fois arrivées au premier étage, les trois amies marquèrent une pause avant de franchir la porte à deux battants. Judith se recoiffa avec les doigts, puis, de l'index, désigna un petit morceau vert coincé entre les dents de Suzie.

– Merci ! dit-elle en raclant ses dents de devant avec un ongle en deuil pour éliminer la particule.

– Mon Dieu… commença Becks sans finir sa phrase. Elle n'en avait pas besoin : toutes trois éprouvaient la même appréhension.

– Vous savez ce que je fais quand je nage et que je perds pied ? lança Judith. Je continue de nager. Allons, mesdames ! La tête haute, les épaules en arrière !

Judith poussa la porte et entra, ses amies sur les talons, dans la salle des opérations du commissariat de Marlow. Une demi-douzaine d'officiers en civil travaillaient à leurs bureaux. À un mur était accroché un grand tableau de liège chargé de notes et d'informations.

Au fond, des cloisons de verre séparaient la salle de plusieurs bureaux, dont celui de Tanika. Quand elle vit arriver les trois amies, elle en sortit et vint à leur rencontre.

– Écoutez-moi, tout le monde ! dit-elle pour solliciter l'attention de l'équipe. Ces trois dames sont nos conseillères civiles pour l'enquête. Certains d'entre vous se souviennent peut-être du rôle essentiel qu'elles ont joué dans la résolution de l'affaire Dunwoody il y a deux ans[1]... Et comme vous le savez, j'ai eu recours à leurs services de manière informelle à la suite du meurtre de Sir Peter Bailey l'année dernière. Là encore, leur aide s'est avérée inestimable, c'est pourquoi, cette fois-ci, j'ai décidé de les associer à notre enquête dès le début. Je vous les présente : Suzie Harris, ici, a assisté directement à la mort de Mr Lushington. Elle est gardienne et promeneuse de chiens et, par conséquent, connaît tout le monde à Marlow.

– Je suis aussi présentatrice de radio, ajouta Suzie.

– Comment ?

– J'ai une émission tous les dimanches soir sur Marlow FM, *Nos amis à quatre pattes avec Suzie Harris*.

– OK...

– Et ceux d'entre vous qui ont regardé l'émission de télé *Paul Merchant contre les arnaqueurs* me reconnaîtront peut-être.

Les collègues de Tanika fixaient Suzie d'un regard étonné.

1. Voir *Les Dames de Marlow enquêtent*, t. 1, *Mort compte triple*.

– Elle a été diffusée il y a un mois, l'émission passait juste avant *Les Meilleurs Moments de Catchphrase*[1].

Tanika chercha à récupérer le contrôle de la présentation.

– Mais si Suzie connaît tout le monde à Marlow, Becks Starling n'a rien à lui envier de ce côté ! reprit-elle.

– Oh, non, je ne dirais pas ça ! dit Becks avant de sursauter parce que Judith lui enfonçait son coude dans les côtes.

– Elle est l'épouse du vicaire de l'église de Tous-les-Saints, continua Tanika, et aucun rouage subtil de la vie marlovienne n'échappe à sa connaissance.

– Je ne dirais pas ça non plus ! protesta Becks. Non, vraiment, je ne connais rien à tout ça.

Tanika décida d'expédier la présentation, tout en cherchant à dissimuler son exaspération.

– Ce qui nous laisse Judith Potts. Verbicruciste professionnelle, elle n'accepte jamais qu'on lui dise non – ni même parfois qu'on lui dise oui –, et c'est une des personnes les plus intelligentes que j'aie jamais rencontrées.

Le compliment fit rayonner Judith.

Tanika présenta ensuite son équipe à Judith et à ses amies. Certains officiers de police se montraient sceptiques, la plupart complètement indifférents, ce qui ne dérangeait pas du tout les trois femmes : ils les avaient toujours traitées ainsi. Pourtant, un d'entre

1. *Catchphrase* est un jeu télévisé anglo-américain dont les participants doivent deviner des expressions familières à partir de séquences animées. (N.d.T.)

eux semblait particulièrement mécontent : l'inspecteur Brendan Perry, un homme dans la cinquantaine dont le comportement trahissait une grande insatisfaction générale.

– Elles vont *réellement* travailler sur l'affaire ? demanda-t-il à Tanika.

– Oui, en tant que conseillères.

– Mais elles auront accès à tout le dossier ?

– Ce ne sera pas la première fois.

– Elles pourront interroger les témoins ?

– Ça, on verra, dit Tanika.

Elle ne souhaitait pas donner l'air de capituler devant son équipe mais concédait aussi qu'il était un peu exagéré de laisser les trois conseillères interroger les témoins à tout bout de champ.

Pendant cette présentation, Judith s'était discrètement rapprochée du tableau d'affichage et examinait les photos de la scène de crime.

– A-t-on a retrouvé le sucrier ? demanda-t-elle.

– Pardon ? demanda l'inspecteur Perry.

– Sur la scène de crime. Un récipient contenant du sucre.

Tanika sentait déjà se fissurer l'ébauche de soutien moral qu'elle venait de construire auprès de ses collègues.

– J'en déduis donc que non, dit Judith. Et l'autopsie ? A-t-elle été pratiquée ?

– Oui, répondit Tanika, soulagée de se retrouver en terrain plus ferme. Mr Lushington est mort d'une surdose d'aconit. Les labos ont révélé la présence d'aconit dans le résidu de café au fond de sa tasse.

– Et c'est quoi, l'aconit ? demanda Suzie.

– C'est une plante, l'aconit napel, répondit Judith. On l'appelle aussi tue-loup, capuchon de moine, sabot du pape, casque de Jupiter et, particulièrement en Angleterre, reine des poisons. Selon la mythologie grecque, l'aconit serait sorti de terre lorsque Hercule a quitté l'Hadès en emportant Cerbère, le chien à trois têtes. C'est également le poison que boit Juliette pour se suicider à la fin de *Roméo et Juliette* ; ainsi que la « dent de loup », la plante que font bouillir les sorcières de *Macbeth*. On dirait bien que Shakespeare faisait une fixette sur l'aconit.

– Comment savez-vous tout cela ? demanda l'inspecteur Perry.

– Si vous composiez des grilles de mots croisés depuis aussi longtemps que moi, vous connaîtriez, vous aussi, toutes sortes de petits détails obscurs. Par exemple, qu'« Albert Einstein » est l'anagramme de « rien n'est établi », ce qui, personnellement, m'enchante.

– Mais pourquoi appelle-t-on l'aconit « reine des poisons » ? demanda Suzie.

– Parce que c'est la plante la plus toxique au monde, répondit Judith.

– OK, dit Tanika, se rendant compte que, loin d'avoir rétabli le fil de la conversation, elle avait laissé Judith la détourner davantage. Nous vous avons réservé une salle d'interrogatoire. Venez avec moi, je vais vous y installer.

– Et le sucre ? insista Judith sans bouger d'un pas. Tu nous dis que, selon l'autopsie, Geoffrey avait absorbé de l'aconit. Y avait-il aussi du sucre dans son organisme ?

– En réalité, oui, répondit Tanika. Et avant que tu

me le demandes, je te confirme que les traces de café retrouvées dans sa tasse en contenaient également.

– Ce qui est assez mystérieux, tu ne trouves pas ? dit Judith d'un air triomphant. Puisqu'on n'a trouvé aucun sucrier sur la scène de crime, d'où vient le sucre qu'on a retrouvé dans sa tasse ?

Tanika s'adressa à la jeune officière de police que les trois amies avaient rencontrée la veille.

– Antonia, pourriez-vous retourner au conseil municipal pour un complément de recherche ? Voyez si vous trouvez un sucrier, ou des sachets de sucre en poudre, ou toute présence de sucre.

– Oui, cheffe, dit Antonia, en rassemblant ses affaires.

– Contente ? demanda Tanika d'un air conciliant.

– Pas du tout ! répondit Judith. Je ne serai contente que lorsque l'assassin de Geoffrey sera derrière les barreaux. Venez, mesdames ! ajouta-t-elle, s'apprêtant à sortir.

– Où allez-vous ?

– Oui, où allons-nous ? demanda Becks en rejoignant Judith avec Suzie.

– Chez moi ! dit Judith. C'est là que nous travaillerons.

– Mais je vous ai aménagé toute une pièce du commissariat !

– Merci, mais nous n'en aurons pas l'utilité. Nous habitons Marlow toutes les trois. Ce serait stupide de faire le chemin jusqu'au commissariat chaque jour alors que ma maison est une base idéale pour l'enquête ! Ne t'inquiète pas : quand nous aurons besoin de toi, nous te contacterons.

Elle sortit de la salle, suivie de ses amies.

Tanika balaya son équipe du regard. Leur scepticisme était palpable.

– Au travail, tout le monde ! lança-t-elle.

Elle retourna à son bureau, s'assit et se prit la tête entre les mains. Après tous ces efforts, tous les incroyables sacrifices qu'elle avait consentis pour devenir inspectrice principale ! En recrutant Judith, Suzie et Becks, venait-elle de mettre sa carrière en danger ?

CHAPITRE 4

Judith habitait une grande maison de style Art nouveau au bord de la Tamise. Elle la partageait avec Daniel, un chat bengal à peine apprivoisé, des étagères chargées d'ouvrages de référence du sol au plafond, et un vieux piano à queue de marque Blüthner dont elle ne jouait que tard dans la nuit quand elle avait un petit coup dans le nez. Une couche de poussière recouvrait toutes les surfaces, l'âtre n'était jamais balayé, et partout s'élevaient des piles de vêtements abandonnés et de faïence ancienne.

Pour Judith, vivre seule était le comble du bonheur. Enfin, dans l'ensemble. Vu de loin, c'était incontestable : elle composait des grilles de mots croisés pour la presse nationale, nageait presque tous les jours dans la Tamise qui coulait en contrebas de son jardin, et, de manière générale, faisait ce qu'elle voulait quand elle le voulait, sans demander de permission ni rendre de comptes à personne – encore moins à un homme. Pourtant, à y regarder de plus près, elle restait marquée par une tragédie. À la mort de son époux abusif, qui remontait à plusieurs décennies, elle s'était mise à collectionner toute la presse locale et nationale. Un peu plus tard, il lui était apparu que *toute* nouvelle publication, des magazines paroissiaux aux bulletins municipaux, devait être conservée chez elle. Et lorsque les hautes piles de papier avaient menacé de l'ensevelir, elle avait décidé de convertir deux pièces latérales de sa maison en salles d'archives dont elle conservait soigneusement la clé. Elle avait été contrainte de révéler leur existence à Becks et Suzie quand les trois amies enquêtaient sur le meurtre du voisin de Judith[1]. Depuis, elle avait même réussi à vider à moitié l'une de ces pièces pour la transformer en salle d'enquête improvisée. Cependant, il était hors de question qu'elle se débarrasse du reste de ses archives. Elles comptaient énormément à ses yeux et même si la raison lui en échappait, s'en séparer aurait été pour elle comme s'amputer d'un membre. Tout ce papier représentait une partie d'elle-même.

Ce matin-là, lorsque Judith pria ses amies de la suivre jusqu'à la porte cadenassée au coin de son salon, le soleil illuminait la pièce à travers les fenêtres à meneaux. Au-dehors, dans le jardin, le jaune brillant des jonquilles ponctuait l'herbe verte et épaisse de la pelouse.

– Je pense que si Tanika veut travailler au commissariat, nous devons travailler au commissariat ! dit Becks pour la centième fois.

1. Voir *Les Dames de Marlow enquêtent*, t. 1, *Mort compte triple*.

Et pour la centième fois, ses deux amies ne prêtèrent aucune attention à ce qu'elle disait. Judith saisit la clé qu'elle portait autour du cou, ouvrit le cadenas et pénétra dans la première des deux salles d'archives.

– Je suppose que tu n'as toujours pas fini de débarrasser tout ça ? hasarda Suzie.

Au fond, quelques piles de vieux journaux s'entassaient encore jusqu'au plafond. D'autres, de la même hauteur à l'origine, s'étaient effondrées depuis longtemps.

– Clairement, la réponse est non, dit Becks avant d'éternuer bruyamment. Désolée !

Elle prit un mouchoir en papier dans son sac à main et s'en tamponna le nez.

Plus près d'elles, trois chaises de jardin pliantes étaient dressées devant un grand plan de la ville de Marlow punaisé au mur.

– Comment veux-tu procéder ? demanda Suzie.

– Je propose, dit Judith, d'inscrire sur des feuilles de papier les noms de toutes les personnes présentes à la réunion d'hier soir, de les mettre au mur un par un, et nous les commenterons au fur et à mesure.

– Pas possible ! Il te reste du papier ? dit Suzie, désignant la masse de journaux encore entassés dans la pièce.

– Très drôle, railla Judith, qui se saisit d'un carnet de fiches de répertoire vierges. La victime est donc Geoffrey Lushington. Suzie, rends-toi utile : pourrais-tu nous décrire brièvement son comportement d'hier soir ?

Sur une fiche, Judith inscrivit « Geoffrey Lushington – victime » et punaisa la fiche sur le mur, à côté du plan de ville. Elle enfonça une autre punaise à l'emplacement du siège du conseil municipal de Marlow, ramassa une pelote de laine rouge qui se trouvait à portée de main, et relia les deux punaises par une longueur de fil.

– Pas de problème, dit Suzie. Il était comme à son habitude : un éternel optimiste. J'ai déjà gardé son chien à plusieurs reprises. Monty, un épagneul splendide qui n'en faisait qu'à sa tête, totalement incontrôlable. Je l'adorais. Geoffrey était toujours amical, rien ne le préoccupait outre mesure. Quand j'oubliais de venir garder Monty – ce qui est arrivé plus d'une fois –, il ne s'en formalisait même pas. En fait, maintenant que j'y pense, il finissait même par garder son chien à ma place.

Cela n'étonnait guère Judith et Becks. Suzie faisait toujours flotter une menace de chaos sur son passage, et elles n'avaient aucun mal à imaginer ses clients obligés d'effectuer son travail à sa place, sans oublier de la payer ensuite comme si de rien n'était.

– Cela correspond à l'image que j'ai de lui, dit Becks. Il faisait toujours l'effort de venir me parler pendant ces abominables événements mondains auxquels je suis obligée d'assister. Non ! Pas abominables – s'empressa-t-elle d'ajouter, terrorisée par sa propre sincérité –, mais parfois un peu fastidieux, et la plupart des gens importants ne veulent parler qu'à Colin parce que c'est le vicaire. Moi, je ne suis que la moitié du vicaire.

– Tu n'es la moitié de personne, rectifia Judith.

– Merci. Geoffrey était le seul à ne pas agir ainsi. Il cherchait toujours à savoir comment j'allais. Et depuis cette réception qu'il a organisée pour nous trois, il m'a témoigné plus d'intérêt que Colin ne l'a fait.

– C'est aussi le souvenir que je garde de lui, conclut Judith. Il est rare de rencontrer un homme qui semble nous considérer comme des éléments utiles de la société. Il ne se sentait pas menacé par les femmes.

– Ce qui rend sa mort encore plus mystérieuse, dit Becks. Qui aurait des raisons de tuer un homme si charmant ?

– Bien observé, dit Judith. Cela me porte à croire qu'il faudrait plutôt se concentrer sur le « pourquoi ».

Elle inscrivit POURQUOI ? en gros caractères sur la fiche de Geoffrey.

– Oui, puisque c'était un type bien, continua-t-elle, pourquoi devait-il mourir ? L'une de vous sait-elle comment il gagnait sa vie ?

– Il était éditeur, je crois, dit Suzie. Il y avait des livres partout dans sa maison. Littéralement partout.

– Situation familiale ?

– Je ne crois pas qu'il ait des enfants, mais il a été marié. Autrefois.

– Et qu'est-il arrivé à sa femme ?

– Elle est morte il y a des années.

– Juste pour la forme : se pourrait-il qu'il se soit suicidé ? demanda Judith.

– Je ne le pense pas, répondit Becks. Il avait trop bon cœur pour commettre en public un acte si terrible. Il aurait tenu à ménager la sensibilité des personnes présentes. D'ailleurs, j'y pense : Suzie, que faisais-tu à cette réunion ?

– Moi ? Oh ! Rien du tout, dit Suzie comme si cela n'avait aucune importance.

– Pourtant, observa Judith, je t'ai entendue dire à

Tanika que tu avais l'intention de magouiller avec le conseil municipal. De quoi s'agissait-il ?

– Oui, c'est vrai ! admit Suzie, comprenant que l'heure du *mea culpa* était venue. Puisque vous insistez, je voulais en savoir plus sur le traitement des demandes de permis de construire. Et peut-être même sur la bonne manière de présenter la mienne pour m'assurer de sa validation.

– Quelle demande de permis de construire ? demanda Judith, étonnée.

– Oh, presque rien !

– Tu as pourtant terminé tes travaux, dit Becks. Ta façade est resplendissante !

– Merci. Mais pendant le tournage, lors d'une pause, j'ai eu une petite conversation avec l'architecte de l'émission. Il m'a parlé d'un truc qui faisait fureur au Japon et m'a dit que ce serait une bonne idée de lancer la tendance ici.

– Quelle tendance ?

– Tu me promets que tu ne le diras à personne ? Je ne voudrais pas me faire griller par quelqu'un qui entendrait parler du projet.

– Bien sûr, je serai une tombe ! dit Judith.

– D'accord. Vous êtes prêtes ? La réponse est… Un hôtel capsule.

– Un hôtel quoi ? demanda Judith.

– Tu n'as jamais vu des photos, ou des vidéos, de ces hôtels capsules japonais ? Où l'on dort littéralement dans un étui à cigare ?

– Tu n'es pas en train de nous dire que tu veux en construire un à Marlow !

– Marlow est l'endroit idéal !

– Mais où vas-tu construire ça ? Tu n'as pas de terrain pour y bâtir un hôtel.

– J'ai un jardin ! fit remarquer Suzie, un peu sur la défensive. Et au début, ce ne serait pas un hôtel complet. Comme on peut acheter les modules à l'unité, j'ai pensé pouvoir commencer avec seize modules. Il se trouve qu'il y a un vide juridique à ce sujet. Mon ami architecte m'a dit qu'aucun permis de construire n'est nécessaire tant qu'on ne dépasse pas la hauteur d'une palissade de jardin standard.

– Désolée, je ne te suis plus, dit Judith. Tu voulais construire un hôtel pas plus haut que ta palissade de jardin ?

– Exactement. Huit modules en largeur, mais seulement deux modules en hauteur, pour commencer.

Judith et Becks ne trouvèrent rien à répondre.

– Information strictement confidentielle, bien sûr ! dit Suzie.

– C'est tout ton hôtel qui restera strictement confidentiel, je le crains ! dit Judith.

– Ne te moque pas de moi. Marlow est une ville touristique, tout le monde le sait ! Et il y a une porte latérale pour entrer dans mon jardin. Tout ce que j'attends du conseil municipal, c'est qu'il fasse surbaisser le trottoir pour réaliser une entrée carrossable, et ensuite, l'argent n'a plus qu'à couler à flots !

– À condition que le conseil municipal approuve ton projet, dit Becks.

– Très juste, et c'est pourquoi je n'ai vraiment pas de pot que Geoffrey se fasse tuer à ce moment précis. Mauvais timing.

– À ce propos, reprit Judith, il y a un détail que je

n'ai pas abordé au commissariat. L'aconit est un poison dont l'action est quasi immédiate.

– Ça, j'ai pu le constater, dit Suzie. Une seule gorgée de café, et Geoffrey tombe raide en quelques secondes.

– Ce qui implique que le poison ait été administré par quelqu'un qui était présent ce soir-là.

– Tu veux dire que l'assassin fait partie du conseil municipal ? demanda Becks.

– Oui, c'est exactement ce que je veux dire, et je propose que nous cherchions à l'identifier.

CHAPITRE 5

– Reprenons, dit Judith. Qui d'autre était à la réunion ?

Suzie tenta de rassembler ses pensées.

– Alors. Immédiatement à la droite de Geoffrey se tenait Marcus Percival. Que je ne connais pas.

– Si tu ne le connais pas, pourquoi rougis-tu ?

– Je ne rougis pas ! Pourquoi voudrais-tu que je rougisse ?

Becks, toujours prête à aplanir une situation embarrassante, intervint.

– Je connais son épouse, Claire. Elle est très gentille, je l'aime beaucoup. Elle garde des chevaux, elle adore ses chiens… Ils ont deux enfants qui vont au collège de la Sainte-Trinité. Les quelques fois où j'ai rencontré Marcus, il m'a toujours paru très sympathique. D'ailleurs, il ne peut que l'être : il est propriétaire de Percival's Estates.

Percival's Estates était la principale agence immobilière de Marlow et ne proposait à la vente que les maisons les plus chères du marché.

– Le fait qu'il soit extrêmement séduisant ne gâte rien, ajouta Becks.

– Et il le sait, croyez-moi ! dit Suzie, essayant de faire oublier, autant qu'elle le pouvait, qu'elle venait de rougir.

– Ah bon ? Tu veux dire qu'il est imbu de lui-même ? demanda Judith.

– C'est possible, dit Becks ; ou peut-être est-ce tout simplement un charmeur.

– Te paraît-il capable d'être un assassin ?

– Je pense que si j'établissais la liste de tous les traits de caractère que l'on peut attribuer à un meurtrier, il en serait l'exact opposé.

– Il n'en a pas moins sa place sur le tableau, déclara Judith en punaisant au mur une fiche qu'elle avait libellée au nom de Marcus Percival. Mais s'il est peu probable qu'il ait tué Geoffrey, qui nous reste-t-il ?

– Jeremy Wessel, dit Suzie.

– Ah, lui, je le connais ! dit Judith. Ou plutôt j'ai déjà croisé le fer avec lui. Il est architecte et j'ai failli avoir recours à ses services.

– Ah, bon ? Raconte !

– Il y a quelques années, j'ai voulu faire réparer mon toit. Selon l'entrepreneur en maçonnerie, il y avait peut-être un dégât des eaux au niveau de la charpente et je devais la faire remplacer. Alors, j'ai sollicité Jeremy, et je dois dire qu'il m'a fait très mauvaise impression. Il me prenait de haut. Une fois, il m'a même demandé si mon mari approuvait les plans que je lui soumettais. Vous imaginez un peu ?

– Et que lui as-tu répondu ? demanda Becks.

– Qu'on se fichait totalement de ce que pensait mon mari, vu qu'il était mort depuis plus de quarante ans. Mais Jeremy n'était pas seulement condescendant : il m'a aussi paru être d'une bêtise insondable.

– Ha ! s'exclama Suzie, enchantée. J'ai pensé exactement la même chose !

– Il était arrogant à la limite du supportable, dit Judith, Dieu sait pourquoi. Il avait également l'air de dédaigner le travail que je lui proposais, et disait, sur le ton de la plaisanterie, qu'il n'avait pas fait des années d'école d'architecture pour dessiner des charpentes de toit. Mais c'était le genre de boutade qui n'en est pas vraiment une. En définitive, j'ai décidé de ne pas faire appel à lui et de laisser mon toit en l'état.

– Même avec un dégât des eaux ? demanda Becks.

– Des dégâts des eaux, on en a tous, et si ce toit a tenu plus d'un siècle, il tiendra bien encore quelques années.

Tout en disant ces mots, Judith punaisait au mur la fiche de Jeremy Wessel.

– Autre chose sur Jeremy, précisa Suzie. Il a eu un violent accès de colère, et quand il s'est fait rabrouer par les autres, il a répondu qu'il était sous pression ces derniers temps.

– Ah, il a dit ça ? releva Judith, qui inscrivit « sous pression ? » sur la fiche de Jeremy. Je me demande bien pourquoi. Au suivant !

– La suivante, corrigea Suzie, Debbie Bell. Et je te l'assure, elle ne m'a pas plu du tout non plus. Elle est de ces gens qui ne trouvent jamais rien digne de leur personne.

– Hautaine, comme Jeremy ? demanda Becks.

– Non, pas du tout. Beaucoup plus négative, une éternelle insatisfaite.

– Pourrait-elle être notre assassin ? demanda Judith.

– Elle pourrait. Mais si elle voulait te tuer, ce ne

serait sûrement pas d'une manière qui exige des efforts, comme t'occire à coups de marteau ou t'étrangler à mains nues. Avec elle, ce serait plutôt une petite poussée quand tu te tiens au bord du précipice. Ou saboter les freins de ta voiture.

– Ou t'administrer une dose de poison ?

– Il me semble que pour quelqu'un comme Debbie, le poison serait le choix numéro un.

– Eh bien ! C'est bon à savoir, dit Judith, contemplant les fiches qu'elle venait de fixer au mur. Nous avons donc la victime, Geoffrey Lushington, et les trois autres membres du conseil municipal : Marcus Percival, Jeremy Wessel et Debbie Bell. C'est tout ?

– Non, il en reste un, dit Suzie. Le dernier membre du conseil, Sophia De Castro.

– Tu la connais ? demanda Judith, intriguée par le ton que venait de prendre la voix de Suzie.

– Pas personnellement, mais je la *connais* tout de même, si tu vois ce que je veux dire. Un seul regard sur elle et l'on sait à qui l'on a affaire : tu sais, ces gens très riches qui se prennent toute leur vie pour des génies… Toujours plus gentils que toi, mieux habillés que toi… Tout pour elle est une compétition, et elle croit gagner à tous les coups. Il y avait aussi quelque chose d'un peu bizarre dans ses échanges avec Geoffrey.

– Que veux-tu dire ?

– Je n'arrive pas à mettre le doigt dessus… Ils ont échangé quelques mots juste avant sa mort. Histoire de savoir si Sophia voulait du thé ou du café : une conversation banale, mais qui résonnait de façon étrange. Je l'avais même noté à ce moment.

– Très intéressant, dit Judith, qui retourna au tableau et inscrivit « malaise avec Geoffrey ? » sur la fiche de Sophia. De quoi peut-il bien s'agir ?

Judith remarqua que Becks fronçait les sourcils.

– À quoi penses-tu ?

– Sophia De Castro ? dit Becks. Son nom me dit quelque chose. Je crois que Colin m'a déjà parlé d'elle. À propos d'un scandale, d'un scandale lié à l'église, je crois. Attends…

Elle sortit son téléphone et consulta un moteur de recherche.

– Un scandale ? répéta Suzie, qui sortit également son téléphone et saisit le nom de Sophia dans Google. Voilà qui est prometteur ! Voyons si je trouve quelque chose à ce sujet.

On entendit, à distance, le claquement de la boîte aux lettres de Judith. Le courrier du matin était arrivé, mais elle décida de rester avec ses amies. Sa tasse de thé à la main, elle alla s'asseoir sur une chaise de jardin, but une gorgée et sentit le bonheur l'envahir. Ces moments consacrés à explorer le passé d'un meurtrier potentiel étaient les plus beaux de son existence.

– Ah, tiens ! Elle a son propre site Internet, dit Suzie. Elle fait dans le « bien-être », la guérison, les cristaux, et toute cette fumisterie.

– Ça n'a rien d'une fumisterie, dit Becks. *Il y a plus de choses dans le ciel et sur la terre qu'il ne peut en être rêvé…*

– Elle a un podcast hebdomadaire intitulé *L'Homéopathie chez vous, avec Sophia*.

– L'homéopathie ? demanda Judith en fronçant le nez.

– Pourquoi faut-il que tout le monde, maintenant, fasse des podcasts ? se plaignit Suzie.

– Évidemment ! dit Judith qui devinait la raison de l'aigreur de Suzie. Les podcasts détournent les auditeurs de ton émission de radio !

– Dans le mille ! reconnut Suzie. Et je sais bien que Marlow FM n'est pas une station de radio professionnelle, mais ça ne nous empêche pas de procéder en tout avec professionnalisme. Ce qui n'est pas le cas des podcasteurs, ajouta-t-elle avec rancœur.

– Désolée, intervint Becks en brandissant son téléphone, mais je ne trouve rien pour la recherche *Sophia De Castro scandale*. J'ai peut-être fait erreur sur la personne.

– Je ne crois pas, dit Suzie en levant les yeux de son écran, parce que son site Internet prouve en quelque sorte qu'elle est l'assassin.

– Qu'est-ce qui te fait dire ça ? demanda Judith.

– C'est écrit ici noir sur blanc : toute une page de son site est dédiée aux herbes et aux plantes médicinales qu'elle cultive dans son jardin, mais il y a une section dont elle est particulièrement fière. Son « jardin de poisons », comme elle l'appelle. Il y pousse – et je n'arrive pas à croire qu'elle s'en vante sur un site public – toutes les plantes aux propriétés mortelles.

– Y compris l'aconit ? demanda Becks.

– La seule façon de le savoir, c'est de le lui demander. Vous êtes d'accord ?

CHAPITRE 6

Judith et ses amies se rhabillaient pour sortir quand Suzie remarqua une enveloppe sur le sol, près de la porte d'entrée.

– Chic ! Une lettre ! dit-elle en se baissant pour la ramasser.

– Qu'est-ce que ça a de surprenant ? demanda Becks.

– C'est une lettre à l'ancienne, bien comme il faut. Regarde : adresse calligraphiée à la main, et tout…

Suzie tendit la lettre à Becks, qui put constater que l'adresse était libellée dans une belle écriture cursive, claire et fluide, avec une encre bleu foncé qui paraissait provenir d'un stylo à plume. Elle remarqua aussi – ce fut d'ailleurs la première chose qu'elle remarqua – que l'enveloppe était en papier vergé bleu ciel, à grammage lourd. Si Becks ne se trompait pas, ce papier à lettres venait de chez Smythson's, sur Bond Street, à Londres.

– Eh bien ! Voilà qui n'est pas banal ! dit-elle.

– Je vous rappelle que nous devons parler à Sophia, coupa Judith, qui prit l'enveloppe de la main de Becks et la posa sur une console.

– Tu ne l'ouvres pas ? demanda Suzie.
– Non, dit Judith.
Elle sortit de la maison. Suzie et Becks échangèrent un regard perplexe.

Elles avaient tout oublié de cette lettre quand elles arrivèrent chez Sophia : une majestueuse demeure victorienne en brique rouge surplombant la Tamise, sur un large méandre en direction de Bourne End. Le jardin descendait en pente douce vers un hangar à bateaux fait de brique et de moellons. Un escalier extérieur donnait accès à une pièce à l'étage.
– Nom d'un chien ! s'exclama Suzie.
– Oui, c'est assez luxueux, confirma Becks.
Suzie salua des randonneurs de l'autre côté du fleuve.
– Qu'est-ce que tu fais ? demanda Becks.
– Je leur fais croire que j'habite ici, répondit Suzie.
Elle se dirigea d'un pas assuré vers la porte d'entrée et tira de toutes ses forces sur la chaîne de la sonnette ; un tintement lointain retentit à l'intérieur de la maison.
– Quelle est notre stratégie ? demanda Becks.
– *Stratégie* ? dit Suzie comme si Becks venait de prononcer un gros mot. On fonce et on tape dans le tas !
– Tu crois que c'est une bonne idée ?
Sophia De Castro ouvrit la porte. Le teint resplendissant, elle rayonnait de santé. Suzie brandit son insigne et annonça :
– Police. On pourrait vous parler quelques instants ?

– Pardon ? dit Sophia, un peu déboussolée. Vous êtes de la police ?

– C'est exact.

– Non, non, nous ne sommes pas de la police ! coupa Becks avant que Suzie ne puisse reprendre la parole. Nous aidons la police, mais nous n'en faisons pas officiellement partie. Moi, je suis la femme du vicaire – c'est ma pénitence, ajouta-t-elle.

Sa blague tomba immédiatement à plat.

– Vous étiez à la réunion du comité d'aménagement urbain du conseil municipal, dit Sophia en reconnaissant Suzie.

– Nous vous expliquerons tout à l'intérieur, dit Judith. Pourrions-nous entrer ?

Sophia marqua un petit temps d'arrêt, puis répondit :

– Bien sûr.

Les trois amies la suivirent dans un couloir revêtu d'une moquette épaisse et arrivèrent dans une jolie cuisine équipée d'un four dernier cri de couleur crème. Sur la table était posé un vase de jonquilles.

– Puis-je vous servir une infusion ? J'ai de la menthe fraîche, si cela vous convient, proposa Sophia en s'approchant d'un gros bouquet de menthe planté dans un petit pichet d'eau.

– Avec plaisir ! répondit Judith.

Elle remarqua une carte postale aimantée à la porte du réfrigérateur : celle-ci représentait une tasse en porcelaine cassée qui avait été recollée, et à travers ses fissures passait une lumière dorée. « Nous sommes tous cassés, disait la légende. C'est ce qui laisse passer la lumière. »

– D'ailleurs, c'est précisément la raison de notre

visite. Vous cultivez des plantes médicinales dans votre jardin, n'est-ce pas ?

– Bien sûr ! répondit Sophia, dont le visage s'illumina. Vous êtes des fans de mon podcast !

Les trois visiteuses ne surent que répondre.

– Parlez-nous-en un peu, vous voulez bien ? demanda enfin Becks.

– C'est une activité que je mène en parallèle, leur expliqua Sophia tout en déchirant les feuilles de menthe du bout des doigts. L'occasion de faire connaître mon expérience des soins par les plantes et de l'art de se guérir avec l'aide de la nature.

– Et vous avez vraiment un jardin de poisons ? demanda Suzie.

Sophia sourit.

– Tout à fait, répondit-elle en recueillant les feuilles de menthe dans une théière en verre transparent. Elle porta celle-ci au robinet de la cuisine et y versa directement de l'eau bouillante. Le parfum frais et vif de la menthe emplit la pièce.

– C'est fascinant, dit Judith. Nous autoriseriez-vous à le visiter ?

– Très volontiers ! Ce jardin a beaucoup de succès.

Sophia les invita à passer par la porte-fenêtre et à traverser la pelouse jusqu'à une épaisse haie de houx. Une entrée y avait été créée au milieu à partir de branches d'if tordues qui formaient une arche. Au sommet de celle-ci pendait une pancarte en bois sur laquelle était gravée une tête de mort. Elles s'arrêtèrent au seuil de l'arche.

– C'est dangereux ? demanda Suzie.

– Tout est dangereux dans la nature pour qui ne la

comprend pas, répondit Sophia comme si elle révélait une vérité profonde. Et presque rien ne l'est pour qui la comprend, si vous voyez ce que je veux dire.

Toujours le sourire aux lèvres, Sophia franchit l'entrée. Suzie, se tournant vers ses amies, haussa les épaules pour signifier qu'elle ne voyait pas du tout ce que voulait dire Sophia. Passant sous l'arche, elles se retrouvèrent au milieu de plantes croissant dans les caissons d'un jardin surélevé. Sur un côté s'élevait une petite serre pleine d'autres spécimens insolites.

– Alors, qu'est-ce qu'on a ici ? lança Suzie sur le ton d'un pilier de pub qui se renseigne sur les bières à la pression.

– Eh bien ! Pour commencer, vous venez de passer sous une arche d'if.

– Les ifs ne sont pas toxiques ! dit Becks.

– Les branches non, mais les baies, oui. On peut en manger la chair, mais il faut éviter d'avaler le noyau. C'est ainsi que l'arbre se reproduit : les renards, en particulier, adorent les baies d'if.

– Pourquoi mangent-ils un fruit toxique ? s'enquit Judith.

– C'est très bien organisé. Les renards mangent les baies parce qu'ils en aiment le goût. Ensuite, ils vaquent à leurs occupations pendant que la pulpe de la baie se dissout dans leur estomac. Au bout d'un moment, privé de son enveloppe protectrice, le noyau intoxique le pauvre animal jusqu'à ce qu'il le vomisse. Et voilà ! Les noyaux peuvent germer et donner naissance à un nouvel if, très loin de l'arbre mère !

– Impressionnant ! dit Suzie.

– Cela démontre ce que je viens de dire : tout, dans

la nature, possède une fonction. Elle ne nous cause des ennuis que si nous l'ignorons.

Suzie désigna des plantes recouvertes de sacs en plastique.

– C'est quoi, ça ?

– Le printemps est traître pour les plantes. Ces sacs les protègent du gel.

– Vous avez aussi des orties, remarqua Judith, pointant le doigt vers un gros massif de tiges et de feuilles velues.

– *Urtica dioica*. Si vous voulez vous en faire une infusion, il faut veiller à ne récolter que la sommité de chaque plante. Si vous utilisez les plus grandes feuilles, vous en subirez des conséquences encore plus désagréables que si vous aviez mangé du chou trop cuit. Et bien entendu, si vous touchez les petits poils des tiges, vous aurez une éruption cutanée très douloureuse.

– Qu'est-ce que vous avez d'autre ? demanda Becks.

– Absolument tout ! Des crocus, de la belladone, du houx et du lierre, des digitales, des jacinthes des bois, des jonquilles… Tout ce que vous pouvez imaginer.

– Y compris de l'aconit ? demanda Suzie.

– Bien sûr ! Quel jardin pourrait se passer de ces sublimes fleurs violettes ? Venez, je vais vous montrer.

Au-delà du massif d'orties, Sophia les mena vers un caisson qui contenait des plantes sous cloches de verre. Leurs pieds étaient entourés d'une matière qui ressemblait à des touffes de cheveux.

– Ce ne sont pas des cheveux, tout de même ! s'exclama Becks, horrifiée.

– Si, je les récupère sur ma brosse tous les matins.

– Pourquoi ?

– Parce que ça éloigne les limaces et les escargots. Ils n’aiment pas les cheveux humains.

Becks fit une grimace qui ne laissait aucun doute quant à sa préférence pour les limaces. Sophia ne s’en aperçut pas et leur montra une plante dont les tiges portaient à leur sommet un épi de grosses fleurs d’un violet vif, en forme de cloches.

– Vous comprenez pourquoi on appelle aussi cette plante « capuchon de moine », dit Judith avec admiration. C’est la forme qu’évoquent les fleurs.

– Vous jardinez, vous aussi ? demanda Sophia.

– Pas exactement, répondit Judith, à qui cette question rappelait qu’il faudrait bien qu’un de ces jours, elle se décide à débroussailler la forêt vierge qu’était devenu son jardin. Je suis verbicruciste, et j’ai beaucoup de livres de référence sur les plantes.

– Dans ce cas, vous savez que même un simple contact de ces fleurs avec la peau peut vous tuer, dit Sophia avec un regard extasié. Je dois avouer que l’aconit m’a toujours fascinée. Voyez-vous, toutes les plantes de ce jardin ont des vertus médicinales ou sont de bons comestibles si on les prépare correctement. Toutes, à l’exception de l’aconit. Cette plante est vraiment mortelle.

– Pourquoi la cultivez-vous, alors ?

– Parce qu’elle est belle, vous ne trouvez pas ? Et pourquoi faudrait-il la mettre à l’écart simplement parce qu’elle est mortelle ? D’ailleurs, pourquoi vous y intéressez-vous ?

– Geoffrey a été empoisonné à l’aconit, révéla Judith, décidant que l’honnêteté était le meilleur parti à prendre.

Sophia fit un pas en arrière, choquée.

– Ce n'est pas possible.

– J'ai bien peur que si, dit Becks.

– Vous ne pensez tout de même pas qu'il a été empoisonné avec *mon* aconit ? s'inquiéta Sophia, de plus en plus perturbée.

– Tout le monde ne cultive pas de l'aconit, j'imagine.

– Et pourtant si, beaucoup de gens le font. J'en ai parlé dans mon podcast. N'importe qui l'ayant écouté – et mon podcast est téléchargé chaque semaine par des milliers de personnes dans le monde entier – sait que j'ai de l'aconit dans mon jardin. N'importe qui peut s'introduire chez moi, en arracher une touffe et la replanter chez soi. J'évoque très souvent sa forte toxicité. Vous savez qu'on l'appelle aussi « tue-loup » ou « reine des poisons » ?

– Oui, nous sommes au courant, dit Judith.

– Donc c'est ça, votre défense ? demanda Suzie. N'importe qui peut en avoir pris dans votre jardin ?

– Vous m'avez vue hier soir. Je suis arrivée après le début de la réunion, je suis entrée et je me suis assise. Je ne me suis approchée ni de Geoffrey ni de sa tasse de café.

– Comment savez-vous que le poison était dans son café ? demanda Judith.

– Il ne pouvait être que là, répondit Sophia, très agitée. Il n'a rien bu d'autre. Et l'aconit a un goût amer : il faut pouvoir dissimuler son amertume. C'est pourquoi je présume que ce qui l'a tué devait être dans son café.

– Vous dites être arrivée en retard à la réunion, reprit Judith. Pourquoi ?

– C'est vraiment important ?

– Oui, ça l'est, insista Suzie en brandissant à nouveau son insigne.

– D'accord. Quand j'ai pris ma voiture pour me rendre à la réunion, je me suis aperçue que j'avais un pneu crevé. J'ai dû le faire changer au garage Platts, et ce n'était pas une partie de plaisir, je vous l'assure. Je n'aime pas ces questions que vous me posez : pourquoi aurais-je voulu le moindre mal à Geoffrey ?

– J'ai remarqué, quand vous êtes arrivée, qu'il y avait un peu de tension entre Geoffrey et vous, dit Suzie.

– Eh bien ! Vous vous êtes trompée, j'en suis sûre.

– Non, non, il y avait vraiment quelque chose de bizarre entre vous deux.

– J'étais gênée d'être en retard, voilà tout. Et vous devez me croire : jamais je n'aurais fait le moindre mal à Geoffrey. Surtout depuis qu'il m'a tirée d'un gros pétrin, il y a quelque temps. En fait, s'il n'était pas intervenu, j'aurais eu d'énormes ennuis.

Judith et ses amies échangèrent un regard. Sophia faisait-elle allusion au scandale que Becks avait essayé en vain de se rappeler ?

– Pourriez-vous nous en dire davantage ? demanda Becks.

– C'était il y a quinze ans… une affaire très gênante, mais n'allez pas croire que je ne cherchais pas à faire de mon mieux. Geoffrey occupait déjà le poste de président du comité d'aménagement urbain au conseil municipal. Il m'avait confié la responsabilité de la gestion des cimetières.

– Voilà, c'est ça ! s'écria Becks, retrouvant la mémoire. Vous aviez mis les gens dans des tombes qui n'étaient pas les leurs !

– Vous n’avez pas besoin de le présenter ainsi, mais au fond vous avez raison : c’était une énorme erreur. J’avais confondu le plan du cimetière de Bisham et celui du cimetière de débordement de Marlow. Pas longtemps, je précise. Quelques semaines, pas plus. Dès que je m’en suis rendu compte, j’ai tout avoué à Geoffrey, et il a été formidable. Il ne m’a fait aucun reproche, il a simplement dit qu’il allait essayer d’arranger ça. Et il l’a fait, en persuadant les familles qui avaient subi des erreurs de concession de ne pas s’en formaliser et de ne pas faire de procès à la municipalité. Donc, il a résolu le problème sans que ça m’explose à la figure, et je lui en serai éternellement reconnaissante. C’est pourquoi l’on ne peut pas dire que j’avais un problème avec lui hier soir. Je lui dois plus qu’à n’importe qui d’autre sur cette terre.

– Vous avez peut-être quelque souvenir des familles qui ont été lésées ? demanda Judith.

– J’ai gardé beaucoup de paperasse de cette époque dans notre hangar à bateaux, en bas du jardin. L’étage me sert de studio d’enregistrement, et j’utilise les combles comme espace de rangement. Mais là, maintenant, je ne me souviens pas des détails. C’est un épisode de ma vie sur lequel j’ai tiré un trait aussi vite que possible, et depuis, je n’ai plus jamais commis ce genre d’erreur.

Pendant que Sophia disait ces mots, une Mercedes noire rutilante apparut dans l’allée et glissa doucement vers la maison. Le visage de Sophia s’assombrit.

– Pourriez-vous nous dire si, à votre avis, un membre du conseil municipal aurait eu des raisons de nuire à Geoffrey ? demanda Judith.

– Non, bien sûr ! répondit Sophia, distraite par l'arrivée de la voiture. Geoffrey était aimé de tous ceux qui le connaissaient. Dites-moi, si vous pensez que je vous ai donné assez d'informations, pourriez-vous me laisser maintenant ?

Sophia se précipita vers sa maison.

Les trois amies se regardèrent.

– Intéressant, dit Becks. Vous avez remarqué son changement d'attitude à l'arrivée de cette voiture ?

– Essayons de savoir pourquoi, suggéra Judith, qui se mit à suivre Sophia.

– Non ! On ne va tout de même pas la suivre ! glapit Becks pendant que Suzie emboîtait le pas de Judith.

Becks soupira. Certes, elle adorait le frisson que lui procuraient ces enquêtes, mais elle devait bien reconnaître que, des trois, elle était la seule à respecter la loi. Cela impliquait qu'elle accepte tout, les bons comme les mauvais côtés. Elle trottina pour rejoindre Suzie et Judith, puis les imita en jetant un œil au coin d'une baie vitrée. Elles virent Sophia, dans le hall d'entrée, se remettre du rouge à lèvres et arranger ses cheveux. Elle se contempla dans un miroir pendant un moment qui parut très long aux trois amies, puis plaqua un large sourire sur son visage avant d'aller ouvrir la porte. Elle salua le nouvel arrivant, un homme brun en costume gris et à l'expression maussade. Il lui tendit sa mallette sans même la regarder – ni même s'arrêter – et monta immédiatement à l'étage, la laissant seule dans l'entrée.

Sophia laissa tomber la mallette au sol et, d'un coup de pied, la projeta sous une console.

CHAPITRE 7

Pour faire le point, une réunion fut organisée au Strawberry Grove Café, sur High Street. En descendant du van de Suzie, Judith contempla un instant les passants qui vaquaient à leur journée, les guirlandes de fanions colorés entrecroisées au-dessus de leurs têtes, et sourit. Rien n'était plus charmant que d'observer l'agitation de la rue principale de Marlow High Street.

– Alors, qu'est-ce qu'on pense de Sophia ? demanda-t-elle.

– Je crois qu'elle est notre assassin, affirma Suzie sans l'ombre d'un doute. L'arme du crime est l'aconit, elle cultive de l'aconit, affaire conclue en ce qui me concerne. Et je suis formelle : il se passait quelque chose de bizarre entre elle et Geoffrey pendant la réunion. N'oubliez pas que c'est une femme qui met des gens dans des tombes qui ne sont pas les leurs !

– Oui, c'est un détail intéressant, concéda Becks. J'en parlerai à Colin en rentrant au presbytère, histoire de savoir s'il peut nous en apprendre davantage à ce sujet.

– Bonne idée, dit Judith. Personnellement, je m'intéresse à quelqu'un d'autre : le mari de Sophia. En supposant que c'est bien lui que nous avons vu rentrer à la maison.

– C'est certain, dit Becks. Il n'y a qu'un mari pour se comporter ainsi.

Suzie et Judith savaient que Becks avait une relation épineuse avec son époux. Elles n'eurent aucune difficulté à l'approuver.

– Comment une femme aussi connectée à la Terre Mère que Sophia peut-elle épouser un homme qui ne lui adresse même pas la parole quand il rentre ? demanda Judith.

– Tu as vu sa maison ? observa Suzie. L'argent. C'est toujours une histoire d'argent.

– Bonjour mesdames ! dit une voix masculine.

Elles se retournèrent : un homme s'avançait vers elles. Judith trouva son costume un peu trop bleu à son goût, et son large sourire la rendait tout aussi méfiante. C'était Marcus Percival.

– On se connaît ? demanda Judith.

– Je vous prie de m'excuser pour le dérangement, dit-il en se tournant vers Suzie, mais si je ne me trompe pas, vous étiez présente à la réunion lorsque Geoffrey est mort.

– J'y étais ! confirma Suzie, plus flattée de l'attention de Marcus que Judith ne trouvait convenable.

– Mais moi, je ne vous connais pas, dit Judith de son ton le plus suprêmement hautain.

– Toutes mes excuses ! Je suis Marcus Percival. Je fais partie du comité d'aménagement urbain avec Geoffrey, et j'étais là au moment de sa mort. Un moment atroce. Dites-moi, avez-vous des pistes ?

– Pourquoi diable cette question ?

– Je devine que la police avait hâte de vous demander à toutes les trois de l'aider à nouveau. Comme vous l'aviez fait sur les autres enquêtes. D'autant plus qu'un membre de votre illustre trio était sur les lieux lors de la mort de Geoffrey.

Il sourit de nouveau à Suzie, qui lui répondit par une expression extasiée qui n'échappa pas à Judith.

– Oui, c'est bien le cas ! dit-elle fièrement.

– Alors dites-moi, avez-vous déjà un suspect principal ?

– À votre avis ? demanda Judith.

– Moi ? Puisque vous me posez la question, je crois qu'il s'agit d'un horrible, d'un abominable accident.

– Il me semble que sa femme est morte depuis longtemps, dit Judith.

– Mary ? Triste histoire. Ils étaient amoureux depuis l'enfance, Geoffrey et elle. Ils se sont mariés aussitôt qu'ils ont pu et ne se sont plus jamais quittés. Quand il n'administrait pas Marlow, il était éditeur, un éditeur important. Quant à Mary, elle faisait du bénévolat pour toutes les associations caritatives de la ville.

– Et c'est triste, ça ? demanda Suzie.

– Oh, excusez-moi ! Bien sûr. Elle a eu un cancer et elle en est morte. Il y a une vingtaine d'années.

– S'est-il remarié ? demanda Becks.

– Non. Geoffrey me disait toujours qu'il était l'homme d'une seule femme, qu'il avait eu la chance de trouver l'amour une fois dans sa vie et n'imaginait pas que cela puisse se reproduire. Écoutez – ajouta-t-il pour enfoncer le clou –, personne ne l'a tué. C'est impossible. Je ne répéterai jamais assez quel type formidable il était. Prenez ma sœur par exemple. Une âme perdue, si l'on peut dire. Et elle l'a toujours été, malheureusement. Elle buvait, en plus. Ce qui est bien joli quand on est jeune, mais vous savez ce que ça devient quand on prend de l'âge. En tout cas, il y a quelques années, elle a eu des retards de loyer et elle a fait l'autruche. Le temps que je me rende compte de la situation, elle devait déjà des milliers de livres. J'ai sauté au plafond, je peux vous l'assurer. Mais Geoffrey s'en est mêlé et m'a prêté l'argent pour payer ses dettes. Vous imaginez ça ? Ne vous méprenez pas, j'ai tout remboursé au cours des mois suivants. Mais ce n'était pas seulement une question d'argent. Geoffrey s'est révélé être un soutien pour ma sœur. Il tenait à ce qu'elle sache qu'elle pouvait compter sur lui. Et pour elle, c'était si important ! Il n'y avait pas deux personnes comme lui.

– Est-ce que votre sœur accepterait de parler à la police ?

– Bien sûr. Elle adorait Geoffrey.

– Et vous pensez vraiment qu'il est mort par accident ? demanda Judith.

– C'est l'explication la plus plausible. Peut-être y avait-il de la mort-aux-rats dans sa tasse ? Je n'en sais rien.

– Selon vous, un membre du conseil municipal serait-il capable de l'assassiner ?

Marcus éclata de rire.

– Le comité d'aménagement urbain du conseil municipal est le même depuis des années ! Vous pouvez consulter les minutes des réunions : jamais un seul conflit. Nous sommes une bonne équipe.

– Ça ne m'a pas sauté aux yeux, dit Suzie.

– Vous voulez parler de Jeremy ? Il est très tatillon, c'est tout. Et quand les choses ne vont pas dans son sens, il se sent un peu frustré. Parfois, c'est pénible, mais dans un comité, il est bon d'avoir quelqu'un qui est un peu à cheval sur le règlement.

– Parlez-nous des autres membres du conseil.

– Que dire d'eux ? Sophia ? Malgré ses manières de grande dame et son air un peu perdu dans les étoiles, il n'y a pas une maison ou un terrain dans cette ville qu'elle ne connaisse par cœur. Son obsession, c'est le développement urbain de Marlow, et à tous égards, c'est une chic fille.

– Et vous êtes certain qu'elle n'a rien à voir avec ce qui est arrivé à Geoffrey ? demanda Suzie.

– J'en mettrais ma main à couper.

– Mais vous n'avez pas remarqué une tension étrange entre Geoffrey et elle quand elle est arrivée ?

– Pas du tout. Vous, si ?

– Et si je vous disais qu'elle cultive dans son jardin la plante toxique dont on s'est servi pour le tuer ?

Marcus devint plus attentif.

– Il est mort empoisonné par une plante ? Eh bien ! Cela renforce la thèse de l'accident. Peut-être que quelqu'un a laissé traîner cette plante quelque part, et il l'aura ingérée par erreur

– L'aconit est hautement toxique, expliqua Judith. On peut mourir par simple contact cutané. Il est très peu probable qu'il se soit retrouvé dans son café par hasard.

– On s'en fiche un peu, de qui en a dans son jardin, dit Marcus. Sophia n'a rien à voir là-dedans. C'est une femme bien, elle ne ferait pas de mal à une mouche.

Marcus sourit, satisfait d'avoir répondu à la question de Judith.

– Vous n'avez rien dit sur Debbie Bell ? continua celle-ci.

– Debbie ? Mon Dieu, voilà qui est un peu gênant, commença Marcus, absolument pas gêné. Eh bien ! Si je n'ai rien dit sur elle, c'est – excusez-moi – parce qu'elle n'a pas grand intérêt. Ne vous méprenez pas, elle fait beaucoup pour notre ville, mais elle est… comment dire… assez facile à oublier. Mais dites-moi, je suis curieux. Si vous pensez à un meurtre, est-ce aussi le cas de la police ?

– Que voulez-vous dire ?

– Considère-t-elle officiellement la mort de Geoffrey comme un meurtre, ou possède-t-elle seulement quelques soupçons ?

– Nous n'avons pas le droit de communiquer les détails de l'enquête, dit Judith.

– Bien sûr. Eh bien ! Je ferais mieux de vous laisser travailler. Mais si vous avez d'autres questions, passez à l'agence quand vous voulez. Vous savez où se trouve Percival's Estates ?

Marcus tendit le bras en direction de High Street, comme si les trois amies avaient pu ignorer où était son agence. Tout le monde savait où elle était.

Alors que les trois femmes le regardaient s'éloigner, Judith eut la forte impression qu'il savait qu'elles l'observaient encore.

– Tu vois ? fit remarquer Becks. Comme je l'ai dit tout à l'heure. Il est tout à fait charmant.

– Ah non ! Tu ne vas pas t'y mettre ! dit Judith.

– Quoi ?

– Suzie est déjà toute tourneboulée, et maintenant toi aussi, à ce que je vois !

– Moi, tourneboulée ? dit Suzie, surprise.

– Oui, toi.

– Et toi, tu ne le trouves pas charmant ?

– Je ne suis pas là pour le trouver charmant ou non, reprit Judith, mais je sais, au moins, qu'il semblait plus qu'intéressé par l'avancée de notre enquête. Vous n'êtes pas de mon avis ?

– Oh ! dit Becks, maintenant que tu en parles, c'est vrai, tu as raison.

– Et je me demande pourquoi il s'y intéresse tant.

Elles entrèrent au Strawberry Grove Café. Une fois lestées de toutes les tasses de thé et assiettes de gâteau dont elles avaient besoin, elles s'assirent à une table basse où elles passèrent en revue ce qu'elles avaient appris. Au bout d'une demi-heure à écouter Suzie répéter inlassablement que Sophia était l'assassin, Becks annonça qu'elle devait rentrer préparer le dîner. À cet instant, le téléphone de Suzie émit une alarme, lui rappelant qu'elle devait aller chercher un schnauzer nain chez un client à Hurley. Judith, se retrouvant seule, décida aussi de regagner sa maison.

De retour chez elle, elle songea à aller nager dans la Tamise, ce qu'elle faisait toujours quand elle avait besoin de réfléchir. Mais Judith se rendit compte que l'énergie lui manquait.

Elle se contenta de prendre une bouteille de whisky sur sa console et de s'en verser un soupçon dans un gobelet en cristal taillé. Elle l'avala cul sec, puis laissa brièvement son esprit vagabonder dans des souvenirs d'enfance. Elle se dirigea vers la cheminée. Les braises du feu qu'elle avait allumé le matin même étaient mourantes. Elle y jeta un allume-feu et un peu de petit bois. Aidé de quelques coups de soufflet en bois, le feu revint à la vie. Elle alla ensuite à la console où elle avait posé l'enveloppe libellée à la main reçue dans la matinée. Elle la ramassa, retourna devant la cheminée et la jeta dans le feu sans même l'ouvrir. L'enveloppe noircit sur les bords avant de prendre feu brusquement, et le papier carbonisé s'écarta pour révéler une jolie écriture manuscrite. Avant que Judith eût pu en déchiffrer un seul mot, le feu atteignit le centre et la lettre entière partit en flammes.

Voilà, se dit-elle. C'était mieux ainsi.

Maintenant, elle allait pouvoir se concentrer sur l'enquête. Assise dans son fauteuil à oreilles favori, elle repensa à ce qu'avaient dit Sophia et Marcus : Geoffrey était un être humain irréprochable. Mais Suzie avait raison : ce n'était pas possible. Il devait bien avoir un côté sombre, un secret, sinon pourquoi aurait-on eu besoin de le tuer ?

Une sonnerie stridente traversa la pièce et Judith sursauta avant de se rendre compte qu'on l'appelait sur sa ligne fixe. Elle se rapprocha du téléphone et décrocha le combiné couleur crème.

– Judith Potts, dit-elle.

Silence. Non, pas tout à fait : on entendait quelqu'un respirer.

– Allô ? dit-elle avec impatience. S'agissait-il d'une plaisanterie ?

– Suivez l'argent, souffla une voix étouffée à l'autre bout de la ligne. Judith comprenait à peine ce qu'on lui disait, comme si quelqu'un lui parlait à travers un tampon d'étoffe.

– Vous pourriez répéter ?

– Vous voulez savoir qui a tué Geoffrey Lushington ? Suivez l'argent.

– Comment avez-vous eu mon numéro ? demanda Judith, mais elle n'eut qu'un déclic pour toute réponse.

Son correspondant venait de raccrocher.

CHAPITRE 8

Le lendemain matin, Becks s'efforçait de commencer sa journée sur une note positive, tout en sachant que ce jour serait une catastrophe et qu'elle n'y pouvait rien. Elle avait beaucoup de mal à ravaler sa rancœur.

Pour une fois, cela n'avait rien à voir avec ses proches. Au contraire, toutes ses prouesses d'enquêtrice avec ses amies Judith et Suzie avaient eu pour effet de rehausser, de manière subtile, son statut au sein de sa famille. Sa fille Chloe étudiait désormais les religions comparées à l'université d'Exeter, ce qui avait pour le moins étonné ses parents. Cette nouvelle vie d'étudiante s'accompagnait d'un petit surcroît de maturité : petit à petit – malgré une certaine réticence –, elle ne réduisait plus sa mère au seul statut de femme au foyer, vouée à la sphère familiale.

Sam, âgé de dix-huit ans, était quant à lui plongé dans les affres de la préparation du bac. Ou, plus exactement, il y aurait été plongé s'il avait daigné travailler un peu. Après une désastreuse série d'épreuves de bac blanc, il avait annoncé à ses parents qu'il renonçait à toute révision, et que ça lui convenait parfaitement, ces derniers n'avaient donc aucun souci à se faire. Alors que Colin s'apprêtait à faire passer un sale quart d'heure à son fils, Becks lui avait fait remarquer que, depuis peu, l'intérêt de Sam pour les études avait considérablement diminué et que cette décision lui permettrait peut-être de se chercher et de se tourner vers de nouveaux centres d'intérêt. Colin avait objecté, à juste titre, que ce serait une très bonne idée si les centres d'intérêt de Sam ne se résumaient pas à jouer à sa PlayStation, aller au pub et dormir. Becks avait approuvé dans son for intérieur mais n'avait pas cédé. Il fallait laisser Sam respirer.

Sur ce point, comme sur beaucoup d'autres, Colin s'en remettait désormais à sa femme. Becks se plaisait à croire qu'elle devait cela à ses talents d'illustre pourfendeuse du crime, mais elle soupçonnait en réalité une autre raison. Récemment, par quelques investissements avisés, elle avait acquis, par inadvertance, une petite fortune qu'elle destinait à sa famille. Colin lui en était reconnaissant. À tous égards, Becks jouissait enfin de la vie domestique qu'elle avait toujours désirée.

Et c'est à ce moment-là que Marian Starling, la mère de Colin, avait décidé de venir s'installer chez eux. Aux yeux de Becks, Marian était la seule personne de sa connaissance qui incarnât le mal absolu – et pourtant, comme elle le disait souvent à Colin, elle avait déjà croisé son lot de meurtriers. Par ses manières désinvoltes, sa voix rauque et parfois même par sa façon de s'habiller, Marian faisait penser à un pape saoul.

Becks n'aimait pas reconnaître qu'elle détestait à ce point sa belle-mère, mais au fil des années, Marian ne lui avait pas laissé d'autre choix. Colin ne pouvait que donner raison à sa femme : sa mère était un cauchemar. Elle n'en gardait pas moins sur lui un contrôle quasi fatal.

Alors que Becks et Colin savouraient ensemble un instant de quiétude matinale dans leur cuisine, Marian entra dans les froufrous d'un caftan en laine rapporté, l'année précédente, d'un voyage en solo dans les Andes qu'elle avait fait « pour se trouver ».

– Ne vous dérangez pas, annonça-t-elle en se dirigeant vers la bouilloire. Je viens juste me faire une tasse de thé. Faites comme si je n'étais pas là.

Colin se leva à demi de sa chaise, mais Becks le fusilla instantanément du regard. Sa mère était assez grande pour se faire une tasse de thé sans l'aide de personne.

– Alors, tu voudras bien examiner cette histoire de cimetières ? dit-elle. Elle ne voulait en aucun cas interrompre sa conversation avec son mari.

Marian se mit à faire du vacarme dans le placard, sortant tasse après tasse pour en trouver une propre. Toutes les tasses étaient propres.

– Je ne saurais pas bien par où commencer, répondit Colin en regardant sa mère souffler dans une des tasses pour en chasser la poussière qui n'y était pas.

– Il n'y a pas des registres diocésains quelque part ? Ou bien des archives ?

– Si, je suppose.

Marian attaquait désormais un autre placard et, d'un air maussade, passait en revue les boîtes de thé. Aucune ne lui convenait.

– Ce sont les mêmes thés que ceux d'hier, dit Becks.

– Tu es sûre de ne pas avoir de thé d'Assam ? Colin adore l'assam, c'est son préféré.

– Euh... dit Colin, j'ai arrêté l'assam il y a belle lurette. Tu ne peux pas obtenir les archives du conseil municipal ? demanda-t-il à Becks.

– On nous a dit que Geoffrey a essayé d'étouffer le scandale, expliqua Becks, et ce que je veux connaître, c'est la version du diocèse. Elle risque d'être un peu différente de celle que le conseil a dans ses archives.

Marian, qui avait trouvé un bol de sucre, l'examinait d'un œil soupçonneux à la recherche de crottes de souris. Becks se leva et, des paumes de ses deux mains, heurta brusquement la surface de la table.

– Marian ! s'écria-t-elle.

Marian feignit l'étonnement.

– Tu n'as toujours pas de sucre semoule ?

– Nous avons, dans cette maison, du sucre roux cristallisé, mais ça ira très bien, parce qu'il fond exactement de la même façon dans une tasse de thé.

Marian contempla sa belle-fille avec un regard empreint d'une indulgence infinie.

– Je trouve que ça n'a pas le même goût, dit-elle en parfaite martyre. Je suis désolée de vous infliger toutes mes exigences. Je sais que je ne suis pas parfaite, mais c'est si dur pour moi depuis que le père de Colin n'est plus de ce monde !

Colin décida d'intervenir pour couper court.

– Ne t'en fais pas, je vais te faire une tasse de thé.

– Comme c'est gentil ! Je ne veux déranger personne.

– Pourquoi ne retournes-tu pas dans ta chambre ? continua Colin. Prends le journal de ce matin. Je vais t'apporter une bonne tasse de thé.

– Tu ferais ça pour moi ? C'est adorable, dit-elle avant de sortir de la pièce avec la lenteur, pensa Becks, d'un prisonnier montant à l'échafaud.

Quand elle eut enfin quitté la cuisine, Colin alla s'occuper du thé pour éviter la conversation qui l'attendait, mais Becks n'avait pas l'intention d'abandonner.

– Combien de temps va-t-elle s'incruster ? dit-elle d'un ton excédé.

– Elle n'a nulle part où aller !

C'était vrai. Encore récemment, Marian habitait un deux-pièces à Sevenoaks, dans le Kent. Quand son bail avait pris fin, elle était allée frapper à la porte de son fils.

– Elle pourrait louer un autre appartement n'importe où ! dit Becks. Mais elle ne le fera pas, n'est-ce pas ? Parce que nous connaissons tous les deux la raison de sa présence ici.

– Elle voulait passer un peu de temps avec ses petits-enfants !

– Hier, elle a appelé Sam « Simon ».

– C'est bien ce que je dis, elle aimerait mieux le connaître !

– Elle a eu dix-huit ans pour le faire.

– Faut-il toujours qu'on se dispute à cause d'elle ?

– Oui, tant que tu continueras à la défendre sans arrêt.

– Je suis son fils !

– Pas la peine de me le rappeler !

La bouilloire cliqua. Mari et femme se regardèrent. Tous deux étaient en réalité du même avis : Marian était un cauchemar. Et chacun connaissait l'opinion de l'autre.

– Et c'est quoi, cette façon de toujours remettre la mort de ton père sur le tapis ?

– Ça, ce n'est pas gentil, dit Colin avec une nuance de menace dans la voix.

– Il n'est pas mort ! Il s'est juste installé à Frinton-on-Sea !

– Certains diraient que c'est la même chose.

– Ce n'est pas le moment de plaisanter, Colin.

– Écoute, je sais qu'elle est exaspérante, mais c'est sa façon à elle, la seule dont elle dispose, de se remettre du fait qu'il l'a plaquée.

– Ça fait trois ans ! dit Becks. Et depuis, elle n'a fait que jeter l'argent du divorce par les fenêtres !

– Ce n'est pas de sa faute si elle ne sait pas gérer l'argent.

– Oh ! Si ! C'est entièrement de sa faute.

– Non, ne le dis pas… coupa Colin, comprenant le sens que prenait la conversation.

– C'est seulement lorsque tu lui as dit que j'avais gagné tout cet argent en Bourse qu'elle a décidé de venir ici !

– J'étais si fier de toi, je voulais qu'elle le sache !

– Et maintenant la voilà chez nous, à se plaindre que nos biscuits ne soient pas des Duchy Originals[1] !

Becks fit une pause pour retrouver son calme.

– Qu'est-ce qu'il faudrait pour qu'elle s'en aille ? demanda-t-elle.

Colin soupira.

1. Les Duchy Originals sont une gamme de biscuits biologiques haut de gamme créée en 1990 par le prince Charles, actuellement roi d'Angleterre. (N.d.T.)

– Tu le sais très bien.

– De l'argent, dit-elle. Et je ne lui donnerai pas un sou. Il est pour nos enfants. *A fortiori* parce qu'ils n'hériteront rien de leur grand-mère.

– On va s'en sortir, promit Colin en versant de l'eau bouillante dans une théière.

– J'espère que tu as raison, parce que je te préviens : avec tout ce que j'ai appris ces dernières années, je pourrais bien céder à la tentation de commettre un crime parfait.

Becks, étonnée par sa propre audace, laissa échapper un petit rire. Colin sourit aussi, d'un air plus fatigué.

Sur la table, le téléphone de Becks sonna. Elle prit l'appel et écouta.

– D'accord, Judith. Je suis chez toi dans dix minutes.

CHAPITRE 9

Quand Becks arriva chez Judith, elle la trouva dans sa salle d'enquête improvisée, en compagnie de Suzie et de Tanika.

– Alors c'est ainsi que tu as résolu l'enquête sur le meurtre de Peter Bailey[1] ? demanda Tanika, impressionnée par le tableau en liège, désormais couvert de fiches pour chacun des suspects, reliées les unes aux autres par des fils de laine rouge.

– Oui ! répondit fièrement Judith.

Le regard de Tanika fut attiré par les hautes piles poussiéreuses de journaux et de magazines qui occupaient une moitié de la pièce.

– J'étais un peu collectionneuse, autrefois, reconnut Judith en guise d'explication.

– *Autrefois* ? dit Tanika en haussant un sourcil.

– Il faut que je te raconte ce qui m'est arrivé hier soir ! reprit Judith pour changer de sujet.

Elle lui apprit qu'elle avait reçu un coup de téléphone anonyme.

1. Voir *Les Dames de Marlow enquêtent*, t. 2, *Il suffira d'un cygne*.

– *Suivez l'argent* ? répéta Tanika quand Judith eut terminé son récit. Nous avons fait des recherches de routine sur Mr Lushington, et nous n'avons rien trouvé d'inhabituel dans ses finances. Je dois rejoindre mon équipe, maintenant, et voir s'ils peuvent creuser davantage. Que peux-tu me dire de plus sur la personne qui t'a appelée hier soir ?

– Pas grand-chose, avoua Judith, scrutant sa mémoire. Sa voix était métallique et étouffée. Comme déformée.

– Tu penses qu'il utilisait un logiciel pour la modifier ?

– Ça me paraît possible.

– Il aurait donc pu s'agir d'une femme ?

– Oui, peut-être, mais cela me faisait penser à une voix d'homme, même si elle n'était pas tout à fait humaine. Aussi, dès la fin de l'appel, j'ai composé le 1471 pour savoir d'où provenait le coup de téléphone, mais c'était un numéro masqué.

– Ne t'inquiète pas, assura Tanika. L'opérateur téléphonique pourra identifier le numéro, même masqué. Nous le leur demanderons.

– Voilà la réponse que j'espérais, dit Judith. Une fois que tu auras identifié l'auteur de l'appel, nous pourrons lui rendre visite. Et nous saurons pourquoi il passe des appels anonymes.

– Justement, on pourrait parler de ça ? demanda Tanika. Parce que je vous suis très reconnaissante pour tout ce que vous avez fait, mais vous ne devez pas parler à des témoins clés comme Mr Percival et Mrs De Castro sans m'en avoir prévenue.

– Comment allons-nous t'aider si nous ne pouvons parler à personne ?

– Il y a une procédure à respecter. Et cette affaire devra, à un moment donné, passer devant les tribunaux.

– Balivernes !

– Je parle très sérieusement.

– Bien sûr, convint Judith, c'est ainsi que *toi*, tu dois procéder. Mais ce n'est pas la meilleure façon de nous utiliser. Nous devrions être autorisées à parler à qui nous le désirons, car nous ne sommes pas officiellement de la police.

– Et nous ne nous présentons jamais comme étant de la police ! ajouta Suzie, au grand étonnement de Judith et de Becks. Nous disons que nous sommes là pour aider, c'est tout. Rien de ce que quiconque nous dira ne sera un témoignage officiel, et c'est bien ce qui compte. Dans une ville comme Marlow, où tout le monde connaît tout le monde, il est important d'avoir des canaux de communication non officiels.

– À t'entendre, on se croirait à Belfast dans les années 1970 ! dit Tanika.

– Suzie a raison, reprit Judith. Nous devrions être autorisées à procéder comme nous l'entendons. Considère-nous comme des détectives privés.

Tanika fronça les sourcils. L'idée d'accepter la proposition ne l'enchantait guère. En même temps, elle n'oubliait pas que Judith et ses amies avaient déjà largement contribué à élucider deux autres affaires de meurtre.

– Bien, dit-elle afin de changer de sujet, et si je vous informais des progrès que nous avons faits jusqu'à présent ?

– Excellente idée ! dit Judith.

Elle retira le capuchon d'un stylo-feutre pour ajouter des détails aux fiches punaisées au mur.

– Commençons par la scène de crime. Nous n'avons rien trouvé d'incriminant dans la chambre des débats du conseil municipal.

– Pas même le sucrier ?

– Justement, Antonia m'a fait son rapport : pas de sucrier, nulle part.

– Voilà qui est intéressant ! dit Judith.

– Je ne suis pas vraiment de ton avis.

– Pourtant, l'autopsie a révélé la présence de sucre dans l'estomac de Geoffrey, et il en restait également dans sa tasse : alors d'où pouvait-il venir ?

– Peut-être avait-il des sachets de sucre sur lui ?

– Avez-vous trouvé des sachets de sucre vides ?

– Je ne crois pas que la présence ou non de petits sachets de papier déchirés nous prouve quoi que ce soit. En revanche, nous avons fait une découverte intéressante dans le couloir qui mène à la chambre des débats : une petite caméra de sécurité qui enregistre toutes les allées et venues à la porte de la pièce, or le câble en a été sectionné.

– Vraiment ? dit Becks. A-t-elle filmé la personne qui a coupé le câble ?

– Malheureusement, elle ne couvre pas tout à fait la porte principale du bâtiment. Quiconque a fait le coup a pu entrer par celle-ci et couper le câble avant d'entrer dans le champ de la caméra.

– Quand cela s'est-il produit ? demanda Judith.

– Le matin de la mort de Mr Lushington.

– Mais pourquoi l'assassin se serait-il donné cette peine ? L'aconit agit à toute vitesse, ce qui signifie que la personne qui a tué Geoffrey se trouvait dans la chambre des débats quand il est mort. Et comme nous avons la liste complète des suspects, qu'est-ce que cela nous apporterait de savoir qui a été filmé dans le couloir entre la porte d'entrée et la salle ? Que s'est-il passé dans ce couloir que l'assassin ne voulait pas que nous voyions ?

– Tu as raison, dit Tanika.

– C'est un peu étrange, tu ne trouves pas ?

– Et ce n'est pas tout : nous avons épluché la vie privée de Mr Lushington, et nous n'y avons absolument rien trouvé de litigieux, même insignifiant. Tous ses e-mails et ses SMS tournent autour de sa fonction de maire de Marlow, et il y apparaît toujours conciliant, toujours décidé à mettre en valeur le meilleur de chaque personne. Cet homme était, selon toute apparence, foncièrement bon.

– C'est ce que disent aussi Marcus et Sophia, grommela Suzie.

– Toutefois, un détail a alerté notre attention. Un selfie sur son téléphone. Une photo des seins d'une femme en soutien-gorge de dentelle noire.

– Passionnant ! s'exclama Judith, qui frappa dans ses mains, ravie. Et à qui appartiennent ces seins ?

– C'est ça le problème : impossible de le savoir. Il s'agit juste d'un gros plan des seins d'une femme en soutien-gorge noir.

– Je vois, dit Judith, en inscrivant « photo de seins » sur une fiche avant de la punaiser sur le tableau, à côté de la fiche de Geoffrey. C'est donc le genre d'homme qui possède des photos de seins sur son téléphone.

– Pas exactement, corrigea Tanika. C'est le genre d'homme à qui l'on envoie des photos de seins.

– Elle lui a été envoyée ?

– Visiblement. Selon les métadonnées du cliché, celui-ci a été pris à Marlow le 27 janvier à 20 h 20.

– Ça n'a pas de sens, dit Becks. Lors de notre conversation avec Marcus Percival, il nous a affirmé que Geoffrey restait fidèle à sa femme, bien que sa mort remonte à vingt ans.

– Aucun homme ne reste fidèle à sa femme, dit Suzie, encore moins quand elle est morte ! Et honnêtement, la plupart des hommes se font la malle avec une nouvelle femme avant même que l'ancienne ne soit chez le croque-mort.

– Peux-tu nous les décrire, ces seins ? demanda Judith à Tanika.

– Judith ! s'écria Becks. On ne va tout de même pas examiner les seins des femmes !

– Bien sûr que non, mais cela peut tout de même nous donner des indices. Par exemple, sont-ils gros ?

– Je n'approuve pas, déclara Becks en se levant de sa chaise. Je n'approuve pas du tout !

– Un homme a été tué ! dit Suzie.

– Oui, mais pas par une paire de seins. Vraiment, cette conversation est tout à fait inconvenante.

– La femme en question est de type caucasien, reprit Tanika de son ton le plus professionnel. Je dirais qu'elle est d'âge moyen – plus de quarante ans, je devine, et peut-être plus âgée encore. Et j'ajouterais que, pour la forme et la taille, ses seins sont dans la moyenne. C'est difficile à dire. Mais il y a un détail significatif : elle possède une tache de naissance bien visible sur la peau, juste sous le sein gauche. De la taille d'un penny et en forme de losange.

– Encore plus intéressant ! dit Judith en ajoutant

« tache de naissance en losange » à côté de « seins » sur la fiche.

– Savons-nous si Sophia De Castro ou Debbie Bell ont une telle tache de naissance ?

– Je crains que non.

Suzie réfléchit.

– Diriez-vous que l'une ou l'autre ont des seins de taille moyenne ? demanda-t-elle enfin.

– Cette conversation m'incommode profondément ! dit Becks.

– Qu'est-ce que tu es prude !

– Je ne suis pas prude. Vous savez bien que tout cela dépend du soutien-gorge et de la coupe des vêtements. Si ce sont des seins de taille moyenne, il pourrait s'agir de n'importe qui.

– Et d'ailleurs, dit Tanika à Judith, qu'une chose soit claire : à ta moindre tentative de soulever le pull ou le t-shirt d'une femme pour trouver cette tache de naissance, je t'arrête pour agression.

– Ne t'en fais pas, jamais je ne ferais une chose pareille ! répondit Judith dans un élan de sincérité auquel Tanika ne crut pas une seconde.

Le téléphone de Tanika sonna. Elle s'écarta un peu pour prendre l'appel. Après avoir chuchoté quelques questions, elle raccrocha, visiblement soucieuse.

– Un problème ? demanda Judith.

– C'était l'inspecteur Perry. Il vient d'interroger de nouveau Debbie Bell.

– Pourquoi ?

– L'équipe de la police scientifique a examiné toutes les empreintes digitales trouvées sur les deux capsules usagées. L'une d'elles porte les empreintes de Debbie.

– C'est normal, dit Suzie. Elle aussi s'est préparé un café ce jour-là. Ses empreintes sont donc nécessairement sur sa capsule.

– Ce n'est pas la sienne qui nous intéresse, mais celle qui contenait le poison qui a tué Mr Lushington, et qui porte aussi les empreintes digitales de Debbie Bell. Elle affirme qu'elle peut tout expliquer, mais selon l'inspecteur Perry, Debbie était tellement sur la défensive qu'il doute qu'elle lui ait raconté toute l'histoire. Non qu'elle ait eu l'air coupable, mais elle était très réticente. Ça arrive parfois, surtout avec ceux qui sont, disons, plus timides que la moyenne. Ils se figent dès qu'ils voient des policiers.

Judith se souvint que c'était ce même inspecteur Perry qui s'était montré particulièrement sceptique quant à ses aptitudes, et celles de ses amies, à aider la police.

– Les manières de l'inspecteur Perry laissent beaucoup à désirer, dit-elle.

– Oui, cela fait aussi partie du problème, répondit Tanika.

– Si seulement tu avais sous la main des civils sympathiques pour interroger Debbie Bell à sa place ! dit Judith.

Tanika la regarda et, comprenant où elle voulait en venir, soupira.

– Entendu ! Pourriez-vous aller lui dire deux mots ?

– Je ne suis pas sûre qu'on en ait le temps, répondit Judith d'un air détaché.

– N'en fais pas trop.

Le visage de Judith s'éclaira d'un large sourire.

– Eh bien ! Nous serons enchantées de donner ce coup de main à la police. N'est-ce pas, mesdames ?

CHAPITRE 10

Debbie Bell habitait près du club de hockey de Marlow. Quand elles arrivèrent, Judith et ses amies découvrirent une vieille camionnette garée devant la maison de construction récente. Debbie se tenait dans l'embrasure de sa porte pendant qu'un homme plus âgé déchargeait des cartons et les portait dans le garage. Quand elles se furent rapprochées, Judith les salua joyeusement. L'homme lui répondit par un large sourire, mais Debbie fronça les sourcils.

– Qui êtes-vous ? demanda-t-elle.

Judith lui expliqua qu'elles assistaient la police sur une enquête, mais cela n'arrangea en rien l'humeur de Debbie.

– Je sors à peine d'une discussion avec votre imbécile de collègue ! dit-elle.

– Vous parlez de l'inspecteur ?

– Il m'a posé des questions tout à fait déplacées.

– Vous nous en voyez désolées, dit Becks. Nous l'avons rencontré nous aussi, et le moins qu'on puisse dire est qu'il manque de savoir-vivre.

– Ça, vous pouvez le dire !

– Nous désirons seulement vous poser encore quelques questions. Cela ne vous prendra pas plus d'une minute, reprit Becks.

– Et nous sommes loin d'être aussi mal élevées que lui, ajouta Judith avec son sourire le plus convaincant.

– Qu'est-ce qu'il y a dans ces cartons ? demanda Suzie.

– Des canards, répondit Debbie.

– Des canards ? répéta Suzie, interloquée.

– Pas des canards vivants, bien sûr.

– Bien sûr ! acquiesça Suzie, dont les deux amies perçurent qu'elle avait bel et bien cru le contraire.

À ce moment, l'homme renversa au sol l'un des cartons. Plusieurs petits canards en plastique jaune se répandirent dans l'allée.

– Vous ne pouvez pas faire attention ? lança Debbie avec impatience.

– Ces canards sont pour la fête de Marlow, n'est-ce pas ? demanda Becks. La Course des canards.

– C'est bien ça !

– J'adore cet événement ! dit Becks. S'apercevant que Judith n'y comprenait rien, elle continua :

– Pour une livre, chacun peut adopter un petit canard en plastique. Ensuite, tous les canards sont jetés dans la Tamise au même moment. Il y en a des milliers, toute une flotte de petits canards jaunes qui se dandinent sur l'eau. Et le premier à franchir le barrage gagne la course.

– Et qu'est-ce qu'on gagne ? demanda Suzie.

– L'important n'est pas de gagner, dit Debbie. La course sert à lever des fonds pour des associations caritatives locales.

– Quelle belle démonstration de civisme ! s'exclama Becks, ravie. Je suis sûre que, dans cette ville, vous ne recevez pas la reconnaissance que vous méritez pour votre travail, pour assister à toutes ces réunions du conseil. J'en sais quelque chose : je suis la femme du vicaire de Marlow. Croyez-moi, les paroissiens font peu de cas du travail de mon mari. Moi, je suis émerveillée par la façon dont des gens comme vous tiennent la ville à bout de bras !

– Merci, c'est très gentil de votre part. Voulez-vous entrer un instant ? proposa Debbie, flattée par les propos de Becks.

Debbie les précéda. Pendant que les trois amies la suivaient, Suzie félicita Becks d'un pouce levé. Debbie les fit entrer dans une petite cuisine qui ressemblait à sa propriétaire : terne et un peu fatiguée sur les bords. L'unique porte donnant sur le jardin était bloquée par un gros réfrigérateur.

– Comment se fait-il que les canards soient livrés chez vous ? demanda Suzie.

– Je suis le seul membre du conseil municipal qui dispose d'un lieu de stockage qui ferme à clé. Et comme j'exerce en tant que comptable, les autres se plaisent à penser que j'aime bien compter les stocks, mais je vous rassure : je déteste ça. Je ne m'occupe pas seulement des canards, mais aussi des costumes pour la Course des pères Noël, qui arrivent au début du mois de septembre. Ils prennent encore plus de place.

– Donc, vous êtes comptable ? demanda Becks.

– Oui, assermentée depuis vingt-trois ans.

– Où travaillez-vous ?

– À Marlow Wealth Management, le gestionnaire de fortune sur Spittall Street. Vous connaissez ? L'agence appartient à Paul, le mari de Sophia.

– Ah, vraiment ? dit Judith.

Elle se souvenait bien de Paul, qui était rentré chez lui de si méchante humeur lorsqu'elles avaient interrogé Sophia.

– Un patron exigeant, mais juste.

– Peut-on lui faire confiance ?

– Oui, bien sûr. Nos clients ne tarissent pas d'éloges sur lui, c'est d'ailleurs pour cette raison qu'ils nous confient la gestion de leur argent.

– Puisque vous êtes comptable, demanda Judith, que me répondriez-vous si je vous disais « suivez l'argent » ?

– « Suivez l'argent » ? Je ne saurais vous dire. Suivre l'argent, c'est ce que je fais, je suppose, mais ça ne veut pas dire grand-chose.

– Croyez-vous possible que Geoffrey se soit livré à des malversations financières ?

– Jamais de la vie ! C'était une des personnes les plus moralement irréprochables que j'aie connues.

– Vous en êtes sûre ?

– Absolument certaine. Il veillait avec soin à ce qu'aucun penny ne soit gaspillé, nous rappelant sans cesse que notre argent appartenait aux citoyens de Marlow. Je ne l'imagine pas une seule seconde prendre part à des affaires douteuses.

Voyant, comme ses amies, que cette question avait irrité Debbie, Becks s'approcha d'une triple étagère chargée de jolies petites figurines en porcelaine. Il y en avait plusieurs dizaines.

– Ce sont des Lladró ? demanda-t-elle pour changer de sujet.

Le visage de Debbie s'illumina.

– Oui ! répondit-elle. Je les collectionne depuis mon enfance.

– Elles sont charmantes.

– Merci !

Judith eut alors une idée diabolique.

– C'est quoi, celle-ci, tout là-haut ? demanda-t-elle en désignant une petite sirène en porcelaine sur l'étagère supérieure.

– Elle est très rare et très, très précieuse – c'est une des toutes premières, elle date du début des années cinquante.

– Pourriez-vous nous la montrer ?

Judith mima le geste de s'étirer pour atteindre la figurine. Ses deux amies comprirent ce qu'elle essayait de faire : Debbie portait un chemisier vert sombre, et Judith espérait lui faire tendre les bras assez haut pour découvrir le milieu de son torse. Peut-être y verraient-elles une tache de naissance en forme de losange ?

– Vous vous imaginez vraiment que je peux atteindre cette étagère ? répondit Debbie avec étonnement. N'importe qui pouvait voir que l'étagère était hors de portée pour une femme de la taille de Debbie.

– Si vous essayiez, vous y arriveriez, j'en suis sûre !

Judith étendit de nouveau les bras pour encourager Debbie à faire de même. Debbie ne voulait rien savoir.

– Cette figurine est beaucoup trop précieuse pour que j'aille la chercher là-haut. Elle vaut au moins un millier de livres.

– Bien sûr, dit Becks. Vous ne pouvez pas prendre le risque de la casser.

La dernière phrase était destinée à Judith, à qui Becks ordonnait de lâcher l'affaire.

– Mais pourquoi vouliez-vous me voir au juste ? demanda Debbie. Je dois réceptionner tous ces canards dans une minute.

– Nous voulions que vous nous en disiez un peu plus sur Geoffrey, expliqua Becks.

– J'ai déjà dit tout ce que je savais au policier qui vous a précédées.

– Oui, un homme, n'est-ce pas ? Je suis certaine qu'il ne vous a pas bien écoutée. Et j'imagine combien cet événement tragique vous a heurtée.

– Vous avez raison : il avait l'air de se moquer comme d'une guigne de la façon dont j'étais affectée par la mort de Geoffrey. C'est à peine s'il ne me traitait pas comme un suspect !

– Je suppose que c'est parce qu'on a retrouvé vos empreintes digitales sur la capsule de café de Geoffrey, lâcha Suzie.

– Mais je m'en suis déjà expliquée ! J'ai fait mon café après que Geoffrey a fait le sien. Et quand j'ai voulu introduire ma capsule de café dans la machine, j'ai vu que la sienne n'avait pas été évacuée correctement. Vous connaissez ces machines à expresso : elles se bloquent si facilement ! Alors j'ai ouvert le panneau avant, j'ai retiré la capsule de Geoffrey et je l'ai jetée dans le petit réceptacle pour capsules usagées. Ensuite, j'ai refermé la machine et j'ai lancé mon café comme d'habitude.

– Comme vous avez raison ! dit Becks. Ces machines peuvent être si récalcitrantes !

– Merci, dit Debbie, ravie de voir sa version des faits confirmée. Mais puis-je vous demander quelque chose en échange ? L'officier de police m'a dit que la capsule de Geoffrey contenait du poison. Disait-il la vérité ?

– Oui, je le crains, confirma Judith.

– Mais comment le poison a-t-il pu arriver là ?

– Malheureusement, la police ne peut que présumer qu'il y a été mis intentionnellement.

– C'est impossible. Comme je vous l'ai dit, Geoffrey était une des personnes les plus droites que j'aie connues. Pourquoi lui voudrait-on du mal ?

– C'est également ce qu'affirment Sophia et Marcus, déclara Judith. Tous deux ne tarissaient pas d'anecdotes pour démontrer sa gentillesse.

Cette dernière phrase réveilla manifestement l'esprit de compétition de Debbie.

– Moi aussi, dit-elle, j'ai une anecdote ! Il y a deux ans, je suis tombée malade. Rien de gravissime, ou du moins c'est ce qu'il en a résulté. Mais sur le moment, je n'en savais rien. J'ai fait savoir à Geoffrey que je passais des examens à l'hôpital. Il a tout laissé tomber et m'a dit qu'à chaque fois que je devrais y aller, il m'y conduirait. Ce n'était même pas nécessaire : j'ai ma voiture ; mais il ne voulait rien entendre. Il voulait m'épargner d'avoir à chercher une place pendant des heures sur le parking de l'hôpital. Il était toujours présent, à chaque rendez-vous. Il me déposait et revenait me chercher. Il ne m'a jamais laissée tomber.

– Quelle belle attention de sa part ! dit Becks.

– Oui, n'est-ce pas ?

– C'était un saint, à n'en pas douter.

– Mais, demanda Judith, diriez-vous que Jeremy serait d'accord avec vous ?

– Pourquoi cette question ?

– Il a piqué une crise devant toute l'assemblée juste avant la mort de Geoffrey, dit Suzie. Je l'ai vu de mes propres yeux.

– C'était Jeremy qui faisait son Jeremy, c'est tout. C'est un vrai Hitler d'opérette dès qu'il est question de règlement.

Son visage s'assombrit.

– À quoi pensez-vous ? demanda Becks.

– Quand vous avez mentionné la crise de Jeremy, cela m'a rappelé quelque chose. Sans importance, j'en suis sûre…

Judith fouilla dans son sac à main et en retira sa boîte de bonbons acidulés.

– Voici ce que je vous propose : vous nous racontez ça, et ensuite nous décidons ensemble si c'est important ou non. Voulez-vous un bonbon ?

Debbie sembla charmée de cette proposition.

– Merci ! dit-elle en mettant le bonbon dans sa bouche. Ce n'est certainement rien du tout, mais il y a quelques semaines, j'ai surpris Geoffrey et Jeremy en train de se disputer violemment. Comme c'était à la fin d'une réunion du Rotary, je suis sûre que ça n'avait rien à voir avec le conseil municipal. Mais je peux vous certifier que depuis cette dispute, les rapports sont restés assez tendus entre Geoffrey et Jeremy.

– Sur quoi portait cette dispute ?

– Je n'en sais rien. Ils étaient sur le parking, près de la voiture de Geoffrey. Jeremy semblait furieux, et j'ai entendu Geoffrey lui dire, si je me souviens bien, « Je ne te la rendrai pas ».

– *Je ne te la rendrai pas* ? répéta Suzie pour s'assurer qu'elles avaient bien entendu.

– Voilà, ou quelque chose comme ça. Je suis montée dans ma voiture et je suis partie. Pourtant, maintenant qu'on en parle, je ne suis pas sûre que ce soit un détail incriminant – le fait qu'ils se soient disputés.

– Croyez-vous Jeremy capable de meurtre ?

Tout en suçant son bonbon, Debbie hésita un instant.

– Vous savez quoi ? Je pense que non seulement il est capable de meurtre, mais aussi de folie meurtrière. Vous voyez le genre, celui dont les voisins disent : « C'était un homme si paisible, jamais un problème avec lui ! », mais quand on regarde son portrait-robot, on se dit que c'est la plus belle tête de tueur qu'on n'ait jamais vue.

Judith et ses amies se regardèrent. Était-ce possible ? Jeremy Wessel était-il l'assassin qu'elles recherchaient ?

Bilan de l'enquête 1

Rien de tel qu'une grille de mots croisés
pour faire le point sur l'enquête !

	1	2	3	4	5	6	7	8	9	10	11	12	13	14	15
A							■								
B					■							■			
C				■					■					■	
D						■					■				
E			■					■							
F							■			■			■		
G	■			■											■
H						■						■			
I										■				■	
J		■			■				■						
K	■						■				■				
L				■				■					■		
M						■									■
N			■						■						
O							■					■			

Horizontalement

A. Prénom du premier arrivé au conseil. Sophia ayant un site dédié au bien-être. B. Goût du café… et du suivant. Poison justement trouvé dans le café. Entends comme naguère. C. Celui d'Angleterre a créé les Duchy Originals. Cette ville fait des cloches de verre. Alors, à Bisham. D. Lendemain d'émission, pour Suzie. Cours africain. Si Judith le perd, elle continue de nager. E. Métal d'occasion. Taxi pour moindre sortie. Le 1 concerne des lucarnes. F. Architecte procédurier. Un disque. ChatGPT. Cartes sur table. G. *Do*. Le nom de la victime. H. Safari kényan. Le père de Marian pour Chloe. Hep ! I. Mobiles fort courants de crime. Poème. J. Officier de police. Véhicule de Suzie. Hypothèse jugée invraisemblable. K. Tanika l'est, d'être passée inspectrice principale. Fils de Becks. Pubs comme The Craddock. L. *Pro Re Nata*, selon les circonstances. Obtenue. Sophia apparaît ainsi à Suzie. C'est-à-dire. M. Le ton de Suzie l'est, quand on parle de podcasts. De verts hectares de ray-grass anglais. N. L'équivalent français du MI5. Becks n'en a aucune de se disputer avec Tanika. Les comptes de la sœur de Percival l'étaient. O. Percival en joue pour montrer combien il est en forme. Une capsule l'a été dans la machine à expresso. Six ou sept jeux, à Wimbledon.

Verticalement

1. La ville des Dames. L'assam plut jadis à Colin. L'un porte le nom de Higginson. 2. Mary l'était de Geoffrey depuis l'enfance. Une carte est aimantée à celui de Sophia. 3. Un filtre. Le nom de famille de Becks. 4. Chrome de Percival's Estates. Les loyers de la sœur de Percival l'étaient. Ainsi Geoffrey voulait-il expédier les affaires du jour. Supporter de Liverpool. 5. Objet parfois dérobé. Le tue-loup est celle des poisons. 6. Singe. Geoffrey le fut au poste de maire. Confession de criminel. Versus. 7. Tribunal. Les enquêtes des trois Dames en deviennent une. La plante toxique en forme un de fleurs violettes. 8. Suzie pense que Geoffrey l'est d'un sens de l'humour espiègle. Suzie les balade. Groupe de *Shiny Happy People*. 9. Dans. Dames anglaises. Sensibilité photo. 10. Faire comme Marcus avec Shakespeare. Ainsi est-il agréable de nager dans la Tamise. Judith y baigna aussi sans vêtements… 11. Commune de Wallonie. Hybride dont les deux parents sont des fauves. Joyau crucigère du roi Charles III. 12. Surveillât un suspect. Mrs Bell qui prend un café. 13. Cela va bien avec le gin. *Roméo et Juliette* en est un de Gounod. Lentilles. 14. Pouffé. Ils sont ici de sincérité ou de sympathie. Opaline. 15. Des sucres analysés au labo. Celle de l'accident plaît à Percival. Il y en a plus d'un à l'église dont Colin est le vicaire.

CHAPITRE 11

Une fois que Judith, Becks et Suzie eurent quitté la maison de Debbie, Becks se tourna vers Judith.

– Tu avais promis de ne pas chercher la tache de naissance ! dit-elle.

– Mais je ne l'ai pas cherchée ! se défendit Judith, feignant l'innocence.

– Bien sûr que si !

– Pas du tout, je demandais simplement à Debbie de tendre les bras vers l'étagère du haut.

– Tu es incorrigible !

– Je l'espère bien ! Imagine que je sois corrigible. Ce serait mortellement ennuyeux !

– Et Debbie Bell, qu'est-ce qu'on en pense ? demanda Suzie.

– Je n'en sais rien, avoua Becks. Je m'attendais à quelqu'un de plus négatif.

– Elle était pourtant très négative ! dit Suzie.

– Mais sa collection de figurines, c'est plutôt romantique, et très joli au demeurant ! Je suis certaine que Debbie est une personne plus complexe qu'il n'y paraît.

– Et le fait qu'elle travaille pour le mari de Sophia ? continua Suzie. Ce n'est pas rien, tout de même !

– Possible. Mais vous connaissez Marlow : tout le monde travaille pour tout le monde. Quoi qu'il en soit, il faut que je rentre au presbytère.

– Qu'est-ce que tu racontes ? demanda Judith. Tu es en pleine enquête policière !

– Non, il faut vraiment que j'y aille. J'ai promis de faire les sandwichs pour la réunion de l'U3A[1], cet après-midi, à Liston Hall.

– Mais Debbie pense que Jeremy pourrait être l'assassin ! ajouta Suzie. Nous devons l'interroger, ça ne peut pas attendre !

– Tanika nous a seulement autorisées à interroger Debbie.

– Tu te rends compte de ce que tu dis ? Est-ce bien la Becks qui a gagné une petite fortune en cryptomonnaies ? La Becks qui a mobilisé toute la ville pour déplacer un chêne tombé sur la route en plein orage ?

À cette description, Becks ne put s'empêcher de ressentir une certaine fierté, mais celle-ci se dissipa à l'instant où son téléphone sonna. Voyant le nom de Colin s'afficher, elle devina qu'il cherchait à savoir pourquoi elle n'était pas déjà au presbytère à faire des sandwichs.

Elle appuya sur la touche rouge pour rejeter l'appel.

– Vous savez quoi ? dit-elle d'un air décidé. Je crois que j'ai une folle envie d'aller interroger Jeremy.

1. Club d'activités pour retraités présent dans tout le Royaume-Uni. (N.d.T.)

Une recherche rapide sur Internet révéla que le cabinet d'architecte de Jeremy Wessel se trouvait au Globe Trading Estate, le centre d'affaires situé à l'est de la ville. Pendant que Suzie les y conduisait, le téléphone de Becks sonna à nouveau. C'était Colin.

– Il vaut mieux que je le tienne au courant, dit Becks avant de prendre l'appel. Colin, je suis désolée, mais je n'ai pas le temps de préparer des sandwichs aujourd'hui.

– Pas de problème, répondit Colin. J'ai pensé que tu étais assez occupée à aider la police, mais c'est la raison de mon appel : j'ai creusé un peu ton histoire de tombes, excuse le calembour.

– Je ne comprends pas : je ne t'aide pas, et tu ne m'en veux pas ?

– Mais bien sûr que tu aides ! Seulement, tu aides la police et pas moi, et ça me paraît sensiblement plus important. Maintenant, écoute-moi, j'ai des choses à te dire sur Sophia De Castro.

– Ne quitte pas, dit Becks, je mets le haut-parleur.

Becks pianota sur les touches de son téléphone.

– Vous m'entendez ? demanda Colin.

– Cinq sur cinq, répondit Judith.

– C'est une histoire fascinante. Il se trouve que nous avons les anciennes archives ici, à Marlow. Et que votre Sophia De Castro a causé une pagaille épouvantable. Des emplacements avaient été réservés pour une famille, et elle les avait par erreur transférés sur la liste commune. Résultat : deux femmes et un homme, qui avaient attendu toute une partie de leur vie d'être enterrés auprès de leurs conjoints défunts, ont découvert que d'illustres inconnus avaient été enterrés dans leurs concessions avant eux. Des concessions qu'ils avaient achetées des années auparavant.

– Mais c'est épouvantable ! dit Becks.

– C'est encore pire que ça. Quand Sophia a essayé de réparer son erreur, elle n'a fait qu'aggraver les choses : elle a fait déplacer des pierres tombales d'une sépulture à l'autre et a encore tout fait n'importe comment. Il y a même une famille, la pauvre, qui a complètement perdu la trace de son cher défunt. Tu le crois, ça ? Ne pas savoir où ton oncle, ou quiconque de ta famille, est enterré ?

– Et pourquoi diable n'a-t-elle pas été poursuivie ? demanda Judith.

– C'est là que ça devient intéressant, dit Colin. Dans les archives, nous avons retrouvé des lettres de Geoffrey Lushington adressées à l'évêque d'Oxford, dont Marlow dépend. Vous devriez les voir, ces lettres : il le supplie d'accorder le pardon à Sophia de manière si passionnée, si convaincante… Vraiment, c'est l'exemple parfait de la bonne manière d'embobiner un évêque. *Le caractère de la clémence est de n'être point forcée*, et tout le bazar.

– *Elle tombe, comme la douce pluie du ciel sur le lieu placé au-dessous d'elle*, poursuivit Judith, pour compléter la citation du *Marchand de Venise*, acte IV, scène I.

– Exactement. C'était un homme impressionnant, votre Mr Lushington, conclut Colin. Pas de menace, pas de chantage, et il met un point d'honneur à faire preuve du plus parfait altruisme. Il ne voulait pas qu'une jeune femme ait à porter le fardeau d'une erreur de bonne foi.

– Fascinant, dit Judith. Merci pour votre aide, Colin.

– C'est tout naturel. Oh, Becks, maman pense que tu as besoin d'une soirée tranquille et a décidé de nous préparer le dîner ce soir. Elle va faire un des plats préférés de Sam.

– Non ! Il n'en est pas question ! dit Becks.

La véhémence de Becks surprit fort Judith et Suzie.

– Elle veut seulement nous aider, chérie.

– Non, elle veut seulement me rabaisser.

– Je sais que ça y ressemble souvent, mais pour l'occasion…

Becks se pencha en avant et éructa dans son téléphone :

– Dans *ma* maison, c'est *moi* qui cuisine ! Si elle veut nous aider, elle peut changer les draps de son lit, faire le ménage dans sa chambre, ou juste sortir ce soir, histoire de ne plus être dans nos pattes !

Silence à l'autre bout du fil, puis :

– C'est un peu méchant, ça…

– Rappelle-moi quel est le plat préféré de Sam ?

– Burger-frites.

– Exactement. Et peux-tu me dire ce que j'ai formellement interdit à notre table ?

Le silence de Colin confirma qu'il venait enfin de comprendre le problème. Becks avait décidé que sa famille réduirait au maximum sa consommation de viande et de glucides sans valeur nutritive. En conséquence, les steaks hachés avaient été remplacés par des burgers végétariens et les frites de pomme de terre par des frites de patate douce maison. Le chemin vers l'acceptation avait été long et pénible, mais Becks, au bout de plusieurs mois de douce persuasion, avait réussi à faire avaler à sa famille que les burgers de pois cassés et les patates douces étaient tout aussi délicieux que les burgers de bœuf avec des frites.

– Oh, dit Colin. Je vois où tu veux en venir.

– Elle le fait exprès, s'emporta Becks. Tu le vois, n'est-ce pas ?

– Elle a déjà dit à Sam qu'il pouvait manger tout ce qui lui ferait plaisir.

– Eh bien non, c'est hors de question ! Tant qu'elle vivra sous mon toit, elle mangera ce qu'on lui donnera. Tu peux le lui dire de ma part ?

– Moi ? Oui… oui, bien sûr, dit Colin.

Dans le van, tout le monde comprit à son ton hésitant qu'il n'en ferait rien.

– Tu as intérêt à le faire ! dit Becks d'un ton autoritaire. Elle raccrocha.

Suzie et Judith attendirent l'explication de Becks.

– Ma belle-mère habite chez nous, dit-elle enfin.

Suzie pouffa.

– C'est une blague ?

– Je sais, le stéréotype de la belle-mère impossible, mais elle est bien pire que ça : c'est le mal incarné.

– Voilà un terme très fort, releva Judith.

– Le jour de mon mariage, elle portait sa robe de mariée.

– Quoi ? s'écria Suzie.

– Vous imaginez ? Marian n'était pas seulement en blanc, ce qui est déjà problématique : elle portait sa robe de mariée. Elle l'avait raccourcie, évidemment, pour montrer ses jambes – elle a des jambes splendides, et personne n'a manqué de les voir ce jour-là. Mais elle voulait que tous mes amis la trouvent plus « mariée » que moi, avec un supplément « vous voyez, à mon âge, je peux encore mettre ma robe de mariée ».

– Oh ! dit Judith. Ça, c'est bas !

– Le père de Colin l'a enfin quittée il y a trois ans, après une vie entière de souffrance à ses côtés. Elle est comme une enfant, complètement irresponsable. Après le divorce, sa seule occupation consistait à dépenser son argent n'importe comment, uniquement pour elle. Quand elle s'est retrouvée à sec, elle a vendu sa maison et s'est installée dans un bungalow. Mais croyez-vous que ça lui ait servi de leçon ? Elle continue à jeter l'argent par les fenêtres – en taxis pour la moindre sortie, en vêtements coûteux, en coiffeur une fois par semaine. Tout tourne autour d'elle et de ses désirs. Et plus tard encore, quand ses comptes ont été à nouveau dans le rouge, elle a vendu son bungalow et a loué un appartement. Mais devinez ce qui s'est passé ? Bientôt, même l'appartement fut au-dessus de ses moyens. Alors elle est venue habiter chez nous. Et l'on dirait que maintenant l'œuvre de sa vie consiste à démolir la mienne chaque fois qu'elle en a l'occasion.

– Je vois très bien, dit Suzie. Tu as déjà pensé à la tuer ?

– J'y pense tous les jours, avoua Becks, mais que puis-je faire ? C'est la mère de Colin et la grand-mère de Sam et Chloe. Je ne peux pas la mettre dehors comme ça. Qu'est-ce que vous en pensez ?

– Tu pourrais toujours la mettre dans l'hôtel capsule de Suzie, suggéra Judith.

– Ha ! s'exclama Becks, hilare. J'adorerais ça !

Suzie ajusta son rétroviseur. Judith eut l'impression que son amie faisait semblant de ne pas avoir entendu la blague.

– Qu'est-ce qu'il y a ? demanda Judith.

– Quoi ? dit Suzie, comme si elle ne comprenait pas de quoi parlait Judith.

– Tu es étrangement calme.

– Moi ? Non. Je ne suis jamais calme.

– Sauf en ce moment : il y a un problème, n'est-ce pas ?

– C'est juste que... C'est marrant que tu parles de mon hôtel. Vois-tu, je rencontre un petit obstacle. J'ai vérifié les plans sur Internet, et tu te souviens que je t'avais dit que le module de base, c'était huit capsules en largeur et deux capsules en hauteur ?

– Oui, et c'est ainsi que tu comptes le faire tenir en dessous de la hauteur de ta palissade ! dit Judith.

– En fait, j'avais mal lu les plans. Le module de base, ce n'est pas huit capsules en largeur et deux en hauteur, c'est deux en largeur et huit en hauteur.

Après un court moment de surprise, Judith éclata de rire et Becks mit sa main devant sa bouche pour éviter d'en faire autant.

– Tu t'apprêtais à construire une tour dans ton jardin avec huit chambres en hauteur et seulement deux en largeur ?

– Ce n'est pas drôle ! grogna Suzie. J'ai beaucoup travaillé sur ce projet, et maintenant tout tombe à l'eau.

– Bien sûr, dit Becks, compatissante. Cela doit être très frustrant pour toi.

– Oui, mais c'est très drôle ! ajouta Judith.

Suzie, au volant, continuait de bouder. Elle prit enfin une grande inspiration et réfléchit sur sa situation.

– C'est vrai, c'est très drôle, reconnut-elle à contrecœur.

– Cela aurait donné une structure de quelle hauteur ? demanda Judith.

– Vingt et un mètres.

Nouveau fou rire à l'idée d'une structure haute de vingt et un mètres dans le jardin de Suzie.

– Quelle idiote je fais ! dit Suzie.

– N'importe quoi. Les idiotes n'attrapent pas les meurtriers.

– Et n'élèvent pas si bien leurs enfants, ajouta Becks.

– Tu crois que j'ai fait du bon boulot en tant que mère ?

– Tes deux filles ont des compagnons, des métiers qu'elles aiment, et elles sont heureuses.

– Oui, tu as raison.

– Et c'est en grande partie grâce à toi. Je trouve étonnante la façon dont tu t'es toujours débrouillée. Ton job de promeneuse de chiens, ton émission de radio, ton projet d'hôtel… Tu es toujours à la recherche de bons plans, et quand tu en trouves un, tu bondis et tu ne le lâches plus. Mais ça ne te fatigue pas, à la longue, de devoir te couper en quatre pour tout ?

– Que veux-tu dire ?

– Bien entendu, tu n'avais pas le choix quand tes filles étaient petites, mais elles ont fait leur vie depuis, et de ton côté, tu n'as pas mal mené ta barque. Un travail de gardienne de chiens qui te laisse beaucoup de temps pour d'autres activités !

– Oui, d'autres activités : attraper des meurtriers par exemple ! dit Judith.

– Et une émission de radio le dimanche soir pour te reconnecter avec toute la ville. Pour moi, c'est une vie accomplie et épanouissante !

Suzie se rendit compte que Becks avait peut-être raison. Une vie entière à gratter çà et là pour se maintenir financièrement à flot l'avait habituée, en toutes circonstances, à tâcher de s'en sortir au mieux de ses intérêts. Et si elle changeait d'approche et décidait d'être simplement heureuse ? L'audace de cette idée la terrifiait autant qu'elle la séduisait, mais elle n'eut plus le temps d'y penser, parce qu'il fallait se garer devant le cabinet de Jeremy.

Une fois sorties du van, elles ne purent s'empêcher de remarquer qu'elles se trouvaient dans une des parties les plus vétustes du centre d'activités. Plusieurs bureaux étaient inoccupés, et la peinture s'écaillait sur les fenêtres de celui de Jeremy.

– Ce cabinet aurait besoin d'un architecte ! dit Suzie.

Elles frappèrent à la porte et Jeremy leur ouvrit avec un sourire fanfaron.

– Bonjour mesdames ! Eh, je vous reconnais, vous ! ajouta-t-il à l'intention de Suzie. Vous étiez dans la galerie publique quand Geoffrey est mort, non ?

– En effet.

– Et vous rappliquez ici quelques jours plus tard – en voilà une coïncidence !

– Ça n'a rien d'une coïncidence, nous travaillons avec la police, dit Suzie en montrant son insigne.

– Nous restons pour autant des civiles, ajouta Becks.

– Ça alors, quel retournement ! dit Jeremy avec admiration.

– Nous aimerions vous poser quelques questions à propos de votre relation avec Mr Lushington, enchaîna Judith.

Jeremy eut un tic nerveux au coin de l'œil, presque imperceptible.

– Vous feriez mieux d'entrer, dit-il, toujours souriant.

Elles voyaient bien que le sourire de Jeremy n'était pas très franc. En fait, c'était même très loin d'être un sourire. Elles le suivirent à l'intérieur, flairant l'odeur du sang.

CHAPITRE 12

Jeremy conduisit les trois femmes dans une petite pièce meublée d'un chevalet d'architecte à côté de l'unique fenêtre. Un ordinateur trônait sur un grand bureau qui reposait sur deux caissons à documents. En l'examinant plus attentivement, Judith constata que ce bureau était en réalité une porte en bois de médiocre qualité.

– J'allais préparer du thé, dit-il. Puis-je vous en servir une tasse ?

– Merci beaucoup, répondit Judith, j'en serais enchantée.

– Moi aussi ! Deux sucres, si vous en avez, précisa Suzie.

– Bien sûr, dit Jeremy. Et vous ? demanda-t-il à Becks.

– Moi, rien, merci, répondit Becks.

Jeremy s'avança vers un petit coin cuisine et alluma une bouilloire électrique.

– Pour ne rien vous cacher, dit-il, cette distraction est la bienvenue. Je viens de passer toute la matinée sur l'emplacement des lavabos dans les nouvelles toilettes du club de rugby.

– C'est vous qui êtes chargé de la rénovation du club ? demanda Suzie.

– Tout à fait.

– Et pourtant vous faites partie du comité d'aménagement urbain du conseil municipal, observa Judith.

– Ne vous inquiétez pas, je me mets toujours en retrait quand il est question d'un de mes projets au comité. Aucun conflit d'intérêts. Que faisiez-vous à la réunion ? demanda-t-il à Suzie en distribuant les tasses de thé.

Elle n'eut pas le courage de mentir.

– J'avais l'intention de solliciter un permis de construire pour un hôtel.

– Ça, c'est un gros projet ! dit Jeremy, impressionné.

– Gros, pas tant que ça, regretta Suzie. Plutôt haut et étroit.

– En fait, dit Judith, nous nous sommes déjà rencontrés. Je vous ai demandé de jeter un coup d'œil au toit de ma maison, voici quelques années. Au cas où il aurait eu besoin d'une nouvelle charpente.

– Désolé, cela ne me dit rien. Je fais beaucoup de petits travaux.

– En définitive, je n'ai pas fait appel à vous.

Jeremy parut ne pas relever la critique sous-jacente.

– Ce qui explique sans doute pourquoi je ne m'en souviens pas. Mais aujourd'hui, que puis-je faire pour vous ? Vous disiez avoir des questions sur Geoffrey.

– C'est exact ! dit Judith.

– Bien entendu. Feu à volonté ! Excusez-moi, ce n'est pas de très bon goût dans les circonstances actuelles. Qu'aimeriez-vous savoir ?

– Voici : nous nous sommes entretenues avec

Sophia, Marcus et Debbie. Tous s'accordaient à dire que Geoffrey était quelqu'un de bien.

– Et il l'était, je peux vous le confirmer.

– Pourtant, dit Suzie, vous vous êtes disputé avec lui le soir de sa mort.

– Dispute, c'est un grand mot. Je me suis laissé emporter, je n'aurais pas dû, je le reconnais. Il m'arrive parfois d'être mon pire ennemi.

– Vous avez dit, aussi, que vous étiez sous pression.

– J'ai dit ça, moi ? Eh bien ! Ça voulait simplement dire que je suis toujours au four et au moulin. Et en ce moment, oui, j'ai énormément de travail.

– Cela me semblait plus sérieux que ça : vous avez accusé Geoffrey de vous prendre de haut.

– Oui, parce que ça lui arrive. Le parfait non-spécialiste : ils lisent deux bouquins sur Frank Gehry et ils croient tout connaître à l'architecture.

– Une connaissance imparfaite est une chose dangereuse, dit Judith.

– Bien résumé. Marlow est une ville de patrimoine, impossible d'en faire abstraction. C'est pour cela qu'on a tant de touristes : le XVIIe, le XVIIIe et le XIXe siècle se côtoient à chaque coin de rue. Ce qui ne veut pas dire que la modernité n'y a pas sa place, mais que celle-ci ne doit pas entrer en conflit avec ce qui l'a précédée. Geoffrey n'a jamais compris cette harmonie subtile. Pourtant, ajouta-t-il précipitamment, il n'y a jamais eu aucun dérapage à ce sujet. D'autant moins que c'était toujours moi qui l'emportais. Sophia et Debbie, notamment, n'étaient pas d'accord pour qu'on plante des structures en plastique de couleurs vives au beau milieu de High Street. En cas de conflit, je pouvais toujours compter sur leurs votes. N'allez pas vous imaginer des choses : nos vrais désaccords étaient rarissimes. Nous passions le plus clair de notre temps à tamponner des projets parfaitement valides proposés par des citoyens.

Judith s'aperçut que Jeremy retrouvait son aplomb. Elle décida de l'asticoter un peu.

– Y a-t-il eu, récemment, un sujet particulier de désaccord entre Geoffrey et vous ?

– Je n'en vois aucun.

– Vraiment ? insista Judith en fixant Jeremy avec attention. Debbie nous a rapporté que dernièrement, vous et Geoffrey, vous vous êtes accrochés après une réunion du Rotary.

Le tic nerveux revint au coin de l'œil de Jeremy.

– Elle a dit ça ?

Il feignit de se souvenir, mais visiblement, il savait parfaitement de quoi parlait Judith.

– Elle a entendu Geoffrey vous dire : *Je ne te la rendrai pas.*

Jeremy passa sa langue sur ses lèvres, en proie à une réflexion intense. Enfin, son visage s'éclaira.

– Et elle a pris ça pour une dispute ? dit-il en riant. Vraiment, Debbie est parfois très pénible. Ne le dites à personne, au sein du comité, tout le monde la considère comme l'emmerdeuse de service. Elle imagine toujours le pire.

– Que s'est-il réellement passé ce soir-là ? demanda Judith.

– Ce n'était pas une dispute, c'est déjà la première chose que vous devez savoir. Pas même un désaccord. Geoffrey me narguait, c'est tout. Par plaisanterie.

– C'est-à-dire ?

– Lui et moi, nous aimons bien prendre un petit verre de whisky de temps à autre. C'est la première chose qui nous a rapprochés. Il nous arrivait souvent d'aller boire des coups ensemble après nos réunions du comité, et nous en profitions pour évoquer quelques excellents single malts que nous avions découverts depuis notre dernier verre. Geoffrey adorait les whiskys tourbés, c'était son point faible. Alors quand j'ai trouvé une bouteille de whisky japonais que, je dois l'avouer, je n'arrivais pas à distinguer d'un pur malt distillé dans l'île de Jura, j'ai compris qu'il fallait que je lui prête la bouteille. Et comme je l'avais deviné, Geoffrey l'a beaucoup appréciée. À tel point qu'il n'a pas voulu me la rendre. Voilà ce qu'il entendait par « Je ne te la rendrai pas » ! Il me disait simplement que ce whisky était trop bon pour qu'il me le rende. Ça m'a fait rire, pour être honnête. Je comprenais très bien son obsession. Personnellement, je préfère les whiskys un peu plus floraux, avec la petite morsure soufrée qui va bien. Je ne voyais donc aucun inconvénient à ce qu'il garde la bouteille.

– Quelle marque ? demanda Judith, qui ne croyait pas un mot de l'histoire de Jeremy.

– Un Kyoto Gold. Si vous aimez le whisky, vous devriez vraiment y goûter. C'est remarquable.

– Donc, si nous cherchons dans la maison de Geoffrey, nous y trouverons une bouteille de Kyoto Gold ?

– Bien sûr, à moins qu'il ne l'ait vidée. Il avait une bonne descente.

– Vous imaginez qu'il ait pu vider cette bouteille si vite ? À quand remonte la dernière réunion du Rotary ?

– À trois semaines, je pense. Et oui, il était plus que capable de siffler toute une bouteille en trois semaines. Il vivait seul, et il n'y avait personne chez lui pour l'empêcher de se servir chaque soir une bonne rasade de liquide ambré.

Suzie et Becks échangèrent un regard. Elles savaient, l'une et l'autre, que Judith n'avait pas besoin de trois semaines pour vider une bouteille de whisky.

– Par conséquent, conclut Jeremy qui considérait avoir passé son entretien haut la main, si j'étais vous, je ne tiendrais aucun compte des avis catastrophistes de Debbie sur les disputes entre les uns et les autres, et je me concentrerais plutôt sur le fait que Geoffrey et moi, nous avons toujours été en assez bons termes pour aller boire des coups ensemble, et pour que je lui offre des bouteilles de whisky. Sérieusement. Si nous avons eu quelques différends, ce n'étaient que des bourrasques localisées, entièrement professionnelles, et qui n'ont jamais eu de conséquence notable.

– Une dernière question, dit Judith, Geoffrey avait-il des problèmes financiers ?

– Pas que je sache. Il ne m'a jamais fait part d'aucun souci d'argent.

– Je vois. Donc, si je vous disais « Suivez l'argent », à quoi penseriez-vous ?

Jeremy haussa les épaules.

– Ça ne me dit rien du tout. Oh, mon Dieu, votre sucre ! s'écria-t-il soudain, coupant court à sa réflexion. J'ai oublié de vous en proposer, dit-il à Suzie.

Leur tournant le dos, il se rendit de nouveau au coin cuisine.

– Pas la peine, lança Suzie, de toute façon je suis censée réduire ma consommation de sucre.

– Mais non, mais non ! Et voilà, dit-il en apportant le sucrier.

La vision du sucre inspira une pensée à Judith.

– À cette réunion du comité, vous n'avez pas bu de thé, n'est-ce pas ?

– En fait, non. Et avant que vous me le demandiez, je n'ai pas bu de café non plus. Geoffrey oui, si c'est là que vous voulez en venir. Une tasse de café avec deux sucres.

– Vous l'avez vu mettre du sucre dans son café ?

– Absolument. Et alors ?

– Pouvez-vous nous dire dans quelle sorte de récipient il se trouvait ? demanda Judith avec insistance.

Jeremy trouvait curieux l'intérêt que Judith témoignait à ce détail.

– Il était dans un de ces bocaux en verre, vous savez, avec un gros couvercle à charnière métallique et un joint en caoutchouc orange.

– Un bocal Kilner, vous voulez dire ? demanda Becks.

– Voilà, c'est ça ! Les morceaux de sucre étaient dans un petit bocal Kilner.

– Et avez-vous revu ce bocal après la mort de Geoffrey ? demanda Judith.

– Vous posez vraiment de drôles de questions, dit Jeremy avec un petit rire. Il n'avait pas entièrement récupéré son aplomb. Il se trouve, continua-t-il, qu'il était encore sur la table, juste à côté de la tasse de Geoffrey. Je me souviens avoir pensé, à cet instant, qu'il n'avait pas été renversé, bien que Geoffrey soit tombé de sa chaise.

– Le bocal qui contenait les morceaux de sucre était sur la table, vous êtes formel ?

– Oh oui !

Judith remercia Jeremy de les avoir reçues et entraîna ses amies vers la sortie.

– Qu'as-tu encore en tête ? demanda Becks quand elles furent dans la rue.

– Nous travaillons pour la police, répondit Judith.

– Et pas qu'un peu ! renchérit Suzie en exhibant son insigne.

– En tant que conseillères, rectifia Becks.

– Et c'est pourquoi je pense que Tanika devrait nous laisser inspecter la scène de crime. Parce que nous venons de découvrir que, ce soir-là, le sucre se trouvait dans un bocal en verre. Mesdames, il nous faut plus que jamais trouver ce bocal.

CHAPITRE 13

Tanika ne trouvait pas très judicieux de laisser ses conseillères civiles en liberté sur la scène de crime. Elle était même convaincue que l'idée était désastreuse. Toutefois, l'équipe de police scientifique ayant fini d'examiner la chambre des débats, Tanika devait se rendre à l'évidence : la révélation de Jeremy, qui avait vu du sucre dans un bocal Kilner sur la table après la mort de Geoffrey, l'intriguait tout autant.

Quand Tanika ouvrit la porte principale du bâtiment et y fit entrer les trois amies, Judith leva les yeux vers une petite caméra de sécurité fixée au mur, juste au-dessus de la porte.

– C'est la caméra dont le câble a été coupé ? demanda-t-elle.

– Oui, répondit Tanika. Il a été sectionné à cet endroit, ajouta-t-elle en désignant un câble gris qui descendait le long du mur et avait été coupé à hauteur de genou.

– Je ne comprends toujours pas pourquoi il a été coupé, observa Judith.

Elle examina le couloir, qui n'avait rien de remarquable.

La porte de la chambre des débats se trouvait à droite, recouverte d'un ruban de police. Trois autres portes, sur la gauche, ouvraient sur des bureaux, et, au bout du couloir, un escalier menait à l'étage. À droite de la rampe, un téléphone public de couleur grise était accroché sous un auvent en plastique usé et rayé. Sur les murs, des affiches du conseil municipal et un portrait à l'huile représentant un homme des siècles passés, en tricorne et hauts-de-chausses, complétaient le décor.

– Ce doit être le tueur qui l'a fait, présuma Suzie.

– Je suis d'accord avec toi, dit Judith, mais pourquoi ? Nous savons que Geoffrey a été assassiné par l'une des personnes qui se trouvaient avec lui dans la pièce, alors pourquoi l'assassin a-t-il voulu éviter d'être vu dans ce couloir avant la réunion ? Ou après ? Y a-t-il quelque chose qui nous échappe ?

– Allez, venez, on a un bocal de sucre à trouver, rappela Tanika en retirant le ruban de police et en ouvrant la porte de la chambre des débats.

Quand elles furent entrées, Judith demanda à Suzie :

– Où étais-tu assise ?

– Ici même, répondit Suzie en désignant la petite tribune où elles se tenaient.

– Et tu es certaine de n'avoir vu personne proposer du sucre à Geoffrey ?

– Honnêtement, je ne faisais pas très attention à ces détails.

– Nous devrions d'abord inspecter la cuisine, dit Judith.

Elle descendit le petit escalier, traversa la pièce pour rejoindre la kitchenette, et y entra.

– Y a-t-il eu de nouveaux développements depuis notre dernier entretien ? demanda Tanika.

– Rien d'extraordinaire, répondit Suzie. Debbie nous a expliqué que ses empreintes digitales se trouvaient sur la capsule de Geoffrey parce que l'objet était coincé dans la machine à expresso et qu'elle a dû le décoincer avant de pouvoir se faire un café. Elle nous a tout de même parlé d'une dispute entre Geoffrey et Jeremy Wessel. Et quand nous avons interrogé Jeremy, juste avant de venir ici, il a prétendu que la discussion concernait une bouteille de whisky, mais je n'ai pas trouvé cela très crédible.

L'irrépressible envie qu'avait Tanika de connaître la teneur de la conversation des trois femmes avec Jeremy se révéla juste un peu plus forte que son désir de les enguirlander parce qu'elles l'avaient interrogé sans la tenir au courant.

– Pourquoi ? demanda-t-elle.

– Jeremy s'est montré très évasif à ce sujet.

– Peut-être était-il nerveux à l'idée que nous l'interrogions ? proposa Becks.

– Non, il cache quelque chose, j'en suis certaine.

– Pourrait-il être notre assassin ? demanda Tanika.

– Il pourrait, dit Suzie. Debbie Bell a déclaré qu'elle l'imaginait capable de meurtre. Mais moi, je mise encore sur Sophia De Castro. Toute cette pensée positive qu'elle déploie suffit à la rendre suspecte – et qui peut avoir l'idée de cultiver tout un tas de plantes toxiques dans son jardin ? Ça me dit tout ce que j'ai envie de savoir.

Tanika sourit. Comme ses amies, elle était habituée depuis longtemps aux jugements à l'emporte-pièce de Suzie.

– Et toi, Tanika ? demanda Becks. As-tu avancé de ton côté ?

– Tout à fait, répondit Tanika. Nous avons identifié le numéro de l'appel anonyme reçu par Judith.

– Vraiment ? s'écria Judith en passant la tête par la porte de la kitchenette.

– Cet appel a été émis depuis la cabine téléphonique qui se trouve juste à l'entrée du club de hockey. Mais avant que vous ne sautiez de joie, j'ai envoyé un de mes agents l'examiner, et il m'a rapporté que toutes les surfaces de l'appareil avaient été nettoyées. Aucune empreinte digitale... Quelle que soit la personne qui t'a appelée, elle ne tenait pas à ce que l'on connaisse son identité. De plus – je suis désolée de vous l'apprendre –, « suivez l'argent » ne nous a menés à aucune révélation. J'ai demandé à notre équipe de juricomptables d'éplucher une nouvelle fois les relevés bancaires de Geoffrey. Il n'était pas très dépensier, vivait confortablement dans la mesure de ses moyens, et ne possédait qu'un seul compte bancaire. Ils n'ont trouvé aucune irrégularité financière. Donc, je me demande à quoi « suivez l'argent » peut bien faire allusion.

– Peut-être notre informateur anonyme évoquait-il l'argent du conseil municipal ? supposa Becks. Je fais partie de suffisamment de comités de ce genre pour savoir que les détournements de fonds n'y sont qu'une formalité.

– Toutes les archives historiques du conseil municipal sont ici, à l'étage, dans le bureau principal, dit Tanika. Je vais émettre un mandat pour qu'elles soient transférées au commissariat.

– Excellente idée, mais nous ne pouvons pas nous contenter de ces archives. Il nous faut celles de tous les comités où siégeait Geoffrey. Et pas seulement : nous devons également consulter les archives de l'ensemble des comités auxquels appartiennent les autres membres du conseil. « Suivez l'argent » peut aussi bien se rapporter à l'un d'entre eux qu'à Geoffrey. Plus vraisemblablement à l'un d'entre eux, d'ailleurs, étant donné tout ce que l'on nous a dit de Geoffrey.

– Je suis d'accord, dit Tanika, et tu as raison sur Mr Lushington. Nous n'avons trouvé personne capable d'en dire le moindre mal. Tout le monde l'adorait. Oh ! Et nous avons interrogé la sœur de Marcus Percival, comme vous l'aviez suggéré. Elle a confirmé tout ce qu'il vous a dit : Mr Lushington l'a bien aidée financièrement, mais pour lui, il ne s'agissait pas que d'argent. Il ne supportait pas de la savoir malheureuse et a tout tenté pour la sortir du pétrin. Elle m'a dit avoir reçu de l'Église, ainsi que de l'entreprise où elle travaille, le soutien nécessaire pour abandonner l'alcool. Cela fait trois ans qu'elle n'en a pas bu un verre.

– Je n'arrive pas à le croire ! s'exclama Suzie avec l'air de la plus profonde lassitude. Tout le monde répète combien Geoffrey était un type formidable, mais dans le tas, il y en a bien un qui ment, n'est-ce pas ? Parce que *quelqu'un* avait des raisons de le tuer. Qui ? Et surtout, pourquoi ?

– Je n'ai trouvé aucun bocal Kilner, dit Judith, de retour dans la chambre des débats. Elle se dirigea vers la grande table centrale.

– Réfléchissons. Jeremy dit avoir vu le bocal sur la table immédiatement après la mort de Geoffrey.

Supposons qu'il ait été retiré par une des quatre personnes présentes à la réunion.

Arrivée au milieu de la pièce, elle demanda :

– Suzie, es-tu restée dans la tribune après le meurtre ?

– Pas exactement, répondit Suzie. Je suis descendue dans la salle, mais on m'a fait savoir que ma présence n'était pas nécessaire.

– Vraiment ? dit Tanika.

– C'est Jeremy qui me l'a dit, ils contrôlaient la situation, selon lui. Et comme Debbie était déjà en train d'appeler une ambulance, je suis sortie dans le couloir et j'ai appelé Judith et Becks.

– Quelqu'un a-t-il quitté la chambre des débats à ce moment ? demanda Judith.

– Non.

– Donc personne ne peut avoir fait disparaître ce bocal sous ton nez, observa Judith comme si cela prouvait sa théorie. Pourtant, il est possible que l'un des quatre membres du comité restants l'ait escamoté en douce par l'issue de secours, au fond de la kitchenette.

– Il me semble, ajouta Tanika, que si quelqu'un était sorti par cette issue de secours, l'un ou l'autre des membres du comité l'aurait remarqué. Dans leurs dépositions, les quatre témoins ont affirmé être restés auprès du corps de la victime – tous ensemble – jusqu'à l'arrivée de l'ambulance et de la police. Et qu'ils sont tous partis en même temps pour faire leurs dépositions, juste à côté, au musée de Marlow.

– Alors réfléchissons encore, dit Judith, pivotant sur elle-même pour examiner la pièce. Si je devais me débarrasser du sucre – et vite –, avec des témoins partout et aucune sortie possible, que ferais-je ?

Judith fit quelques pas en direction des armoires, ouvrit chaque tiroir l'un après l'autre et en examina le contenu. Elle se retourna, triomphante :

– Venez voir ce que j'ai trouvé !

– Le sucrier ? dit Suzie, incrédule.

Elles allèrent toutes les trois rejoindre Judith, qui avait poussé vers l'avant des dossiers suspendus et examinait le fond d'un tiroir.

– Quelqu'un a de la lumière ? demanda-t-elle.

Becks, Tanika et Suzie sortirent leur téléphone et activèrent la fonction lampe torche qu'elles braquèrent sur le fond du tiroir. Elles y virent alors un petit bocal Kilner en verre posé sur le côté. Il était rempli de morceaux de sucre.

– Eh bien ! Voilà qui est très satisfaisant, dit Judith.

– OK, tout le monde s'éloigne, immédiatement ! ordonna Tanika avant de se saisir d'un des sachets en plastique laissés par son équipe. Elle le reposa vite, le temps d'enfiler une paire de gants d'examen en latex bleu clair.

– Tiens, des gants bleus ! s'exclama Suzie.

– Oui, des gants bleus, dit Tanika, occupée à retourner le sachet. Elle s'en servit pour saisir le bocal, puis retourna le sachet en sens inverse sur l'objet. Avec précaution, elle arracha le sceau en papier gommé et scella hermétiquement l'emballage.

Judith et Becks remarquèrent que Suzie contemplait le comptoir de la kitchenette comme si elle venait de voir un fantôme.

– Il y a un problème ? demanda Judith.

– Est-ce que les autres témoins ont parlé du type dans la cuisine ?

– Pardon ? dit Tanika.

– Ça m'est revenu quand tu as mis ces gants en latex bleu. Le type, ce soir-là, portait les mêmes gants : des gants de restauration, presque transparents. Je me suis demandé pourquoi il prenait toutes ces précautions.

– De quoi parles-tu ?

– Avant la réunion, il y avait déjà quelqu'un dans cette kitchenette.

Tanika ouvrit la bouche sous l'effet de la surprise.

– *Quoi ?* s'écria-t-elle.

– Il est parti avant le début du conseil, voilà pourquoi je n'ai pas parlé de lui. Je suppose qu'il était chargé d'installer tout le nécessaire pour le thé.

– Et pour le café ? demanda Judith.

– Je ne dirais pas ça. La machine à café, le samovar pour le thé, ainsi que toutes les tasses et les soucoupes étaient déjà sur le comptoir quand je suis arrivée.

Suzie était consciente d'avoir négligé un détail capital. Tanika était, à juste titre, exaspérée.

– Et bien sûr, tu n'as pas noté le nom de cette personne !

– Désolée, dit Suzie, penaude. Je ne l'avais encore jamais vu. Et il s'est éclipsé avant que j'aie pu prêter attention à lui.

– Et donc, pour répondre à ta question, aucun des témoins présents ce soir-là n'a fait mention de quelqu'un assurant le service en cuisine.

– Vraiment aucun ? demanda Judith.

– Bien, dit sèchement Tanika. Maintenant, je vais rapporter ce bocal au commissariat. Et de nouveau interroger chaque membre du comité pour leur demander s'ils connaissent l'identité de cette personne en cuisine. Et pourquoi aucun d'entre eux n'en a parlé jusqu'à présent.

CHAPITRE 14

Après le départ de Tanika, Judith et ses amies restèrent quelques instants dans le parking. Judith remarqua que Becks était perdue dans ses pensées.

– Je me sens tellement minable, gémit Suzie.

– Ne t'inquiète pas, dit Judith. Je suis certaine que Tanika parviendra à identifier notre mystérieux serveur. Becks, qu'y a-t-il ?

– Quoi ? dit Becks.

– Tu as l'air complètement dans la lune.

– Oh, ce n'est rien.

– Non, ce n'est pas rien, et ça se voit.

– C'est juste que… Nous ne sommes pas de la police, n'est-ce pas ?

– Avons-nous jamais prétendu l'être ? dit Suzie, mentant effrontément.

– Si je vous raconte ce que je sais, vous allez partir sur les chapeaux de roues et agir comme si vous étiez de la police.

– Jamais nous ne ferions une chose pareille ! s'offusqua Suzie.

– Dis-nous plutôt ce que tu sais, reprit doucement Judith.

Becks se mordit la lèvre. Elle luttait avec sa conscience.

– Voici ce que je te propose, dit Judith. Quoi que tu nous apprennes, je te promets que nous en parlerons à Tanika et que nous ne ferons rien sans son autorisation.

– D'accord, dit Becks, rassurée par la promesse de Judith. Voici ce que je sais : je connais la personne qui prépare le thé pour toutes les réunions du conseil municipal.

– Génial ! dit Suzie, enchantée.

– Il s'appelle Alec Miller, et il occupe ce poste depuis des années.

– Comment le sais-tu ? demanda Judith.

– Il prépare aussi les buffets pour les réunions paroissiales. Ça lui fait un revenu complémentaire depuis qu'il a pris sa retraite.

– Et saurais-tu par hasard où il habite ?

– Il a un cottage pas loin de Wiley's Field. De temps en temps, je l'aide à charger ses sandwichs et ses boissons dans sa camionnette et je vais à la réunion paroissiale avec lui.

– Eh bien ! Qu'est-ce qu'on attend ? dit Judith, ouvrant la voie vers le van de Suzie, qui lui emboîta le pas.

– Où allez-vous ? demanda Becks.

– Il faut interroger Alec Miller !

– Mais tu avais promis qu'on en parlerait d'abord à Tanika !

– On *va* en parler à Tanika. Mais comme elle est en

ce moment très occupée avec son bocal Kilner, il me paraît logique de commencer le travail et de lui faire un rapport ensuite.

Becks soupira. Au fond de son cœur, elle avait toujours su que Judith et Suzie réagiraient ainsi. En embarquant dans le van côté passager, elle demanda :

– Y a-t-il un seul argument que tu serais incapable d'utiliser pour n'en faire qu'à ta tête ?

– Je ne l'ai pas encore trouvé, répondit Judith avec un grand sourire.

Alec Miller habitait un petit cottage en bordure d'un pré, sur les hauteurs de Marlow. Quand les trois amies sortirent du van, Suzie s'arrêta un instant pour contempler la vieille barrière du champ.

– Que regardes-tu ? demanda Becks.

– C'est un des derniers sites de Marlow qui n'ait pas encore été rattrapé par l'urbanisation, répondit Suzie. Mais plus pour longtemps. Il sera bientôt bétonné et recouvert d'un tas de maisons.

Elle leur montra une pancarte de permis de construire attachée à la barrière par du fil de fer. Becks la déchiffra et confirma que le champ serait bientôt converti en lotissement immobilier. Toute objection devait être soumise au conseil municipal de Marlow.

– Cette ville a tant besoin de nouveaux logements ! dit Becks.

– Certainement pas en détruisant des champs au bulldozer ! rétorqua Suzie.

– Allons ! dit Judith, dirigeant ses amies vers la maison d'Alec. Une paire de bottes en caoutchouc pleines de boue était posée près de la porte d'entrée. Sur un autocollant tout écaillé collé à la fenêtre, on pouvait lire « quartier surveillé ».

– Croyez-vous que nous soyons sur le point de parler à l'assassin ? demanda Suzie.

– Je n'imagine pas, une seule seconde, Alec faire du mal à qui que ce soit, dit Becks. C'est juste un gentil papy. Vous connaissez le genre.

– Même les gentils papys peuvent commettre des meurtres, dit Judith.

– Bien sûr. Mais je ne vois pas ce qui pourrait pousser Alec à commettre un tel acte. Tu verras par toi-même.

Becks frappa à la porte.

Une voix masculine, de l'intérieur, leur répondit « J'arrive ! ». Elles entendirent des pas dans leur direction.

La porte s'ouvrit et un homme de grande taille, entre soixante-dix et quatre-vingts ans, apparut devant elles en cardigan vert bouteille et en pantalon de velours côtelé marron, une vieille paire de jumelles à la main. Ses cheveux bruns étaient clairsemés, mais soigneusement peignés, et son visage ridé s'éclaira d'un grand sourire quand il reconnut Becks.

– Bonjour, Mrs Starling ! J'étais en train de regarder les martinets voler dans le pré, dit-il en élevant ses jumelles. Du dernier étage de ma maison, la vue est sublime.

– Mais ce n'est pas vous ! laissa échapper Suzie.

– Pardon ?

– Vous n'êtes pas Alec Miller.

– Bien sûr que si, répondit-il avec un petit rire. Qui voudriez-vous que je sois d'autre ? J'ai grandi dans cette maison, j'y vis encore, et je m'appelle Alec Miller depuis le jour de ma naissance.

– Mais j'ai bien vu le type qui servait le thé à la dernière réunion du comité d'aménagement urbain, et ce n'était pas vous. Il n'était pas aussi grand, pour commencer.

– Mais de quoi parlez-vous ?

Judith intervint pour dissiper la confusion.

– Je suis désolée, Mr Miller, mais êtes-vous le serveur qui s'occupe de la kitchenette pendant les réunions qui se tiennent au conseil municipal ?

– Oui, tout à fait, répondit Alec, satisfait de se retrouver en terrain plus solide. C'est un emploi à temps partiel, mais je prépare les sandwichs et les boissons pour chaque réunion ou réception. Comme pour l'église, pas vrai, Mrs Starling ?

– C'est exact, confirma Becks.

– Le boulot me plaît et ça me fait sortir de chez moi.

– Mais le soir où Geoffrey Lushington est mort, vous n'assuriez pas ce service, n'est-ce pas ? demanda Suzie.

– Ah ! Je comprends, dit Alec. Je vois où vous voulez en venir. Non, vous avez raison, j'étais absent ce soir-là.

– Et pourquoi ? demanda Judith.

– C'est une histoire un peu bizarre, expliqua Alec, qui tâchait visiblement de remettre de l'ordre dans sa mémoire. J'étais censé préparer les machins pour le thé et tout le reste, comme d'habitude, mais j'ai reçu un coup de fil le matin même me prévenant que mes services ne seraient pas nécessaires.

– Qui vous a appelé ?

– Je ne sais pas. Une femme.

– Vous en êtes certain ?

– Tout à fait certain.

– Pourriez-vous nous décrire sa voix ?

– Pas facile. Une voix rauque, je crois.

Judith ne connaissait qu'une seule suspecte qui ait la voix rauque.

– Pensez-vous qu'il puisse s'agir de Sophia De Castro ?

– Je n'en sais rien, ce nom ne me dit rien.

– Attendez, dit Becks, en pianotant sur l'écran de son téléphone à la recherche de son application de podcasts. J'ai écouté quelques épisodes du podcast de Sophia. En réalité, l'homéopathie est un sujet tout à fait fascinant. Il y a tant de choses en ce monde que nous ignorons.

– Nous savons surtout que l'homéopathie ne repose sur aucun fondement scientifique, rétorqua Judith.

– C'est ce que tu dis, mais peut-on être vraiment sûr de tout ?

– Oui. On est sûr que l'homéopathie n'a pas de sens.

– Ce n'est pas le moment, dit Suzie, cherchant à ramener ses amies sur le sujet en question.

– Non, bien sûr ! reconnut Becks.

Sur l'écran de son téléphone, elle appuya sur la touche *play*. Une voix s'éleva du haut-parleur. On reconnaissait très bien le ton de voix de Sophia : « Maintenir notre corps en bonne santé est un devoir. »

– C'est elle ! dit Alec, très étonné.

« Sinon, continuait la voix de Sophia, nous ne pourrons pas préserver notre force et notre clairvoyance. Ce n'est pas moi qui le dis, même si ces paroles sont bien dans mon style. Non, elles ont été prononcées il y a de nombreuses années par un homme appelé Bouddha. »

– *Un homme appelé Bouddha* ? railla Judith.

– Pas maintenant, Judith ! ordonna Suzie.

– Vous avez raison, dit Alec, pointant l'index vers le téléphone de Becks. Je reconnaîtrais cette voix n'importe où. C'est bien la personne qui m'a appelé ce matin-là pour me dire qu'on n'aurait pas besoin de moi pour la réunion du soir.

– Vous a-t-elle dit pourquoi ?

– Selon elle, la réunion avait été annulée. Je n'avais donc pas besoin d'y aller. Je vous avoue que je n'ai pas cherché plus loin. Mais je dois également préciser qu'elle s'est montrée assez arrogante. Abrupte. Et quand j'ai essayé de lui demander la raison de cette annulation, elle m'a raccroché au nez. J'avoue ne pas m'être posé davantage de questions.

– Même après la mort de Mr Lushington ?

Alec eut la bonne grâce d'avoir l'air gêné.

– Je n'ai pas pensé qu'il y avait un rapport.

– Un homme meurt en buvant du café – café que, normalement, vous préparez – lors d'une réunion dont on vous a dit qu'elle était annulée, et vous n'y voyez aucun rapport ?

– J'habite ici tout seul, je veux juste mener une petite vie peinarde ! dit-il d'un ton presque plaintif.

– Eh bien ! Je suis désolée de vous l'apprendre, dit Judith, mais c'est fini, la petite vie peinarde. Vous devez parler à la police.

– Vous ne pourriez pas le faire à ma place ?

– C'est hors de question. La police devra recevoir votre déposition en bonne et due forme.

Alec semblait très inquiet.

– Ne vous inquiétez pas, le rassura Becks. Nous connaissons la dame qui s'occupe de l'enquête. Nous lui demanderons de vous envoyer quelqu'un de sympathique pour vous interroger.

– Merci, Mrs Starling. J'apprécie beaucoup.

– Appelez-moi Becks, je vous en prie !

– Non, il faut traiter la femme du vicaire avec tout le respect qu'elle mérite. On appelle ça les bons usages.

Judith remercia Alec pour son aide et lui dit qu'elles n'avaient aucune raison de le retenir davantage. Alors qu'elles se dirigeaient vers le van, Suzie paraissait songeuse.

– Qu'y a-t-il ? s'enquit Becks.

– Nous venons d'apprendre que c'est Sophia qui a empêché Alec de se rendre à la réunion, et c'est une bonne chose ; mais si ce n'est pas lui que j'ai vu dans la kitchenette – et ce n'était pas lui, je suis formelle –, qui ai-je vu ?

– Tu ne te souviens vraiment pas de quoi il avait l'air ? demanda Judith.

– Non, pas vraiment. Il portait des gants en latex bleu, c'est tout ce dont je me souviens. Et il était plus petit qu'Alec Miller, ça, c'est certain.

– J'ai une idée ! dit Becks. Si l'on jouait à *Qui est-ce ?*

– C'est bien ce qu'on est en train de faire, non ?

– Non, je parle du jeu de société, *Qui est-ce ?*

– Je n'appellerais pas cela un jeu, dit Judith. Un homme a été assassiné.

– Mais non ! C'est un jeu pour enfants, *Qui est-ce ?* Chloe adorait y jouer quand elle était petite. On y joue avec des cartes, il y a un visage sur chacune, et l'on doit les retourner à mesure qu'on élimine des traits caractéristiques. Alors concentre-toi bien, Suzie. Retourne dans cette chambre des débats. Il y a quelqu'un qui fait le service dans la kitchenette. Tu le vois ?

Suzie ferma les yeux et fit un effort pour se concentrer.

– Oui.

– Cheveux sombres ou clairs ?

– Clairs.

– Blonds ou d'une autre couleur ?

– Blonds.

– Courts ou longs ?

– Courts.

– Raides ou bouclés ?

– Raides.

– Lunettes ?

– Oui.

– Monture grosse ou fine ?

– Normale, je dirais. De couleur sombre.

– Barbe, moustache, ou rien ?

– Rien. Oh, non ! Je me souviens : il avait une barbiche.

– Blonde aussi ?

– Tu es vraiment très forte à ce jeu !

– Réponds à la question.

– Blonde. Une barbiche blonde.

– Était-il grand ?

– Non, je l'ai déjà dit.

– Alors il était petit ?

– Non, pas petit non plus.
– De taille moyenne ?
– Oui, je crois.
– Et sa carrure ? Mince ou gros ?
– Je ne sais pas. Je ne crois pas qu'il était gros.
– Alors il était mince ?
– Non, pas mince, juste dans la moyenne.
– OK, donc il était de taille moyenne. Portait-il des boucles d'oreilles ?
– Je… Je ne crois pas.
– Y a-t-il un signe particulier dont tu te souviennes ? Comme une cicatrice sur le visage ? Ou un anneau nasal ?
– Non, c'était juste un type de taille et de corpulence moyennes, cheveux blonds courts, lunettes à monture sombre et barbiche blonde. Ça alors ! dit Suzie en ouvrant les yeux, sidérée. C'est tout à fait ça : c'est sa parfaite description.
– Très beau travail, Becks, félicita Judith. Alors c'est lui, notre assassin ? Un homme de taille moyenne, aux cheveux clairs, avec une barbiche blonde et une paire de lunettes ?
– Est-ce que l'une de vous pense à quelqu'un en particulier ? demanda Becks.
– Je ne crois pas, dit Judith. Alors, qui est cet homme ?
– Procédons par élimination, dit Suzie. Il ne s'agit ni de Marcus, ni de Jeremy, ni de Debbie, ni de Sophia. Tous étaient dans la chambre des débats en même temps que cet homme blond était dans la kitchenette. Et Debbie et Sophia sont des femmes, donc d'autant moins susceptibles d'être cet individu.

– Mais Sophia était-elle là en même temps que les autres ? demanda Judith.

– Bien sûr, je viens de le dire.

– Pourtant, je me souviens que tu as dit qu'elle est arrivée en retard. Elle a expliqué ça par un pneu crevé qu'elle a dû faire changer. Ce qui, si vous voulez mon avis, semble tomber un peu trop bien pour elle. Mais est-elle arrivée avant ou après que notre ami blond est sorti de la kitchenette ?

– Laisse-moi réfléchir, dit Suzie. Jeremy venait d'arriver, il râlait parce qu'il n'y avait pas de biscuits, il était vraiment insupportable. C'est à ce moment que l'homme dans la kitchenette est sorti, par l'issue de secours.

– Et que s'est-il passé ensuite ? Sophia est arrivée ?

– Non, c'est Geoffrey qui est arrivé. Nous avons discuté brièvement, il s'est fait son café, il s'est assis à la table, et ensuite Debbie s'est fait son café et ça a pris un peu de temps. Et c'est seulement à ce moment que Sophia a fait son entrée.

– Quelques minutes à peine après le départ de notre serveur blond, donc ?

– Présenté ainsi, oui, je suppose que c'est cela.

– C'est très intéressant.

– Est-ce que nous sommes en train de dire qu'une très jolie femme comme Sophia s'est fait passer pour un serveur dans la cuisine quelques instants avant de débarquer en personne dans la chambre des débats ?

– Maintenant que tu le décris ainsi, ce n'est pas très vraisemblable, je l'admets.

– Il me semble aussi, ajouta Becks, que cet homme blond peut être juste cela : un homme blond. Que nous n'avons pas encore rencontré.

– Tu as raison, dit Suzie.

– Ou que nous avons déjà rencontré, peut-être, précisa Judith, mais qui, en vue du meurtre, peut avoir mis une perruque blonde et une fausse barbiche.

– Tu penses à quelqu'un ?

– Peut-être. Parce que la seule chose dont nous soyons certaines, c'est que Sophia a téléphoné à Alec pour lui dire de ne pas venir ce soir-là. Et je me souviens que son mari, que nous avons vu rentrer chez lui lorsque nous sommes allées interroger Sophia, est de taille et de corpulence moyennes. Et si c'était lui, dans la kitchenette ?

– Tu penses que le mari de Sophia pourrait être celui qui a mis le poison dans la capsule de café de Geoffrey ? demanda Suzie, soupesant l'hypothèse.

– C'est une possibilité, répondit Judith.

– Pourtant, nous avons bien vu comment il traite sa femme, dit Becks. Je ne le crois pas capable de faire quoi que ce soit pour l'aider.

– Peut-être, mais au moins tu admettras qu'il faut retourner l'interroger, puisque c'est elle qui a menti à Alec, conclut Judith d'un ton innocent.

– Oh, mon Dieu ! Tu as raison, dit Becks, sans s'apercevoir qu'elle venait de tomber dans le piège de Judith.

– D'accord, je vois. Maintenant, tu nous ordonnes de prendre nos jambes à notre cou et d'aller interroger les suspects ?

– Tu es injuste ! Bien sûr qu'il faut de nouveau interroger Sophia !

– Ravie de te l'entendre dire ! Et n'oublions pas qu'elle est le seul de nos suspects qui cultive de l'aconit – la reine des poisons.

– Pas la peine de nous le répéter, dit Suzie, on a très bien compris.

– Non, ce n'est pas ce que je veux dire. Je viens juste de me rendre compte, en pensant à ce qu'il y a dans son jardin, que c'est plutôt elle, la reine des poisons.

Les trois amies se regardèrent en silence, prenant la pleine mesure de la terrifiante vérité que contenait cette déclaration.

CHAPITRE 15

Afin de prendre Sophia par surprise, les trois amies jugèrent préférable de ne pas lui téléphoner. Mais leur stratégie se révéla inutile quand elles arrivèrent devant sa maison et découvrirent qu'elle ne s'y trouvait pas.

– Peut-être qu'elle est là et qu'elle ne veut pas nous répondre, suggéra Becks.

Alors qu'elles retournaient vers le van de Suzie, celle-ci pointa du doigt le hangar à bateaux. Au-dessus de l'escalier qui menait à l'étage, une ampoule électrique rouge brillait.

– Elle est là, dit Suzie.

– Comment le sais-tu ? demanda Judith.

– C'est là que se trouve son studio, elle nous l'a dit. Et cette lumière rouge signifie qu'elle est en plein enregistrement. Nous fonctionnons avec le même système à Marlow FM.

– Bien vu ! dit Judith, qui aborda sans attendre la pente abrupte du jardin. Une fois devant le hangar, elle ne put réprimer une pointe d'envie. Pour rien au monde elle n'aurait changé quoi que ce soit à son hangar à bateaux, mais il était quelque peu délabré et le bois de ses portes pourrissait, contrairement à celui de Sophia : un bâtiment en pierres de taille magnifiquement entretenues et aux portes de bois soigneusement vernies.

Judith et ses amies gravirent l'escalier et frappèrent vigoureusement à la porte.

– Paul ! appela Sophia de l'intérieur. Combien de fois devrai-je te le répéter ?

Judith poussa la porte :

– Désolée, Sophia. Nous ne vous dérangeons pas, j'espère ?

Assise à un bureau devant un ordinateur portable, Sophia faisait face à un micro suspendu par un bras articulé fixé au mur. Elle portait un gros casque noir sur les oreilles, qu'elle retira. Derrière elle, une échelle reposait contre une mezzanine où s'entassaient des cartons et des piles de vieux documents. Judith sourit intérieurement : même chez les gens les plus comme-il-faut, il y avait toujours des tonnes de paperasse qu'il fallait bien ranger quelque part.

– Qu'est-ce que vous faites ici ? demanda Sophia.

– Vous avez un bel équipement, remarqua Suzie en ramassant un micro posé sur une étagère.

– Reposez ça tout de suite, cela coûte très cher.

– Désolée de débarquer à l'improviste, dit Judith sans avoir aucunement l'air de s'excuser, mais nous avons quelques questions à vous poser.

– Pour commencer : d'où vous est venue l'idée de lancer votre propre podcast ? dit Becks pour détendre un peu l'atmosphère.

– Moi ? dit Sophia.

Une brève lutte s'engagea entre son puissant désir de

parler d'elle-même et sa colère d'avoir été interrompue. Le premier l'emporta. Elle avoua :

– Pour tout vous dire, cela ne m'intéressait pas plus que ça, mais tout mon entourage n'arrêtait pas de me répéter que j'avais tant à offrir ! Ayant toujours eu beaucoup de chance dans la vie, j'ai pensé que ce serait une bonne idée de partager cette bonne fortune avec ceux qui sont moins chanceux que moi.

– Vous avez beaucoup d'auditeurs ? demanda Suzie comme un fermier questionnerait son voisin sur son nombre de têtes de bétail.

– Oh, oui, quelques-uns.

– Mais de nos jours, n'importe qui peut créer un podcast.

– C'est indéniable !

– Il suffit d'investir dans le matériel.

– Oui, c'est à la portée de tout le monde. Merveilleux, non ?

– Mais ça ne remplace pas l'expertise d'une vraie station de radio.

– J'ai un peu plus de cinquante mille auditeurs.

Suzie ne trouva rien à répondre, mais Judith et Becks savaient que la population de Marlow ne dépassait pas quinze mille âmes. Il était impossible que l'émission dominicale de Suzie sur les animaux familiers atteigne ne fût-ce que le cinquième de ce qu'affichait Sophia.

– Vous parlez du nombre total d'auditeurs depuis la création de votre podcast ? tenta Suzie, à la recherche d'une miette de réconfort.

– Non, du nombre d'auditeurs pour chaque épisode. Parfois, c'est davantage.

Suzie toussa, se racla la gorge et, enfin, hocha la tête en guise de capitulation.

– C'est bien ! dit-elle.

– Peut-on vous demander de quoi parle votre dernier épisode ? demanda Becks.

– Bien sûr, il traite des relations entre les phases lunaires et les biorythmes.

– Les biorythmes ? persifla Judith, incapable de dissimuler son ironie.

– Toutes les femmes possèdent un cycle menstruel, n'est-ce pas ? Et nous savons toutes comment il influe sur nos émotions. Eh bien ! La science des biorythmes a également identifié un cycle de bien-être physique, qui se renouvelle tous les vingt-trois jours, ainsi qu'un cycle intellectuel qui se renouvelle tous les trente-trois jours.

Judith fronça les sourcils.

– *Moi*, j'ai un cycle intellectuel qui se renouvelle tous les trente-trois jours ?

– La science du biofeedback – de la rétroaction biologique – a démontré que les fonctions de sécrétion chimiques et hormonales de notre corps prennent la forme de courbes sinusoïdales.

– Sinu-quoi ? demanda Suzie.

– Tout cela est lié à l'onde sinusoïdale, et il n'y a rien de plus scientifique qu'une onde sinusoïdale, dit Sophia à Judith, pensant l'avoir convaincue. C'est de la mathématique pure.

Becks et Suzie remarquèrent le sourire meurtrier de Judith, mais celle-ci jugea inutile de provoquer Sophia, du moins pas sans raison sérieuse.

– Vous avez raison ! dit-elle au prix d'un effort surhumain.

– Bien, que puis-je faire pour vous ? demanda Sophia.

– Nous aimerions vous parler de l'appel téléphonique que vous avez passé à Alec Miller le matin de la mort de Geoffrey.

– À qui ?

– Vous le connaissez ! dit Suzie.

– Non, je ne crois pas.

– Il sert le thé et les biscuits à toutes vos réunions.

– Ah, lui ! Je ne connaissais pas son nom. Alec, c'est ça ?

– Vous n'avez jamais cherché à savoir son nom ?

– Je suis désolée, mais Geoffrey mène ces réunions tambour battant. Menait, je devrais dire, excusez-moi. Nous n'avions pas le temps de nous amuser avant les réunions. Nous y passions juste le temps nécessaire.

– Mais il travaille pour le conseil ! insista Becks.

– Et moi, je travaille d'arrache-pied pour ce comité d'aménagement depuis des années, mais je suis navrée : je n'ai jamais su son nom.

Elle fit une brève pause pour réfléchir.

– Et d'ailleurs, ajouta-t-elle, je ne l'ai pas vu le soir où Geoffrey est mort. Êtes-vous sûres qu'il était là ?

– En fait, non, pas ce soir-là, dit Judith, mais il y avait bel et bien quelqu'un dans la cuisine pour s'occuper du thé et du café.

– Alors je regrette, je ne peux pas vous aider. Il n'y avait personne dans la cuisine quand je suis arrivée.

– Vous êtes réellement en train de nous dire que vous n'avez pas téléphoné à Alec Miller ce matin-là ? demanda Suzie.

– C'est la première fois que j'entends ce nom, et je peux vous assurer que je ne lui ai pas téléphoné.

– Mais nous lui avons fait entendre votre voix sur un de vos podcasts, dit Becks, et il l'a reconnue immédiatement. Il a affirmé que vous l'aviez appelé pour lui dire de ne pas venir ce soir-là.

Sophia haussa les épaules, nullement impressionnée par cette révélation.

– Eh bien ! C'est qu'il a menti, dit-elle. Ou que quelqu'un a imité ma voix. Vous pouvez éplucher mes relevés téléphoniques : je n'ai appelé personne le jour de la mort de Geoffrey, et encore moins quelqu'un dont j'ignorais le nom il y a deux secondes encore.

– Alors, pouvez-vous nous dire ce que vous faisiez le matin du jour où Geoffrey est mort ? demanda Judith.

– Je ne m'en souviens pas, dit-elle comme si la question ne l'intéressait guère. Ah, si, attendez ! J'étais à la maison. Je faisais du yoga.

– Toute la matinée ?

– Et de la méditation aussi. Oui.

– Est-ce que quelqu'un peut confirmer votre alibi ?

– Bien sûr que non ! s'impatienta soudain Sophia. Ici, il n'y a que Paul et moi. Paul, c'est mon mari. Et il travaillait ce matin-là. Comme tous les matins d'ailleurs.

Judith était satisfaite d'avoir fait sortir Sophia de ses gonds, ne fût-ce que parce que ça la rendait un peu plus humaine.

– À propos de votre mari, dit Judith, savez-vous où il se trouvait le soir où Geoffrey est mort ?

– Aucune idée. Il faudra que vous le lui demandiez vous-mêmes.

– Il dirige le cabinet de comptabilité Marlow Wealth Management, n'est-ce pas ?

– Oui, et alors ?

– Comment décririez-vous votre relation avec lui ? demanda Suzie.

– En voilà une question !

– Il ne nous a pas échappé que, la dernière fois que nous étions ici, il ne vous a pas dit bonjour en rentrant.

– Il est souvent fatigué quand il rentre du travail.

– Non, c'était plus que ça. Nous vous avons vue envoyer sa mallette sous une console d'un coup de pied.

– Vous m'espionniez ? demanda Sophia, furieuse.

– Nous étions dans votre jardin, lui répondit Suzie sur le même ton. Ce n'est pas notre faute si nous avons vu ce qui était devant nos yeux.

– Paul et moi avons une relation merveilleuse, une relation parfaite. C'est le meilleur des maris, et maintenant, je vous prie de sortir de mon studio.

Les trois amies échangèrent un regard. Si Sophia affirmait avoir un mari parfait, c'était la preuve qu'elle mentait.

CHAPITRE

16

Judith brûlait d'impatience à l'idée d'informer Tanika du coup de fil de Sophia à Alec Miller et de lui faire part de sa théorie : Paul De Castro, servant le thé dans la kitchenette et coiffé d'une perruque blonde, serait le complice de Sophia. Tanika, aussi enthousiasmée que Judith par cette nouvelle piste, envoya sur-le-champ un officier de police interroger Paul De Castro.

Quelques heures plus tard, Tanika lisait la déposition de Paul et appelait Judith pour la tenir au courant.

– Je crains que les nouvelles ne soient pas bonnes, annonça-t-elle. Paul De Castro possède un alibi solide. Il était au cinéma à Maidenhead au moment du meurtre.

– As-tu vérifié sa déposition ? demanda Judith.

– Évidemment. Mes agents se sont rendus au cinéma : trois employés différents l'ont formellement reconnu comme étant présent ce soir-là. Impossible de l'oublier, d'après eux, car il a renversé un seau de pop-corn juste avant la séance de 18 h 30. Il a même fait un petit scandale en exigeant un nouveau seau de pop-corn gratuit, qu'ils ont fini par lui accorder, uniquement pour le calmer. Je suis navrée, Judith, mais la personne qui se trouvait dans cette cuisine le soir du crime n'était pas Paul De Castro.

– Et qu'ont dit les autres membres du comité sur cet homme dans la cuisine ?

– C'est assez frustrant. Nous sommes retournés voir Debbie Bell, Marcus Percival et Jeremy Wessel, et tous admettent qu'il y avait bien quelqu'un dans la cuisine à leur arrivée, mais qu'ils n'avaient pas pensé à le mentionner.

– Comment ? Aucun d'entre eux n'a jugé utile de parler de lui ?

– Non, et ça ne joue pas en leur faveur : comme si les employés de service ne méritaient même pas qu'on remarque leur existence. Marcus Percival est le seul à avoir vu que cet homme n'était pas Alec Miller, mais il n'en avait qu'un souvenir très vague. Le seul détail dont il se souvenait était que l'homme était de taille et de corpulence moyennes, avec des cheveux blonds raides, des lunettes et une petite barbiche blonde.

– Comme l'a décrit Suzie.

– Exactement.

– C'est tout de même étrange qu'ils n'aient rien eu à dire sur cet homme jusqu'à présent. À moins, bien sûr, que tout le monde soit dans le coup et qu'ils fassent tous semblant de ne pas avoir vu un assassin blond dans la cuisine.

– Tu penses que c'est possible ? répondit Tanika.

– Je n'en sais rien. Ce n'est pas très vraisemblable. Après tout, s'ils étaient tous impliqués, pourquoi auraient-ils eu besoin d'une quatrième personne dans la cuisine pour commettre le meurtre ? Ils auraient pu tuer Geoffrey tous les trois. D'ailleurs, as-tu trouvé qui a téléphoné à Alec Miller ?

– En effet. Mr Miller a bien reçu un appel téléphonique sur son poste fixe ce matin-là, il a duré trente-sept secondes.

– Mais était-ce bien Sophia De Castro au bout du fil ?

– C'est plus difficile à prouver. Tout ce que nous savons avec certitude, c'est que l'appel a été passé depuis le téléphone public qui se situe au rez-de-chaussée du siège du conseil municipal.

– Ce qui explique pourquoi le câble de la caméra de sécurité a été coupé ! La personne qui a appelé Alec voulait s'assurer qu'il n'y ait aucune preuve de son appel.

– C'est aussi ce que je crois.

– Et les empreintes digitales ?

– Tout l'appareil en est recouvert, mais aucune d'elles ne correspond à celles de nos témoins.

– Et si Sophia portait des gants ? C'est peut-être elle qui a téléphoné à Alec.

– Peut-être. Ou même n'importe quel membre du comité qui aurait trouvé un moyen d'imiter sa voix. Mais comme Mr Miller affirme qu'il a bien été appelé par Sophia De Castro, et que nous avons pu confirmer cet appel, je pense que nous devons supposer qu'il provient bien de Sophia.

– Alors, c'est tout ce que nous avons ? dit Judith,

résumant la situation : Paul De Castro était au cinéma et, par conséquent, ne peut pas être notre assassin ; le reste du comité d'aménagement urbain ne remarque pas l'existence des serveurs, et nous n'avons aucune certitude que Sophia De Castro ait appelé Alec, bien que cela soit l'explication la plus plausible.

– Il y a autre chose, ajouta Tanika, et ça ne va pas te plaire. La police scientifique a réussi à identifier deux types d'empreintes digitales sur le bocal Kilner. Celles de Geoffrey – ce qui n'a rien d'étonnant – et celles de Marcus Percival…

– Pourquoi cela ne me plairait-il pas ? C'est une très bonne nouvelle !

– Non, je le crains. J'ai procédé moi-même à son interrogatoire, et il m'a répondu qu'il était normal que ses empreintes soient sur le bocal, car il avait mis deux sucres dans son thé. Comme il me l'a dit lui-même, en quoi est-ce un crime ? De plus, j'ai fait examiner le bocal et le sucre, et les résultats de l'analyse toxicologique ne révèlent aucune trace d'aconit, ni sur le verre ni dans aucun des morceaux de sucre qui restaient. Je crains que cette piste ne soit une impasse.

Ce nouveau développement, en effet, ne plaisait guère à Judith, mais elle essaya de ne pas trop y penser. Elle essayait toujours de ne pas y penser quand elle s'assit pour terminer une grille de mots croisés pour le *Times*. Et s'y appliqua encore pendant sa baignade de l'après-midi. Tant et si bien que quand elle enfourcha sa bicyclette et se mit à pédaler en direction de l'agence immobilière Percival's Estates, elle n'y pensait vraiment plus du tout. Elle attendit que Marcus apparût à la porte. Dès qu'il quitta l'agence, elle traversa la rue d'un pas rapide et fit semblant de se heurter à lui.

– Alors, comment vos empreintes digitales se sont-elles retrouvées sur le bocal de sucre ? demanda-t-elle en guise de formule de politesse.

Nullement dérangé par la question, Marcus lui adressa un sourire indulgent.

– J'ai mis du sucre dans ma tasse de thé, dit-il. Voilà ce qui s'est passé. J'ai ramassé le bocal. Ce qui, précision à mon avis inutile, n'a rien d'un acte criminel.

– Au contraire, dit-elle, compte tenu de l'endroit où l'on a retrouvé ce dernier.

– Oui, la police m'en a vaguement parlé. Il a été retrouvé dans une armoire à documents, c'est ça ?

– Avec vos empreintes digitales partout.

– Je m'en suis déjà expliqué. Réfléchissez un peu : si j'étais impliqué dans le meurtre de Geoffrey, de près ou de loin, et si je l'avais empoisonné avec le sucre, croyez-vous vraiment que j'aurais caché le bocal dans un endroit aussi facile à trouver ? Avec mes empreintes dessus ? Non, ces empreintes sur ce bocal, au contraire, prouvent mon innocence.

– Et peut-on savoir comment il a atterri dans l'armoire ?

– Je n'en ai aucune idée. Quelqu'un a dû le déplacer.

– Sans y laisser la moindre empreinte ?

– Oui, ce qui prouve que c'est cette personne qui a

agi de façon suspecte et non moi. Ou, peut-être aussi, qu'un officier de police l'a caché là parce qu'il avait la flemme d'examiner correctement la scène du crime ?

– Ça, c'est très improbable.

– Improbable ou non, je peux vous assurer qu'à partir du moment où j'y ai pris mes deux sucres, je n'ai plus touché à ce bocal. Et maintenant, il faut que j'y aille. J'ai une visite immobilière et je ne peux pas être en retard.

Il s'en alla sur High Street, un sourire insolent flanqué sur son visage. Judith le regarda s'éloigner. Elle se sentait profondément frustrée, ne serait-ce que parce qu'elle avait l'impression très nette que les réponses de Marcus lui étaient venues trop naturellement. Comme préparées à l'avance. Cela dit, elle devait admettre qu'il avait déjà été interrogé par la police et qu'il était peu surprenant que ses réponses paraissent si bien répétées.

– Qu'est-ce qu'il nous manque ? demanda Judith à Becks et à Suzie plus tard dans la soirée, chez elle, devant le tableau d'enquête.

– Un assassin ? dit Suzie.

– C'est l'homme qui faisait le service dans la kitchenette ! dit Becks en désignant la carte libellée « Homme blond, barbiche et lunettes ». C'est lui qui a tué Geoffrey.

– Même si la seule personne que nous suspections de se cacher derrière cet inconnu, Paul De Castro, se trouvait au cinéma à l'heure du crime, dit Suzie.

– Alors il s'agit de quelqu'un d'autre, dit Becks, continuant son raisonnement. Il nous reste juste à l'identifier.

– Admettons, dit Suzie. Mais comment allons-nous faire pour « suivre l'argent » ?

Becks soupira.

– Je me suis rendue au commissariat chaque après-midi pour aider l'équipe de Tanika à éplucher les cartons d'archives du conseil municipal et, aussi, pour m'éloigner de chez moi et de Marian.

– Elle est toujours aussi abominable ?

– Disons les choses ainsi : il est plus agréable de fouiller dans des cartons de factures pleins de poussière que de passer du temps avec elle.

– Ce n'est pas juste ! s'écria Judith. Tu te retrouves chassée de ta propre maison !

– Tu peux le dire. D'un autre côté, nous n'avons pas encore trouvé la moindre trace de malversation financière dans les archives.

– Attends, dit Suzie, incrédule. Tu veux dire qu'il n'y a aucune entourloupe au conseil municipal ? Toutes leurs factures sont en règle ?

– Oui, vraisemblablement. Nous avons vérifié tous leurs bilans, et à chaque fois, le compte est bon.

– Ha ! s'esclaffa Suzie d'un air triomphant.

– Qu'y a-t-il ?

– Ce n'est pas parce que les comptes sont bons qu'il n'y a pas d'arnaque !

– Que veux-tu dire ? demanda Judith.

– Il existe mille et une manières de détourner de l'argent, dit Suzie en se servant une part de *carrot cake* et en y ajoutant une petite cuillerée de glaçage au *cream cheese*. Becks savait depuis longtemps que chaque fois qu'elle apportait un de ses gâteaux maison à une réunion d'enquête, il fallait un pot de glaçage supplémentaire pour Suzie.

– Mais si vous n'avez pas réussi à trouver trace de malversation financière, insista Judith, qu'avez-vous trouvé ?

– Pratiquement rien, dit Becks en tentant d'ignorer la vision de Suzie en train de coiffer son gâteau d'une gigantesque cuillerée de glaçage. Le conseil municipal est très bien géré, toutes les procédures sont scrupuleusement respectées, et il n'y a aucune trace de conflit de quelque nature que ce soit.

– Même entre Jeremy et Geoffrey ?

– Les disputes qui les ont opposés pendant les réunions se sont visiblement réglées sans qu'il ait été nécessaire de le consigner dans les procès-verbaux du conseil. Honnêtement, nous n'avons rien trouvé. La seule chose intéressante était un dossier intitulé « Récriminations ».

– Comment cha, « récriminachions » ? demanda Suzie en projetant des miettes de gâteau partout.

– C'est un dossier qui recense des courriers haineux envoyés par les habitants de Marlow. Je crois que le conseil municipal reçoit en moyenne deux lettres ou deux e-mails de ce genre chaque semaine.

– Y en a-t-il qui visent Geoffrey personnellement ? reprit Judith.

– Je ne crois pas, mais son nom ressort de temps à autre. Néanmoins, pour chaque courrier désobligeant, on compte au moins dix lettres de fans qui insistent sur le bien qu'il procure à la ville. Pourtant, il y a une chose que je n'aurais pas relevée si nous n'y étions pas allées l'autre jour : les plaintes récentes concernent en majorité le développement immobilier de Wiley's Field.

– C'est le champ juste à côté de la maison d'Alec Miller ! s'exclama Judith.

– Oui, c'est celui-là. Selon ces lettres – et il y en a des dizaines –, le promoteur immobilier, un certain Ian Maloney, ne serait pas digne de confiance.

– Ian Maloney, le promoteur ? lâcha Suzie en s'enflammant soudain.

– Tu as un peu de gâteau sur le menton, dit Becks.

– Où ça ?

Becks tendit le doigt vers la zone en question.

– Merci, dit Suzie en s'essuyant le visage avec une serviette.

– Tu le connais ? demanda Judith.

– Pas personnellement, mais je peux te dire ceci : Ian Maloney est un escroc. Sa spécialité consiste à acheter des terrains, ou des vieilles baraques, en prétextant en faire des projets immobiliers de haut standing ; mais tout ce qu'il fait, c'est construire à la va-vite des lots d'appartements miteux, sans garages. Je me souviens qu'il y a quelque temps, il a racheté The Craddock, un pub près de la gare. Un très beau pub, un peu fatigué, mais en parfait état de marche. Vous voyez ? La municipalité craignait qu'il ferme le pub et le remplace par des appartements alors qu'il n'avait aucun permis de construire. Devinez ce qu'il a fait ? Il a organisé une visite de routine avec des maçons dans le parking juste derrière le pub, quand soudain un bulldozer est arrivé et en a abattu tout un mur. Une regrettable erreur, disait-il. En tout cas, le pub était devenu inutilisable. Il a réussi à le faire démolir et à le remplacer par cet horrible lotissement dont il avait toujours rêvé – le genre où l'on voit constamment du monde sur le toit pour colmater les fuites.

– Je les connais, ces appartements, dit Becks. Et tu as raison : on y voit toujours des ouvriers en train de réparer le toit.

– Voilà : Ian Maloney dans toute sa splendeur. Un serpent.

– Ce qui, je suppose, explique le nombre de mécontents. Mais en fin de compte, ça n'a pas d'importance. J'ai consulté la décision du comité d'aménagement urbain à propos de Wiley's Field, et le projet a été refusé.

– Quelqu'un a donc un mobile ! s'exclama Suzie. Si son projet a été refusé, Ian Maloney est exactement le genre de type qui pourrait recourir au meurtre pour arranger ses affaires.

– Intéressant, dit Judith, mais un peu mince, tu ne crois pas ? Avons-nous trouvé ne serait-ce qu'une lettre, un e-mail ou un SMS de menace adressé à Geoffrey par Ian Maloney concernant ce projet immobilier ?

– Tanika nous l'aurait dit si elle avait trouvé quoi que ce soit de ce genre, glissa Becks.

– Pourtant, je pense qu'il ne faut pas négliger cette piste, reprit Suzie. Imaginez que Ian Maloney veuille vous mettre la pression : il n'enverrait pas quelque chose d'officiel et de traçable comme un e-mail. Il trouverait un autre moyen. Plus efficace et plus facile à nier.

Une sonnerie retentit dans le sac à main de Judith.

– C'est Tanika, dit-elle avant de décrocher.

– Judith, dit Tanika. Tu es avec les autres ?
– Oui.
– Tu es en sécurité ?
– Oui, pourquoi ?
– Un voisin nous a appelés pour nous dire qu'il vient de voir quelqu'un s'introduire chez Geoffrey Lushington par la porte du jardin. Je suis à bord d'une voiture de police, nous venons de quitter Maidenhead. Je voulais vérifier que tout allait bien.
– On t'y retrouve tout de suite.
– Non, restez où vous êtes ! Nous sommes sur le coup.
– Qu'est-ce qu'il se passe ? dit Judith.
Elle émit un fort chuintement entre ses dents.
– Cette opération ne concerne que la police !
Judith chuinta de nouveau, puis fit entendre un bourdonnement sourd avant de dire « Désolée, ça coupe ! » et de raccrocher.
– Que se passe-t-il ? demanda Suzie.
– Un inconnu vient de s'introduire chez Geoffrey. Tanika veut que nous la rejoignions aussi vite que possible.

CHAPITRE 17

La maison de Geoffrey Lushington n'était qu'à cinq minutes de voiture de celle de Judith. Moderne, en brique rouge, construite à la manière d'une villa victorienne, avec des fenêtres à guillotine et un porche soutenu par des piliers en béton. Deux voitures de police stationnaient déjà à l'extérieur quand le van de Suzie arriva dans un crissement de pneus. Voyant approcher les trois femmes, Tanika sortit de la maison.

– J'avais pourtant dit que je ne voulais pas vous voir ici !

– Quoi, tu as dit ça ? dit Judith. La ligne était mauvaise.

– Nous contrôlons la situation.

– À quand remonte l'intrusion ?

– Tu me vois, là ? demanda Tanika. Je ne suis pas totalement invisible ?

Judith décida de contre-attaquer.

– Nous sommes tes conseillères civiles. Nous ne pouvons pas te conseiller si nous sommes tenues à l'écart.

– Et qui sait ce que nous pourrions remarquer qui

échapperait à vous autres, la bande de Maidenhead ! ajouta Suzie.

– Au moins, dit Judith comme si elle proposait un compromis gigantesque, nous devrions voir l'intérieur de la maison de Geoffrey. Pour nous faire une idée du genre d'homme qu'il était. Souviens-toi, ce n'est que lorsque tu nous as autorisées à examiner la scène de crime que le sucrier a été retrouvé.

Tanika leva les yeux au ciel pour y chercher l'inspiration, ne la trouva pas, et regarda de nouveau Judith.

– L'alarme s'est déclenchée il y a une demi-heure, dit-elle.

– Et l'intrus s'est échappé ?

– Oui, à ce qu'il semble.

Dans la rue, une jeune femme en uniforme vint à leur rencontre.

– Cheffe, dit-elle, j'ai rencontré une voisine qui dit avoir vu l'intrus.

– À quoi ressemblait-il ?

La jeune femme se tut, elle ne désirait pas communiquer d'informations sensibles devant des civils.

– Ne vous en faites pas, nous sommes avec la police, dit Suzie en exhibant son insigne.

L'officière attendit la réaction de Tanika. Celle-ci hocha la tête en guise de confirmation.

– OK, dit-elle. De ce côté de la rue, donc à l'arrière de la maison, les jardins donnent sur une allée bordée d'autres habitations. La voisine à qui j'ai parlé m'a dit qu'elle travaillait dans son bureau, à l'étage, quand elle a entendu l'alarme chez Mr Lushington. Par la fenêtre, elle a aperçu un individu vêtu de noir, coiffé d'un chapeau noir, sortir de la maison et traverser le jardin en courant. Cet individu est sorti par la porte arrière et a disparu dans l'allée.

– A-t-elle pu voir son visage ? demanda Tanika.

– Non, malheureusement. Elle était tellement surprise de voir quelqu'un sortir de chez Mr Lushington qu'elle ne saurait même pas dire s'il s'agissait d'un homme ou d'une femme. L'intrus était de taille et de corpulence moyennes, c'est la seule chose dont elle soit sûre.

Judith et ses amies échangèrent un regard attentif.

– Et sa couleur de cheveux ? demanda Judith. Avait-il une barbiche blonde ?

– Je suis désolée, dit l'officière. Elle n'a pas réussi à voir son visage.

Tanika remercia la jeune femme pour son aide, puis conduisit Judith et ses amies dans la maison de Geoffrey. Une fois à l'intérieur, Judith ne put s'empêcher de sourire. L'entrée était majestueuse, le sol recouvert de plusieurs couches de tapis persans qui se chevauchaient, et une suspension en verre bleu et rouge descendait majestueusement du plafond. Tout cela paraissait provenir du Moyen-Orient. Contre un mur, une bibliothèque était chargée de livres poussiéreux. Toute la maison dégageait une atmosphère chaleureuse, hospitalière et studieuse.

– Donc, une fois encore, nous retrouvons notre mystérieux individu du soir du crime – de taille et de corpulence moyennes…

– C'est possible, concéda Tanika, mais des milliers de personnes pourraient correspondent à cette description. C'est le sens même de « moyen ». Je vais te montrer par où il est entré.

Tanika leur fit traverser une cuisine accueillante au parquet blanc. Un bouquet de lavande était suspendu devant la fenêtre. Tanika désigna la petite porte du fond qui ouvrait sur le jardin : à sa base et au sommet, des verrous en métal brillant avaient été forcés et le bois du cadre fracturé.

Judith remarqua que le verrou principal, au milieu, n'avait pas fracturé le cadre. Le pêne de la serrure n'était même pas dans la gâche.

– Cette porte n'était pas verrouillée, observa-t-elle.

– Exact, je me demandais si tu allais le remarquer ! dit Tanika. Les verrous du haut et du bas ont arraché leurs gâches, mais la serrure principale est intacte. Je suis pourtant certaine de l'avoir fermée à clé lors de notre dernier passage. Cela signifie que l'intrus avait une clé et a pu déverrouiller la serrure principale. Il devait bien connaître Geoffrey.

Judith se dressa sur la pointe des pieds pour examiner le verrou du haut.

– Tout neuf ! s'exclama-t-elle.

Elle inspecta ensuite le verrou du bas, qui possédait le même éclat. Neuf également. Elle se rendit ensuite à l'évier de la cuisine et observa le cadre en bois de la fenêtre qui donnait sur le jardin. Elle y vit un autre verrou tout aussi brillant.

– Tous ces verrous sont flambant neufs. Pourquoi Geoffrey a-t-il éprouvé ce besoin soudain de renforcer sa sécurité ?

– La dernière fois que tu es venue ici, demanda Becks à Tanika, as-tu trouvé une bouteille de whisky Kyoto Gold ?

– Une bouteille de quoi ?

– Debbie Bell nous a informées d'un accrochage entre Geoffrey et Jeremy il y a quelques semaines, mais quand nous avons interrogé ce dernier, il nous a expliqué que le sujet de leur discorde était une bouteille de whisky Kyoto Gold que Geoffrey refusait de rendre à Marcus.

– Je vais être honnête avec toi, avoua Tanika : nous n'avons pas eu le temps de regarder.

– Cela ne devrait pas prendre trop de temps, dit Suzie, en se dirigeant vers un buffet vitré où étaient rangées au moins une douzaine de bouteilles de whisky.

– Ah ! Je vois, reprit-elle. Judith, je sais combien tu apprécies le whisky, mais là, je crois bien que tu as trouvé ton maître.

Elle souleva chaque bouteille une à une pour examiner les étiquettes.

– Intéressant... dit-elle une fois son inspection terminée. Il n'y a ici aucune bouteille de Kyoto Gold. Aucun whisky japonais, pour autant que je puisse en juger.

– C'est peut-être que Geoffrey avait déjà terminé la bouteille, comme l'a supposé Jeremy, suggéra Becks.

– J'en doute, dit Suzie. Toutes ces bouteilles sont poussiéreuses et aucune n'a été vidée au-delà de la moitié. Elles sont ici depuis longtemps. Il aimait peut-être le whisky, mais il ne buvait pas vite.

– C'est tout à fait normal, expliqua Judith. Le whisky, on n'en boit qu'un tout petit fond de verre de temps en temps.

Les amies de Judith se gardèrent bien de lui faire remarquer qu'elle avait tendance à descendre ses bouteilles de whisky à un rythme qu'on ne pouvait pas qualifier d'occasionnel.

– Alors, qu'est-ce qu'on en conclut ? demanda Becks. Que Jeremy nous a menti sur le motif de la dispute ?

– Oui, au minimum, dit Judith. Lorsque Geoffrey lui a dit « Je ne te la rendrai pas », il ne parlait pas d'une bouteille de whisky japonais. Parce qu'il n'y a pas de whisky japonais ici.

Une officière de police apparut à la porte.

– Cheffe, dit-elle, je crois que nous avons trouvé ce que cherchait le cambrioleur.

Tanika, Judith et ses amies la suivirent dans un couloir et débouchèrent dans une pièce qui paraissait être l'espace de travail de Geoffrey. Un grand bureau était placé contre le mur du fond. Les autres murs étaient couverts de vieilles photographies en noir et blanc de Geoffrey en compagnie d'auteurs et d'autres personnalités. Des classeurs à documents en métal étaient soigneusement rangés sur des étagères.

L'officière en saisit un et le déposa sur le bureau. Le couvercle en avait été forcé comme par un pied-de-biche, mais la serrure n'avait pas cédé. Quiconque avait essayé d'ouvrir ce classeur n'y était pas parvenu. Judith remarqua un coupe-papier sur le bureau, aussi tranchant qu'un couteau.

– Ça, c'est récent, dit Tanika en examinant le classeur. Il n'était pas dans cet état après le meurtre. Je l'aurais remarqué.

– Mais il est encore verrouillé, dit Suzie.

– Il nous faut découvrir ce qu'il contient, dit Tanika.

– J'ai ce qu'il faut dans la voiture, lança l'officière de police, en quittant les lieux.

Quand elle fut partie, Judith scruta la pièce. Elle

possédait la même atmosphère chaleureuse que le reste de la maison. Son regard fut attiré par les étagères. Les classeurs étaient anciens et couverts de poussière, mais elle nota que Geoffrey avait étiqueté chacun d'entre eux du nom d'un auteur et que tous étaient rangés par ordre alphabétique. *Un homme organisé*, pensa-t-elle. À l'évidence, son métier d'éditeur comptait toujours autant pour lui, même après tant d'années.

L'officière revint avec un pied-de-biche qu'elle inséra entre le verrou et le couvercle du classeur, qui sautèrent sans difficulté. Elle fit un pas de côté.

Tanika entrepris d'en examiner le contenu.

– Très bien, qu'avons-nous ici ? dit-elle en fouillant à l'intérieur.

Elle en sortit une pile de documents visiblement anciens et les étudia l'un après l'autre.

– Voici l'acte de naissance de Geoffrey, sa carte de sécurité sociale… De la vieille paperasse, rien de plus.

Elle laissa tomber les documents un par un sur le bureau. Chacune put voir qu'aucun d'entre eux n'avait d'importance. Becks saisit une carte de la bibliothèque de Marlow datée de 2003.

– Quel intérêt aurait un cambrioleur à ouvrir cette boîte ? demanda-t-elle.

– Attendez, c'est quoi, ça ? dit Judith en regardant au fond.

Elles remarquèrent alors une feuille de papier noir pliée en deux. À la différence des autres documents, elle semblait récente. Tanika la saisit puis l'ouvrit.

À l'intérieur, des lettres découpées dans des magazines et collées une à une sur le papier composaient un message.

ARrEte cE qUe tU FaIS oU
JE rACOntE tON sECRet A tOuT lE monDE

Elles se regardèrent avec étonnement.

Becks fut la première à reprendre la parole.

– Quelqu'un faisait chanter Geoffrey. Je me trompe ?

– Je vous avais prévenues ! dit Suzie avec un sourire de satisfaction. Geoffrey Lushington, contrairement aux apparences, n'était pas parfait ! Il avait un secret – un secret assez lourd pour que quelqu'un décide de le tuer.

CHAPITRE 18

Tandis qu'elle contemplait la lettre de chantage, Suzie eut une idée.

– Je sais qui est derrière tout ça ! dit-elle. Quelqu'un qui n'hésiterait pas à recourir au chantage. Quelqu'un qui ne verrait aucun inconvénient à cambrioler une maison pour récupérer sa lettre de menace. Quelqu'un dont Geoffrey a récemment fait s'effondrer tous les projets.

– De qui parles-tu ? demanda Tanika.

– De Ian Maloney, le promoteur immobilier.

– Et qu'est-ce qui te fait penser à lui ?

– Disons simplement que son nom est apparu dans le cadre de nos enquêtes.

– Je ne dirais pas les choses ainsi, rectifia Becks.

– Chut, Becks ! dit Suzie. Si, si, il est apparu !

– Nous n'avons trouvé aucune mention de lui, ni dans les e-mails de Geoffrey ni dans ses relevés téléphoniques, dit Tanika.

– Ça ne veut rien dire. Les hommes comme Ian Maloney ne laissent pas de traces. Et je ne doute pas une seconde qu'il te tuerait si tu l'empêchais de parvenir à ses fins.

– C'est une idée intéressante, continua Tanika, car nous avons eu l'occasion d'interroger Mr Maloney plusieurs fois, mais nous n'avons jamais pu trouver quoi que ce soit pour l'incriminer. Il est trop malin. Et il ne possède aucun antécédent de violence.

– Le qualifierais-tu de taille et de corpulence moyennes ? demanda Judith.

– Oui. Et avant que tu me le demandes, il a aussi les cheveux blonds.

– Eh bien voilà ! dit Suzie avec enthousiasme. Ian Maloney est notre assassin !

– Conclusion pour le moins hardie, lâcha Tanika.

– Il faut que tu le convoques pour un interrogatoire !

– Pour quel motif ? Parce qu'il est blond et de taille moyenne ?

– Oui, et parce que récemment, Geoffrey et le comité d'aménagement urbain lui ont refusé un permis de construire.

– J'imagine qu'il existe une longue liste de gens qui se sont fait refuser des permis de construire. Tu crois que je vais interroger tous ceux qui sont dans ce cas et qui sont, en plus, de taille et de corpulence moyennes ?

Suzie ne cacha pas sa frustration. Si la police n'interrogeait pas Ian Maloney, comment pourrait-elle découvrir s'il était ou non impliqué dans l'affaire ?

Judith suggéra à ses amies de laisser Tanika enregistrer les nouveaux indices. Dès qu'elles furent sorties de la maison, elle leur annonça que si la police ne daignait pas interroger Ian Maloney, elles devaient s'en charger. Heureusement pour Becks, qui n'était pas aussi persuadée que ses amies de l'utilité de la chose, quand elles se lancèrent à sa recherche, il resta introuvable. Elles essayèrent d'appeler son bureau. On leur apprit qu'il était en voyage d'affaires à Dublin. Quelques jours plus tard, se rendant compte qu'on les tenait volontairement à distance, elles se rendirent sur son lieu de travail, à High Wycombe, pour s'apercevoir que ce n'était qu'un espace de location dans un centre d'affaires avec un standard téléphonique virtuel.

De guerre lasse, Suzie entreprit de se servir de son émission de radio dominicale pour demander à ses auditeurs s'ils connaissaient un moyen de joindre Ian Maloney. Personne ne l'appela pour lui donner la moindre information, ce qui ne la surprit pas outre mesure. Les chances étaient minimes, elle le savait. Pourtant, après l'émission, elle découvrit une note manuscrite dans la boîte aux lettres de Marlow FM. Elle y lut qu'on pouvait trouver Ian Maloney presque tous les après-midis en train de pêcher dans la Tamise, entre Marlow et le village mitoyen de Bourne End. Suzie sourit intérieurement : Sophia avait peut-être, avec son podcast, beaucoup plus d'auditeurs qu'elle, mais pour la solidarité, rien ne valait la radio de voisinage.

Le lendemain, Suzie décida d'aller promener Emma, sa chienne doberman, et quelques schnauzers nains le long du fleuve, entre Marlow et Bourne End. Elle invita Judith et Becks à la rejoindre près de l'église. Une fois en chemin, elle leur expliqua l'objectif de leur promenade.

– Je ne comprends toujours pas pourquoi tu tiens tant à ce que ce Ian Maloney soit impliqué, dit Becks.

– Pas de conclusions hâtives, dit Judith, nous devons d'abord lui parler. Elle ajouta soudain, pour changer de sujet :

– Et comment va ta belle-mère ?

Becks frémit.

– Oh, mon Dieu ! répondit-elle. Sa dernière trouvaille est de nous faire partir tous ensemble en vacances.

– Où est le problème ?

– Elle a convaincu Sam et Chloe d'aller à Disneyworld, en Floride.

– Aïe ! dit Suzie. Ça en fait, du pognon !

– Et elle n'en paiera pas un sou. Ce qui est une circonstance aggravante quand on sait que l'expédition est censée inclure un membre supplémentaire, qui s'appelle Marian. Si nous y allons, elle n'aura jamais la patience de faire la queue pendant des heures ; elle voudra qu'on lui paie un coupe-file.

– Eh bien ! Dis non.

– C'est ce que j'ai fait, mais croyez-vous que ça l'arrête ? Elle a bien sûr rappelé aux enfants que j'ai gagné une grosse somme d'argent l'année dernière… Avec elle, c'est toujours une histoire d'argent ! Vous savez bien que je n'y verrais pas d'inconvénient si elle témoignait un réel intérêt aux enfants, et même à Colin, mais tout ce qu'elle veut, c'est dépenser notre fric !

– Tu continues d'éplucher les vieilles archives du conseil municipal pour t'éloigner d'elle ? demanda Suzie.

– Je plaide coupable, dit Becks d'un air triste.

– Mais tu devrais déjà avoir terminé l'examen de tous ces papiers.

– Oui. Et la police aussi. En fait, Tanika a déjà demandé à son équipe de se concentrer sur d'autres aspects de l'enquête. Après tout, « suivez l'argent » pourrait se référer à n'importe quoi. Nous savons désormais qu'il n'est pas question des finances de Geoffrey Lushington, et il semble bien qu'il ne s'agisse pas non plus de l'argent du conseil municipal. Alors ce doit être l'argent de quelqu'un d'autre. Pourtant, je suis persuadée que cette phrase est liée au comité d'aménagement, d'une façon ou d'une autre. Après tout, Geoffrey a été assassiné pendant une réunion du conseil.

– Tu devrais cesser de te cacher au commissariat et affronter Marian, lui conseilla Suzie.

– Oui, ajouta Judith, personne ne devrait se sentir un étranger chez soi.

– Bien sûr, dit Becks, mais que puis-je faire, en vérité ?

Les trois amies continuèrent leur promenade en silence. Judith cherchait un moyen d'aider son amie, mais son esprit dériva rapidement vers la beauté du paysage. Elle adorait ce petit bout de Tamise. L'après-midi avait beau être frais, il y avait pas mal de gens à bord de leur bateau, de cyclistes et de promeneurs sur le sentier de halage. Le spectacle des haies et des buissons en plein bourgeonnement était un enchantement. Il y avait une promesse d'été dans l'air. Encore un peu lointaine, peut-être, mais elle le sentait venir, à n'en pas douter.

– Au fait, Becks, dit Suzie, j'ai réfléchi à ce que tu m'as dit l'autre jour. Sur le fait que je devrais arrêter de lutter en permanence pour tout et profiter de la vie. Je me sens coupable à cette idée, et je ne sais pas encore comment y parvenir, mais je vais essayer. Je vais m'efforcer d'accepter d'être heureuse – comme tu as dit –, un point, c'est tout.

– C'est une excellente idée ! dit Judith.

– C'est toujours une bonne idée de décider d'être heureux et de ne pas chercher plus loin, confirma Becks.

– Ça fait quand même un drôle d'effet de ne pas constamment chercher une raison de s'occuper. Oh, regardez !

Elle désigna, au loin, la silhouette d'un homme seul, debout au bord du fleuve, tenant une canne à pêche.

– Attention, je crois que c'est Ian Maloney.

Quand elles furent plus proches, Judith constata qu'il s'agissait d'un homme entre trente et quarante ans, de taille et de corpulence moyennes, avec une tignasse de cheveux bouclés d'un blond brillant, peignés en arrière et coupés mi-long, sous l'oreille. Quand il les regarda, elle perçut quelque chose d'étrange sur son visage : les orbites sombres de ses yeux, sa bouche serrée en une expression hostile… Judith l'imagina tout à fait capable de sortir d'une ruelle sombre, de vous donner un coup de couteau et de le jeter avant de vaquer à ses occupations sans se soucier le moins du monde de ce qu'il venait de faire.

Impitoyable. Cet homme paraissait impitoyable.

– Mr Maloney ? demanda Judith. Vous êtes difficile à joindre !

– Vous n'avez pas dû vous donner beaucoup de mal, dit Ian. La plupart du temps, je suis sur le chantier de construction à côté du club de rugby.

– Ça mord ? Que pêchez-vous ? demanda Becks dans l'espoir d'égayer son humeur.

– Carpe, brochet. Tout ce que je peux attraper.

Ian fit de nouveau face au fleuve, leur tournant le dos. Judith jugea que s'il avait décidé d'être mal élevé, elle pouvait lui rendre la monnaie de sa pièce.

– Nous travaillons pour la police, dit-elle.

L'attention de Ian sembla s'éveiller, mais il se contenta de lui adresser un sourire mauvais.

– Toutes les trois ?

– Nous sommes des conseillères civiles, précisa Becks, avant que ses amies n'en fassent un peu trop.

– Foutue police communautaire ! siffla Ian entre ses dents. Il fut un temps où j'avais l'honneur d'être interrogé par des vrais flics.

– Oui, j'ai cru comprendre que vous aviez eu quelques démêlés avec la police, dit Judith.

– Pas d'inquiétude, mesdames. Tout ça, c'est du passé. Aujourd'hui, mon nom n'apparaîtrait même plus dans un moteur de recherche.

– Et comment vont les affaires ? reprit Judith, furieuse que Ian lui ait donné du « madame » avec une telle condescendance.

– Elles marchent du feu de Dieu.

– J'ai aussi entendu dire que vous cherchiez à développer Wiley's Field.

– Exact. Je lorgne cette parcelle depuis le début de

mon activité. C'est un superbe terrain à bâtir. Directement accessible, l'école primaire à cinq minutes à pied, et de ce côté de la ville on est à dix minutes de l'autoroute M40 et de High Wycombe.

– Une école primaire qui affiche déjà complet, observa Becks.

Ian haussa les épaules.

– Si des familles s'installent dans des zones où les services publics sont saturés, c'est la faute du gouvernement, non la mienne. La crise du logement, vous en avez entendu parler ?

– Mais votre demande de permis de construire a été rejetée, non ? dit Judith.

– Avec une liste d'objections longue comme le bras, ajouta Becks.

– Vous ne savez pas de quoi vous parlez.

– Alors expliquez-nous !

– Écoutez, dit Ian, qui semblait perdre patience. La règle numéro un, dans une demande de permis de construire, est de demander la lune. Vous avez compris ? Ensuite on réduit la surface de jardin, on surhausse le toit, on économise sur les matériaux de construction. C'est une première enchère, rien d'autre. Et il arrive qu'on s'en tire sans une égratignure, ajouta-t-il en ricanant.

– Vous choisissez bien vos mots.

Elles perçurent toutes les trois le moment précis où Ian comprit la raison de leur présence. Il posa sa canne à pêche sur sa béquille et regarda Judith droit dans les yeux. Elle fit de même.

– Vous croyez que je suis impliqué dans la mort de Geoffrey Lushington, dit Ian.

– Dans son assassinat, corrigea-t-elle.

Ian éclata de rire sans la moindre retenue.

– Vous pensez qu'il a mis du poison dans sa tasse tout seul ? demanda Judith avec une assurance qu'elle ne ressentait nullement.

– J'en sais rien, et vous ? Je n'ai rien à voir avec cette histoire, vous faites fausse route.

– Il a pourtant refusé votre demande de permis de construire.

– Et alors ?

– Alors vous avez essayé de le faire chanter.

– Mais de quoi parlez-vous ?

– Vous l'avez menacé de révéler son secret, n'est-ce pas ? S'il ne soutenait pas votre projet.

– Du chantage ? dit Ian, qui fit quelques pas en direction des trois femmes dans l'intention claire de les intimider. Instinctivement, Becks fit un pas en arrière, mais Judith et Suzie restèrent immobiles. Avec un sourire penaud, Becks fit un petit pas en avant pour rejoindre ses amies, tout en restant un peu en retrait.

– Pourquoi aurais-je besoin de le faire chanter ? continua Ian. Je m'attendais à ce que le comité rejette ma première demande. Il m'a donné la liste de toutes les modifications à apporter avant de la soumettre de nouveau, et vous savez quoi ? J'ai tout de même réussi à faire passer quelques petits aménagements en douce. Mais c'est la règle du jeu. Ils ont tout un tas de demandes à examiner, moi je n'en ai qu'une qui m'intéresse. À la fin, c'est forcément moi qui gagne. Quand mon architecte aura fini de répondre à leurs demandes, je représenterai le projet et cette fois, il passera.

– Vous en êtes sûr ?

– Demandez à n'importe quel habitant de cette ville. Aucun de mes projets n'a été rejeté deux fois de suite par le conseil d'aménagement urbain. Et celui-ci allait certainement être validé à la prochaine réunion ! Et merde !

Ian porta de nouveau son attention sur le fleuve, car son bouchon venait de plonger. Il reprit sa canne, débloqua un verrou sur le moulinet et le fil se déroula en crissant.

– Vous avez une touche ? dit Suzie, émerveillée.

– Il faut d'abord laisser courir la victime, pour l'épuiser, dit Ian, les yeux brillants de joie. Laisser croire au poisson qu'il peut encore nager où il veut, qu'il n'est pas accroché à l'hameçon. Et ensuite, tout doucement, on le ramène au bord.

Ian fit tourner le moulinet pour ramener le fil de pêche parti vers l'aval.

– Et c'est l'instant le plus difficile, continua-t-il. Cette lutte entre deux volontés. Donc, si vous n'y voyez pas d'inconvénient, je retourne à mes occupations. Je crois avoir répondu à vos questions.

Au moment où Ian ramenait son poisson sur le rivage, Judith et ses amies prirent la direction de Marlow, non sans une pointe de soulagement à l'idée de s'éloigner de cet homme. Avant d'atteindre le chemin, Judith se retourna pour observer Ian une dernière fois. Le poisson qu'il maintenait d'une main, sur l'herbe, battait désespérément des ouïes. De l'autre main, Ian brandit un marteau de pêche et l'abattit violemment sur l'arrière de la tête du poisson.

Il jeta le poisson mort dans un seau.

Le téléphone de Judith sonna. Elle le sortit de son sac, vit que le numéro était masqué, puis répondit.

– Bonjour, dit-elle.

– Vous l'avez fait ? dit une voix grave et déformée.

Judith ressentit une décharge d'adrénaline. C'était son correspondant anonyme ! Elle se retourna brièvement vers Ian Maloney : il se lavait les mains avec une bouteille d'eau. Ce ne pouvait pas être lui.

– Fait quoi ? demanda-t-elle avant d'actionner la touche du haut-parleur.

– Avez-vous suivi l'argent ?

– Nous avons essayé, dit Judith. Geoffrey est blanc comme neige. La police ne lui a trouvé aucune irrégularité financière. Mais votre appel est-il lié au chantage dont il était victime ?

La voix à l'autre bout de la ligne ne répondit pas immédiatement.

– C'est donc le cas ! dit Judith, triomphante.

– Je ne suis au courant d'aucun chantage. Mais il faut que vous suiviez l'argent. Pas celui de Geoffrey. Celui du conseil.

– Mais c'est ce que je n'arrête pas de faire ! dit Becks en se rapprochant du téléphone.

– Qui êtes-vous ?

– Désolée, dit-elle, se rendant compte de son erreur. Becks Starling. Je suis la femme du vicaire.

– Cherchez du côté des petites dépenses, souffla la voix avant de raccrocher brutalement.

– Oh ! Mon Dieu, je suis désolée ! gémit Becks.

– Pas grave, dit Judith, qui composa un numéro. Une voix s'éleva de son téléphone pour leur dire que le numéro de l'appelant précédent était masqué.

– Allons, venez, dit Judith, qui reprit sa marche et sortit de l'herbe pour regagner le chemin de halage.

– Où allons-nous ?

– Au club de hockey. Nous savons qu'il utilise la cabine téléphonique qui se trouve devant, et avec un peu de chance nous pourrons l'y surprendre avant qu'il ait fini d'effacer ses empreintes. Nous appellerons Tanika sur la route pour l'informer, mais pas question de le laisser filer !

CHAPITRE 19

Le van de Suzie cahotait sur le chemin de terre qui menait au club de hockey.

– Qui peut faire ce genre de truc ? dit-elle. D'abord il déforme sa voix, ensuite il ne donne que des messages mystérieux. Ce devrait être l'un ou l'autre ! Nous ignorons tout de son identité, alors pourquoi ne nous dit-il pas tout simplement ce qu'il sait ?

– Il doit avoir ses raisons, assura Judith. Même si cela nous paraît absurde, cette personne, quelle qu'elle soit, croit agir de façon rationnelle.

– Les coups de fil anonymes, tu trouves ça rationnel ?

– Et qu'entend-il par « petites dépenses » ? demanda Becks. J'ai examiné les petites dépenses, c'est même la première chose qu'on a vérifiée.

Quand Suzie arriva au niveau de la cabine téléphonique devant le club de hockey, elle appuya brusquement sur les freins. Le van pila net et les trois amies en descendirent.

Personne dans la cabine téléphonique. Ni aux alentours.

– Zut alors ! râla Suzie.

– Écoutez, dit Becks, pourquoi ne cherchons-nous pas chacune de notre côté ?

Son téléphone se mit à sonner. Elle décrocha.

– C'est Tanika, chuchota-t-elle à ses amies.

Elle écouta pendant un petit moment. Son visage s'assombrit. Elle dit enfin :

– Je suis avec Judith et Suzie, on va voir ce qu'on peut faire.

Elle raccrocha.

– Tanika a pu retracer l'appel. Contrairement à la première fois, celui-ci ne provenait pas d'ici, mais de la cabine téléphonique qui se trouve en face du presbytère, près du pont. C'est pourquoi elle m'a appelée : elle pensait que je n'étais peut-être pas loin.

– Allons-y, dit Judith, retournant vers le van de Suzie.

Une fois à bord, Suzie fit un demi-tour que ses amies qualifièrent de précipité, s'encastra presque dans la haie qui bordait le chemin et partit en trombe, direction le centre-ville. Au niveau du petit rond-point à l'entrée de High Street, elle tourna à droite, puis se dirigea vers la cabine téléphonique installée juste avant le pont, au bord de la rue, face à l'église et au presbytère. Elle se gara à demi sur le trottoir. Les trois amies ouvrirent en hâte les portes du van et coururent vers la cabine.

Elle était vide.

– Je reste ici, dit Judith, pour m'assurer que personne d'autre ne vienne utiliser le téléphone. Nous devons protéger la scène. Vous deux, dispersez-vous, voyez si vous pouvez trouver quelqu'un qui a vu la dernière personne à s'en être servie !

– Très bien, dit Becks, je pars côté église.

Elle traversa la rue pour inspecter le trottoir d'en face. Suzie aperçut une jeune maman qui promenait son bébé en poussette et se précipita pour lui parler.

Judith examina la cabine téléphonique. Comme la porte n'en était pas complètement fermée, elle prit un mouchoir en papier dans son sac à main pour l'ouvrir davantage. Une fois à l'intérieur, elle s'efforça de ne pas faire attention à l'odeur fétide des milliers de corps humains qui y avaient pénétré avant elle. Elle préféra se concentrer sur le combiné noir. L'année précédente, elle s'était servie du sucre glace de sa boîte de bonbons pour révéler des empreintes digitales – ou leur absence – sur un bocal en verre[1], mais là, l'intégralité du métal du combiné brillait sous le soleil. La personne qui venait de l'utiliser avait veillé à effacer ses traces. Le téléphone était vierge de toute empreinte

Une voiture de police traversa le pont en faisant rugir son moteur, freina à peine au passage des ralentisseurs, et s'arrêta à côté de la cabine téléphonique. Au moment où Tanika en sortit, Judith quittait la cabine.

– Becks et Suzie cherchent d'éventuels témoins, dit-elle, et moi, je m'assure que personne ne contamine le site.

– On va bientôt te nommer inspectrice ! dit Tanika.

– Non, merci, dit Judith. Je suis tout à fait ravie de donner un coup de main, mais ça s'arrête là.

1. Voir *Les Dames de Marlow enquêtent*, t. 2, *Il suffira d'un cygne*.

Ayant vu Tanika arriver, Suzie et Becks les rejoignirent.

– Alors ? demanda Judith.

– J'ai voleté partout comme une mouche verte, déclara Suzie, mais sans succès.

– Pareil pour moi, dit Becks, à ceci près que je n'ai pas voleté comme une mouche, verte ou pas.

– Donc, notre interlocuteur anonyme s'est encore volatilisé, résuma Judith.

– Pas nécessairement, rectifia Becks. Il a peut-être laissé des traces, cette fois.

– Je suis allée voir la cabine, dit Judith. Le combiné et l'appareil me paraissent avoir été essuyés.

– Et c'est un téléphone public, poursuivit Suzie. On doit pouvoir y trouver l'ADN de la terre entière, et n'importe qui pourrait nous répondre : « Oui, bien sûr, je me suis déjà servi de cette cabine » en toute innocence.

Tanika était sur le point de donner raison à Suzie quand elle remarqua que Becks contemplait le clocher de l'église de Marlow.

– Tu as vu quelque chose ? demanda-t-elle.

Becks regarda alternativement le clocher, puis la cabine téléphonique. Enfin, elle sortit son téléphone de son sac.

– Je crois pouvoir identifier ce mystérieux appelant, dit-elle. Par la bonne grâce d'un couple de faucons crécerelles. Attendez un peu.

Sur son téléphone, elle ouvrit un navigateur. Ses amies se rassemblèrent autour d'elle pendant qu'elle recherchait la page d'accueil de l'église de Tous-les-Saints.

– Il y a quelques mois, expliqua-t-elle, un des gardiens de l'église a aperçu deux faucons crécerelles qui allaient et venaient depuis les parapets du clocher. Nous y sommes montés et nous avons découvert qu'ils y avaient construit un nid abritant deux œufs. Nous avons installé une webcam. Depuis, nous diffusons en streaming des vidéos de ces oiseaux vingt-quatre heures sur vingt-quatre.

Elle lança une vidéo en live qu'elle afficha en plein écran.

– Ils sont magnifiques ! s'exclama Suzie en découvrant deux jeunes faucons crécerelles dans leur nid.

– Oui, c'est merveilleux ! dit Judith.

– Mais si vous regardez attentivement, reprit Becks, vous avez une vue de High Street de l'autre côté du parapet. Et là, c'est nous.

Elle pointa vers une zone de l'écran où l'on pouvait les voir toutes les quatre à côté d'une cabine téléphonique rouge vif. Suzie observa le clocher et fit un signe de la main. Sur l'écran de l'iPhone, on la vit saluer.

– Alors ça, c'est formidable ! dit Judith.

– Encore mieux : la webcam enregistre les dernières vingt-quatre heures de vidéo, de telle sorte qu'on peut retracer l'activité des oiseaux depuis la dernière connexion, ce qui est particulièrement utile quand on veut savoir pourquoi ils quittent le nid la nuit – quand ils partent chasser.

Becks posa son index sur un curseur au bas de l'écran et le fit glisser vers la gauche.

– À quelle heure as-tu reçu cet appel anonyme, Judith ? 14 h 30 ?

– Juste après, répondit celle-ci.

– Eh bien ! Voyons ça, dit Becks, qui retira son index. Le curseur afficha 14 h 31.

On ne voyait pas grand-chose sur l'écran. Quelques passants allaient et venaient, aucun ne s'approchait de la cabine. Puis, elles virent un homme sur un scooter pour personnes à mobilité réduite apparaître dans le champ de la caméra. Arrivé à la cabine, il se gara le long du trottoir et se leva péniblement. Quand il ouvrit la porte, Becks mit la vidéo en pause. Bien qu'il fût très petit sur l'écran, il était facile de voir que cet homme était obèse. Il avait les cheveux sombres, ébouriffés, portait ce qui ressemblait à un pantalon de survêtement et un gilet molletonné, et n'avait pas l'air en bonne santé.

– C'est lui ? demanda Suzie avec étonnement.

Becks appuya de nouveau sur *play*. L'homme entra dans la cabine, décrocha le combiné et composa un numéro.

– Est-ce que l'une de vous le reconnaît ? demanda Tanika.

– Non, répondit Judith pour toutes les trois. Je ne l'ai jamais vu. Et il me semble que personne, dans l'entourage de Geoffrey, ne ressemble à cela. Nous l'aurions remarqué.

Sur l'écran, l'homme raccrocha et sortit un mouchoir. Il essuya soigneusement l'appareil et le combiné, quitta la cabine et, de nouveau, regarda autour de lui pour vérifier que personne ne l'observait.

Becks, appuyant sur les touches latérales du téléphone, fit une capture d'écran de la scène.

La vidéo continuait de défiler, l'homme sembla pris d'une quinte de toux. À grand-peine, il enfourcha son scooter et repartit lentement.

Les quatre femmes ne savaient que dire.

L'homme qu'elles venaient de voir était bien le mystérieux correspondant anonyme de Judith, mais qui était-ce ?

CHAPITRE

20

– Il nous faut impérativement identifier cet homme ! dit Tanika.

– Je t'envoie la capture d'écran par mail, dit Becks. Mais je crois que tu peux accéder à toutes les vidéos en te connectant sur le site de l'église.

– Ne t'inquiète pas, nous récupérerons la vidéo sur le disque dur de la caméra.

– Mais maintenant que nous l'avons vu, comment l'identifier ?

– Cela ne devrait pas être très difficile, dit Suzie. Il suffit de demander aux passants s'ils connaissent un homme très obèse qui se balade sur un scooter pour personne à mobilité réduite.

– Tu ne devrais pas l'appeler « obèse » ! dit Becks.

– Pourquoi pas ? Comment veux-tu que je le décrive ? En disant qu'il a de gros os ? Non, il est obèse, point. Nous devrions d'abord interroger les membres du comité d'aménagement urbain, voir si l'un d'entre eux le connaît.

À ces mots, Suzie essuya un vif regard d'avertissement de la part de Judith.

– Bien sûr, dit Tanika, réfléchissant à la question.

– Mais avant cela, précisa Judith, il faudra obtenir des photogrammes officiels de cette vidéo. Des documents qui seront valides devant un tribunal et ne perturberont pas ta précieuse chaîne d'indices. Et je suis certaine que cette cabine téléphonique tout entière doit être examinée par ton équipe de la police scientifique.

– Tu n'as pas tort, soupira Tanika. Et si tu n'y vois pas d'inconvénient, j'ai des coups de fil à passer.

– Venez, vous deux, dit Judith. Et si nous allions voir le magasin de céramiques qui vient d'ouvrir sur High Street.

– Ah non ! Suzie. C'est bien trop rigolo ici !

Judith insista.

– Je viens de dire : si nous allions visiter ce nouveau magasin de céramiques sur High Street ?

– Oui, allons-y ! répondit Becks, qui venait de comprendre le subterfuge de Judith.

– Ah, d'accord ! dit Suzie, saisissant enfin le message codé de Judith. Oui ! Allons donc voir ce nouveau magasin de céramiques sur High Street !

Elles s'en allèrent toutes les trois le long de High Street.

– Bien entendu, nous n'allons voir aucun magasin de céramiques, chuchota Suzie à l'oreille de Judith.

– Bien sûr que non, confirma Judith. Nous allons à l'agence immobilière Percival's Estates.

Judith s'attendait à une objection de la part de Becks, mais elle eut le plaisir de s'apercevoir que, pour une fois, celle-ci avait autant envie d'aller au fond des choses que ses deux amies.

Judith, Becks et Suzie remontèrent la rue principale et entrèrent dans Percival's Estates, une luxueuse agence tout en verre et en chrome dont les murs étaient couverts d'écrans vidéo trop vivement éclairés. On y voyait des maisons hors de prix avec piscine, souvent au milieu des bois ou sur un vaste terrain en bord de fleuve. Plusieurs agents immobiliers travaillaient à leurs bureaux, équipés d'ordinateurs dernier cri à écran tactile. Au fond, une salle de réunion et un bureau étaient séparés de l'espace principal par une cloison de verre. Dans la salle de réunion, Ian Maloney discutait amicalement avec Marcus Percival.

Marcus se leva, serra la main de Ian en souriant, puis le conduisit vers la porte vitrée.

– Ian ne nous a pas vues ! chuchota Judith, qui s'assit précipitamment au bureau le plus proche. Becks et Suzie l'imitèrent et s'assirent à deux autres bureaux. Très surpris, les agents immobiliers ne surent quoi penser de ces trois nouvelles arrivantes et vinrent les questionner, mais Judith et ses amies, en disparaissant dans le mobilier de l'agence, avaient réussi à gagner quelques secondes, et Ian ne les remarqua même pas quand Marcus le raccompagna à la porte.

Quand Ian fut sorti, les trois amies remercièrent les

agents, sans dissiper le moins du monde leur étonnement. Elles se dirigèrent vers Marcus.

– Bonjour, Marcus ! lança Judith.

– Oh ! dit-il, surpris de les voir. D'où sortez-vous, toutes les trois ?

– Nous pourrions vous poser la même question à propos de Mr Maloney, répondit Judith.

– Et pourquoi n'aurais-je pas le droit de voir Mr Maloney ?

– Parce que vous avez récemment refusé sa demande de permis de construire pour le développement immobilier de Wiley's Field, répondit Becks.

– C'est exact. Ce document n'était pas sérieux.

– Que voulez-vous dire ?

– Qu'il faut surveiller les promoteurs du genre de Ian comme du lait sur le feu. Ils n'ont aucun état d'âme lorsqu'il s'agit de ne pas respecter les règles.

– Alors pourquoi vous être entretenu avec lui ?

– Parce que je suis agent immobilier. Ian est un contact privilégié lorsque je veux savoir ce qu'il se passe sur le marché, ou quelles nouvelles tendances de développement urbain s'apprêtent à déferler sur Marlow.

– Vous échangez des informations ? demanda Judith.

– Je vais être honnête avec vous : quatre-vingt-dix-neuf pour cent du travail d'une bonne agence immobilière consiste à disposer de la meilleure information. Donc oui, nous en échangeons. Par exemple, il y a quelques instants, il me parlait des trois maisons qu'il est en train de construire pour le club de rugby. Elles seront disponibles à la vente en septembre, et cela fera trois familles de plus qui auront accès au marché de l'immobilier. Si ça peut vous consoler, je ne l'apprécie pas beaucoup, mais ici, il fait plus de bien que de mal. Même si ce n'est pas là une opinion très correcte.

– Croyez-vous que sa prochaine demande de permis de construire pour Wiley's Field sera également rejetée par le comité d'aménagement urbain ?

– Je n'en sais rien. Ian navigue toujours au plus près du vent, mais il n'est pas pressé. Il modifiera sa demande et la soumettra de nouveau jusqu'à ce que nous y consentions enfin. Ce qui est le processus habituel. Le développement immobilier est un échange permanent, tout en allers et retours. À moins que le site ne comporte un gros défaut, une contamination chimique par exemple – et je peux vous dire qu'il n'y en a aucune –, il obtiendra son permis de construire d'ici quelques mois.

– Et vous en profitez ?

– Que voulez-vous dire ?

– Financièrement. Du développement de Wiley's Field.

– Non, on ne peut pas dire ça, répondit Marcus – pour la première fois, les trois amies le virent perdre quelque peu contenance. Mais je suppose, continua-t-il, que vous n'êtes pas venues ici pour me parler de Ian Maloney. Que puis-je faire pour vous ?

– Nous aurions besoin de votre aide pour identifier une personne, dit Becks en sortant son téléphone et en lui montrant la copie d'écran sur laquelle on pouvait voir le correspondant anonyme de Judith.

– Reconnaissez-vous cet homme ? demanda Judith.

Judith examina scrupuleusement Marcus, mais il regardait l'écran d'un air perplexe.

– Désolé, dit-il, je ne l'ai jamais vu.

– Vous en êtes sûr ?

– Si je l'avais croisé, je suis certain que je m'en souviendrais ; il a un physique plutôt... euh... particulier, non ? Autre chose ?

– Savez-vous qui pourrait le connaître ?

– Je viens de répondre à vos questions, je crois que nous serons tous d'accord pour dire que je vous ai aidées autant que je le pouvais, mais à présent il faut que je me remette au travail. Les maisons ne se vendent pas toutes seules.

Tout sourire, il retourna dans son bureau. Judith et ses amies, conscientes qu'il n'y avait plus rien à tenter, sortirent dans la rue.

– Vous avez toutes remarqué combien il était mal à l'aise quand je lui ai demandé s'il bénéficiait financièrement du développement de Wiley's Field ? demanda Judith.

– Tu crois qu'il pourrait être de mèche avec Ian ?

– C'est possible, mais ce qu'il nous dit n'est peut-être, aussi, que la triste vérité : tout agent immobilier local doit se mettre les entrepreneurs locaux dans la poche, et *vice versa*.

– Échange de bons procédés, dit Suzie.

– Exactement.

– Alors, qui allons-nous voir maintenant ?

Judith leur rappela que le cabinet de comptables Marlow Wealth Management ne se trouvait qu'à quelques mètres et qu'elles pourraient y interroger Debbie Bell. À leur arrivée, elles furent accueillies par une femme à l'aspect rébarbatif. Judith lui expliqua qu'elles désiraient voir Debbie Bell, et elle se leva à contrecœur pour les annoncer. Quand la porte s'entrouvrit, elles aperçurent brièvement un coin bar luxueux, équipé d'une machine à café rutilante et de canapés confortables.

– Voilà comment vivent les classes laborieuses, ironisa Suzie.

Au bout de quelques instants, Debbie apparut, vêtue d'une jupe en tweed marron et d'un chemisier crème, les cheveux relevés en queue-de-cheval. Elle ressemblait aux institutrices que Judith avait connues dans son enfance ; et comme pour beaucoup d'entre elles, l'ourlet de sa jupe était usé. Visiblement, le salaire de Debbie ne suffisait pas à lui offrir les services de la compagnie qui l'employait.

– Qu'est-ce que vous faites ici ? demanda Debbie.

– Ne vous inquiétez pas, dit Judith, ce ne sera pas long.

Et ce ne fut pas long. À peine Becks eut-elle montré à Debbie la photo de l'homme auprès de la cabine téléphonique que celle-ci déclara ne pas le reconnaître.

– Vous en êtes certaine ? demanda Judith, surprise par la rapidité de sa réponse.

– Tout à fait certaine. Vous avez d'autres questions ? Non ? Alors je suis désolée, mais j'ai du travail.

Elles se rendirent ensuite au Globe Trading Estate pour voir Jeremy, mais là encore, sa réponse fut catégorique. Il ne connaissait pas cet homme.

– Au fait, ajouta Judith, je suis contente d'avoir l'occasion de vous parler, parce que nous sommes allées chez Geoffrey et nous avons examiné sa collection de whiskys.

– Belle collection, n'est-ce pas ? dit Jeremy.

– Mais pas la moindre bouteille de Kyoto Gold.

– Ah bon ? dit-il, un peu mal à l'aise.

– Et toutes les autres étaient encore à moitié pleines. Ce n'était pas un gros buveur.

– Oh ! Que si ! assura Jeremy en se léchant les lèvres. Quand il avait du bon whisky. Peut-être aura-t-il offert la bouteille à un ami ?

– Non, je crois que vous nous avez menti, dit Judith. Votre dispute avec lui, après cette réunion du Rotary, quand il vous a dit qu'il « ne vous la rendrait pas », n'était pas à propos de whisky. Vous nous devez des explications.

– Je vous ai déjà tout dit. Il peut aussi avoir cassé la bouteille, vous y avez pensé ?

– Nous découvrirons la vérité. Vous le savez, n'est-ce pas ? Nous la découvrons toujours.

– Je dis la vérité. Je vous le promets.

– Il a dit tout sauf la vérité ! éructa Suzie quand elles eurent quitté le cabinet d'architecte de Jeremy.

– Oui, mais comment savoir ce qui s'est réellement passé ? demanda Becks.

– Nous y arriverons, dit Judith, j'en suis certaine. D'une façon ou d'une autre. Prochain arrêt : Sophia.

Cette fois, quand elles arrivèrent chez Sophia, celle-ci leur ouvrit la porte.

– Que voulez-vous ? demanda-t-elle d'un air soupçonneux.

Judith lui montra la photo.

– Vous le connaissez ?

– Je l'ai déjà vu quelque part, dit Sophia, tentant de se souvenir. Oui ! C'est ça ! ajouta-t-elle, plus sûre d'elle. Oh ! Mon Dieu, c'est ce type !

– Quel type ? demanda Suzie.

– C'est un informaticien. Il travaille à son compte. C'est lui qui a installé les câbles et les micros dans mon studio il y a environ un an. Je ne peux pas dire que je l'apprécie, il me met très mal à l'aise.

– Vous rappelez-vous son nom ?

– Dave quelque chose… Je ne suis pas sûre… Désolée, je ne me souviens pas bien. Dave Butler ! ajouta-t-elle soudain, très fière d'elle. C'est cela, il s'appelle Dave Butler.

– Attendez, dit Becks, qui ouvrit un moteur de recherche sur son téléphone.

– Qu'entendez-vous par « il me met très mal à l'aise » ? demanda Judith à Sophia.

– Je ne voudrais pas paraître intolérante, mais je me méfie toujours des gens d'une telle corpulence. On ne peut pas leur faire confiance.

– Pardon ? s'écria Suzie.

– C'est très simple. J'ai du mal à supporter les gens qui se laissent aller. Il parvenait à peine à gravir l'escalier qui mène au studio. Vous imaginez, ne pas pouvoir monter un escalier ?

– Et c'est ça que vous appelez « ne pas être intolérante » ?

– Vous m'avez posé la question, je vous réponds.

– Est-ce que son travail vous a satisfaite ? demanda Judith d'un ton aigre.

– Oui, je crois.

– Ses prix étaient raisonnables ?

– C'est pour cette raison que je l'ai choisi.

– Et il a fait le job dans les délais ?

– Je sais ce que vous pensez, dit Sophia – assez honteuse pour avoir envie d'abandonner le sujet mais pas assez pour faire machine arrière –, mais notre corps est un temple, le plus beau cadeau que Mère Nature nous ait fait, et je n'y peux rien si je me sens offensée par les gens qui ne respectent pas ce principe.

– C'est bon, j'ai trouvé, dit Becks : Dave Butler, Marlow Solutions Informatiques, 8 Gardens Avenue, Marlow.

– C'est cela, dit Sophia. Je me souviens de l'en-tête sur sa facture. Il habite sur Gardens Avenue.

Judith se tourna vers ses amies.

– Je crois que nous devrions faire une petite visite à Mr Butler, au 8 Gardens Avenue.

CHAPITRE 21

Le petit lotissement de Gardens Avenue se situait à l'extrémité ouest de Marlow, juste au-dessus de la route de Henley. Les maisons, de construction récente, jouissaient d'une vue imprenable sur la Tamise et, au-delà, sur la réserve naturelle de Winter Hill.

– Regarde, on voit ta maison d'ici ! dit Becks à Judith en sortant du van de Suzie.

Judith constata qu'en réalité, on ne voyait pas vraiment sa maison, bien qu'elle reconnût le bosquet qui l'entourait et que l'on pût deviner la forme de son hangar à bateaux en bas du jardin. Elle eut un bref accès d'inquiétude à l'idée que, de là, on pût la voir nager toute nue dans la Tamise, mais se souvint qu'elle était à un kilomètre et demi de chez elle : qui l'aurait remarquée de si loin ?

Dave Butler habitait un petit bungalow derrière une haie mal taillée. On y entrait par une barrière de bois à lattes croisées, toute pourrie, et le jardin devant l'entrée principale était envahi par les mauvaises herbes. Suzie et ses amies remarquèrent le scooter marron de Dave branché à une prise extérieure.

– Dans le mille ! dit Suzie en désignant le scooter. Il est chez lui !

Judith fit signe à ses amies d'avancer jusqu'à la porte d'entrée. Elles se retrouvèrent face à une sonnette dernier cri équipée d'une caméra.

– Je déteste ces machins, dit Judith en tendant son doigt vers la sonnette. Juste avant d'appuyer sur le bouton, elle s'interrompit.

– J'ai l'impression d'entendre le son d'une télévision, chuchota-t-elle. Ou d'une radio. Il est là, c'est certain.

Judith sonna. L'appareil lança un éclair bleu et un carillon mélodieux retentit dans la maison.

– Tu ne crois pas que nous aurions dû annoncer notre visite ? murmura Becks.

– Pour gâcher l'effet de surprise ?

Judith colla son oreille contre la porte.

– Qu'y a-t-il ? demanda Suzie.

– Chut ! Je n'entends plus la télé. On dirait qu'il vient de l'éteindre.

Judith se pencha vers la sonnette et regarda droit dans l'œil de la caméra.

– Mr Butler ! dit-elle à voix haute. Nous savons que vous êtes là !

Judith attendit, dressant l'oreille.

Plus aucun son ne provenait de l'intérieur.

Judith se rapprocha de la fenêtre du rez-de-chaussée la plus proche. Le cadre en bois était envahi par la mousse ; les rideaux étaient tirés.

– Toutes les lumières sont éteintes, fit remarquer Becks en désignant les fenêtres de l'étage.

– Il est forcément ici, dit Judith. Nous connaissons

ses difficultés pour marcher, et si son scooter est ici, lui aussi.

– Je vais voir si je peux passer par le côté, dit Suzie en partant vers la route.

Judith retourna à l'entrée et frappa de toutes ses forces sur la porte en bois massif.

– Mr Butler ! Ouvrez-nous, s'il vous plaît ! Police ! cria-t-elle.

Becks fronça les sourcils en entendant ce pieux mensonge. Judith lui donna une petite claque sur le bras pour qu'elle arrête de faire des histoires, puis elle colla de nouveau son oreille à la porte. Elle n'entendait plus rien.

Elles attendirent une minute de plus, mais la porte resta close.

– Ce n'est peut-être pas une télévision que tu as entendue, suggéra Becks.

Judith, frustrée, fit la moue.

– Oh ! Il est bien chez lui ! dit-elle.

Elle retourna vers le van, suivie de Becks. Suzie, sur le trottoir, les rejoignit.

– Il n'y a pas d'autre entrée, dit-elle. Les jardins de ces maisons donnent sur ceux des propriétés de l'autre côté de la rue.

Au même moment, un vieux break se gara devant la maison voisine. Une jeune femme en descendit.

– Suivez-moi ! dit Judith en s'avançant vers elle. Bonjour madame, excusez-moi, puis-je vous poser une question ? C'est à propos de votre voisin, Dave Butler.

– Il lui est arrivé quelque chose ? demanda la jeune femme.

– Je ne sais pas. Nous cherchons à le joindre.

– Comme tout le monde ! Normalement, il vit isolé et ne voit personne. Nous savons qu'il est chez lui, parfois nous voyons de la lumière et parfois non, mais nous ne l'avons pas croisé depuis le début de l'année.

– Il doit bien sortir pour faire ses courses ! insista Suzie.

– Il se fait tout livrer.

– Ou pour travailler ! ajouta Becks.

– Je ne sais pas. Il travaille peut-être à distance.

– Vous n'avez réellement pas croisé votre voisin une seule fois depuis quatre mois ? demanda Judith, qui avait du mal à croire une telle chose.

– Il vit reclus, expliqua la voisine. Mais en quoi cela vous intéresse-t-il ?

– C'est un ami, et nous nous inquiétons pour lui, répondit Becks avant que Suzie n'ait pu sortir son insigne. Et nous avons des raisons de penser qu'il est sorti de chez lui à plusieurs reprises, notamment cet après-midi.

– Bien sûr, dit la jeune femme. Je ne peux évidemment pas être témoin de toutes ses allées et venues. Je viens seulement de rentrer du travail, je suis navrée.

Judith la remercia et retourna dans la rue avec ses amies.

– Nous devons trouver un moyen de le faire sortir de sa maison !

– Et si on y mettait le feu ? proposa Suzie. Judith éclata de rire.

– Je ne crois pas que Tanika apprécierait, dit Judith. Je pensais plutôt à lui demander un mandat pour accéder à son domicile.

– Bonne idée ! dit Suzie. J'y pense : j'ai fait du dog-sitting pour Mr Peat, juste en face. Et à trois numéros d'ici, c'est la maison des Green, ma fille Amy était la meilleure amie de leur fille. Je peux aussi aller leur demander de surveiller Dave. S'il sort de chez lui, ils nous préviendront.

– Je crois que je peux également aider, ajouta Becks. Je connais Wendy Brown, qui habite au 17 de cette rue. Elle a donné des cours de maths à Sam pour l'aider à passer son certificat de premier cycle, et elle a fait un excellent travail. Je peux aussi lui demander de garder l'œil ouvert.

Elles retournèrent chez Judith. Pendant que Becks et Suzie téléphonaient à divers voisins de Dave, Judith appela Tanika pour l'informer qu'elles avaient identifié l'auteur des appels anonymes.

– Je vais envoyer un agent pour l'interroger.

– Tu vas avoir besoin d'un mandat pour entrer chez lui, non ?

– Malheureusement, je ne peux pas encore en émettre un. Nous n'avons rien trouvé qui le relie directement à Geoffrey Lushington ou même à un autre membre du comité d'aménagement urbain. Pour nous, c'est juste un type qui t'a passé des coups de fil bizarres. Au mieux, il peut présenter un certain intérêt, mais pas plus.

– Et s'il refuse d'ouvrir la porte ?

– On retourne chez lui un peu plus tard et on lui

envoie une lettre de convocation au commissariat. Et une fois que nous aurons exploré toutes ces possibilités, nous pourrons enfin émettre un mandat.

– Et cela va prendre combien de temps ?

– On lui donne quatorze jours pour prendre contact avec nous.

– Mais c'est beaucoup trop long !

– Je sais, c'est très frustrant. Mais c'est la procédure et j'ai les mains liées. Ne t'inquiète pas : à présent, nous savons où il habite. Tôt ou tard, nous pourrons l'interroger, je t'en donne ma parole.

Tanika raccrocha, laissant Judith très insatisfaite. Son humeur ne s'arrangea guère quand elle entendit le claquement de la boîte aux lettres notifiant le passage du facteur. Elle fit comme si elle n'avait rien entendu.

– Tu ne vas pas voir ce que c'est ? demanda Suzie.

– Je sais ce que c'est, répondit Judith. C'est le courrier.

– Mais tu ne veux pas voir ce qu'il y a au courrier ?

– Ce n'est pas possible ! s'offusqua Judith. Tu as décidé de me contrôler en permanence ?

Elle se leva de sa chaise avec un soupir excédé, alla à la porte, ramassa une lettre sur le parquet, jeta un coup d'œil à l'enveloppe et mit la lettre de côté. Suzie, qui la surveillait attentivement, vit que l'enveloppe était bleue.

– Voilà. Tu es contente, maintenant ? dit Judith en retournant s'asseoir.

– Tout à fait contente, répondit Suzie, qui commençait à échafauder un plan dans sa tête. Il n'était pas très élaboré, ni même très malin, mais c'était justement ce qui lui plaisait.

– On pourrait parler de Dave Butler ? demanda Becks. Parce que nous devions chercher un moyen de le faire sortir de chez…

Suzie bondit hors de sa chaise, courut vers la porte et s'empara de l'enveloppe bleue.

– Suzie ! cria Judith, mais il était trop tard.

– Je m'en doutais ! dit Suzie en revenant, la lettre à la main. Le même expéditeur !

– Quel expéditeur ? demanda Becks.

– Même écriture que sur l'enveloppe précédente, dit Suzie. Pourquoi tu ne l'ouvres pas ?

– Je l'ouvrirai, promit Judith sur la défensive.

– Eh bien ! Ouvre-la ! dit Suzie en lui tendant la lettre.

– Oui, plus tard.

– Qu'a-t-elle de particulier, cette lettre ? demanda Becks.

– Très bien, dit Judith avec un nouveau soupir, comme si cette conversation n'avait aucune importance. Puisque vous tenez tant à le savoir, c'est une lettre de Matthew Cartwright.

– Et qui est ce Matthew Cartwright ? demanda Suzie.

– Un vieux camarade d'école. De l'île de Wight.

– Un vieux camarade d'école ? dit Suzie en haussant un sourcil.

– Nous ne sommes jamais sortis ensemble, si c'est ce que tu sous-entends. En fait, nous nous sommes plus ou moins perdus de vue quand je suis partie en pension.

– Comment ça, vous vous êtes « plus ou moins » perdus de vue ?

– Nous nous voyions encore pendant les vacances

et à Noël, jusqu'à ce que j'aille à l'université et qu'il épouse Sally, une chic fille de Ventnor, avant de partir pour la Chine où il a travaillé pour Barclays. Il a fait une belle carrière et a gagné beaucoup d'argent.

– Et pourquoi t'écrit-il maintenant ?

– Il est rentré de Chine, je crois. Depuis pas mal de temps, en fait.

Becks et Suzie sentirent que Judith ne leur disait pas tout.

– Et donc ? demanda Suzie.

– Et donc, l'année dernière, sa femme est morte.

– Il te demande en mariage ? dit Suzie.

– Pas du tout. C'est juste un petit bonjour. Pour me donner de ses nouvelles.

Suzie était persuadée que Judith lui mentait.

– Et ensuite ? demanda-t-elle avec encore plus d'insistance.

– Il me propose de prendre le thé avec lui.

– Mais c'est charmant ! dit Becks. Pourquoi n'ouvres-tu pas sa lettre ?

– Parce que je n'ai aucune envie d'avoir de nouveau un homme dans ma vie, répondit Judith, repliant les mains sur ses genoux.

– Quoi ?

– Je me suis donné beaucoup de mal pour mettre au point tous les éléments de ma vie. J'ai une maison merveilleuse, un travail que j'adore et de très bons amis. Pourquoi laisserais-je un homme gâcher tout ça ?

– Il ne gâcherait pas « tout ça », dit Becks sans conviction. Chacune des trois femmes savait très bien qu'en laissant un homme entrer dans sa vie, on risquait effectivement de perdre « tout ça ».

– Es-tu certaine que ce soit vraiment ce qu'il veut ?

– Oh ! J'en suis certaine. Bien sûr, il ne le formule pas ainsi. Il dit seulement que ce serait sympathique de se revoir autour d'une tasse de thé.

– Alors de quoi t'inquiètes-tu ? demanda Suzie.

– « Une tasse de thé » et rien d'autre, ça n'existe pas, dit Judith d'un ton grave. Surtout à mon âge. Tu sais ce que c'est. Il va être gentil et charmant, et dès qu'il sera entré chez moi, il voudra qu'on lui fasse la cuisine, la lessive – en gros, il voudra une bonne à tout faire. Et c'est bien la dernière chose dont j'aie envie dans mon existence !

– Je te donne entièrement raison, dit Suzie.

– Pourtant, dit Becks, c'est bien agréable d'avoir quelqu'un avec qui partager ses fous rires !

– Qu'as-tu dit ?

– Colin n'est pas parfait, je le sais. Mais sans prévenir, quand nous vaquons à nos occupations, il lui arrive de sortir quelque chose d'inattendu qui me fait éclater de rire. En général, c'est parce qu'il a compris quelque chose de travers. Ou qu'il évoque un épisode de nos vingt ans. Ou alors, nous regardons la télé, assis sur le canapé, et il prend ma main. Ce sont des moments où il est bon de vivre avec quelqu'un. Ou peut-être, aussi, que ma vie n'est qu'une prise d'otage et que je suis atteinte du syndrome de Stockholm, qui sait ?

– Ne l'écoute pas, conseilla Suzie. Tu as raison, tu as parfaitement organisé ta vie. Pourquoi risquer cela à cause d'une relation ?

– Je te remercie, dit Judith. Au fait, avez-vous toutes les deux appelé les voisins de Dave Butler ?

Suzie et Becks lui dirent qu'elles n'avaient plus de

coups de fil à passer. Becks déclara qu'elle devait rentrer au presbytère pour préparer le dîner, et Suzie devait garder un labrador noir à Bisham. Judith raccompagna donc ses amies à la porte.

Restée seule, elle retourna dans son salon, mais elle ne voyait plus que l'enveloppe bleue posée à côté de son fauteuil à oreilles. Elle s'assit et fit de son mieux pour ne pas y penser. Elle se força plutôt à réfléchir à Dave Butler et aux causes probables de ses appels anonymes, mais elle ne pouvait s'empêcher de s'apitoyer sur cet homme qui vivait tout seul, claquemuré dans sa maison.

Judith reprit l'enveloppe bleue, l'ouvrit avec un doigt, en sortit la lettre et commença à la lire.

Bilan de l'enquête 2

Rien de tel qu'une grille de mots croisés
pour faire le point sur l'enquête !

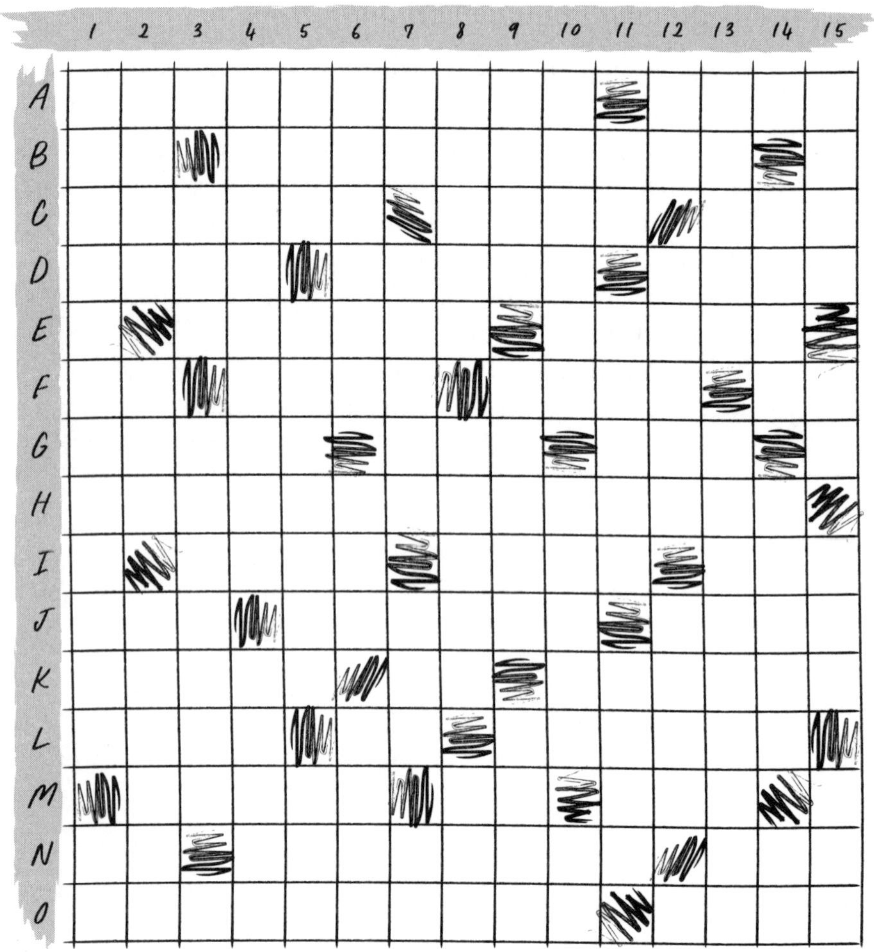

Horizontalement	Verticalement

A. Serveur décommandé par téléphone. Ersatz de cuir pour fauteuil Club anglais. B. Déplacé. Promoteur un peu mafieux. C. Suzie voulait celui de construire. Le meilleur des maris, dit Sophia. Moulure et fin d'amour à Marlow. D. Facile pour Judith. Confirma comme Becks. Objet de quête en plein traitement. E. Cheval à Royal Ascot. En l'attendant, on sombre dans l'absurde. F. À Oxford. Colères de Jeremy. Marian pourrait louer ailleurs, mais ne le ... pas. *One*. H. De la haute Écosse. Suzie l'a triomphant, quand elle s'esclaffe. Un type coiffé d'une perruque blonde l'a-t-il servi ? Dossier recensant les courriers haineux. I. Bûcher pour un bûcheur. Affirmer. Empoisonna. J. Ovni local. De son clocher fut enregistré le suspect au téléphone. Malade à Marlow, comme Debbie que Geoffrey conduit à l'hôpital. K. Bill dont les enfants le sont. Accord caduc. Fendra la pierre. L. Barre bretonne. Gloussé. Près de la salle du conseil, son câble a été sectionné. M. Fille à Papas. Sa soif peut pousser au crime. Agité du bocal. N. Le matin, à Marlow. Charge de Colin. Judith devrait en faire un dans ses montagnes de journaux et Becks s'y collera dans la salle des archives. O. Informaticien qui habite au 8, Avenue Gardens, Marlow. Mister voisin, en face du précédent.

1. Elle est allumée, si Sophia enregistre dans son studio. Vers latin. 2. Trouvées dans *Il suffira d'un cygne*. Surface ou êtes anglais. On y vit la Vierge ! 3. Force au pied de biche ? Véhicule utilisé par celui préconisant de "suivre l'argent". 4. Lieu où Sophia commit des erreurs d'attribution de sépultures. Une idiote n'... pas si bien ses enfants, selon Becks. 5. Mois où le crime sera résolu. Perse qui ne résista pas à Alexandre. Rien. 6. Sous des rayons plus brûlants que ceux du printemps. Judith le stocke en piles. Chacun sera examiné par Becks, puis Judith. 7. Lumen. Mis de nouveaux verrous ou me lançai dans une question. Tanika la fait respecter. @ d'adresse. 8. Absence volontaire à un rendez-vous. Auditeur signalant que le promoteur est à la pêche. Otorhino dans Disneyworld. 9. Course. Tel le parfum de la menthe de Sophia. Imite Suzie disant "Police !" 10. Subtil mécanisme du crime. Un signe de coïncidences. Aller-retour. 11. Pays-Bas. *Urtica dioica*, chez Sophia. Mentit en taisant. 12. Pronom réfléchi. État privé pour River Phoenix. Convient. 13. Ville japonaise à whisky Gold. Totalité. 14. L'individu déclenchant l'alarme chez Mr Lushington l'est de noir. Piocha dans le Kilner. Dada des Curie. 15. C'est pareil dans évidemment. Geoffrey l'est à Marlow. Alias *also known as*... Repose à jamais.

CHAPITRE 22

Le lendemain matin, Judith se réveilla avec un mal de tête abominable. Elle n'avait pourtant pas eu l'intention de boire tant de whisky la veille, mais la présence, sur sa table de chevet, de sa carafe en cristal taillé et d'un verre, tous deux vides, lui rappela que c'était précisément ce qu'elle avait fait.

Elle descendit au rez-de-chaussée d'un pas mal assuré, consciente de l'unique remède qui s'offrait à elle. Arrivée devant sa porte d'entrée, elle retira sa chemise de nuit et enfila sa cape en laine gris foncé, éprouvant au passage une vive douleur à l'épaule. *Bette Davis avait raison*, pensa-t-elle : *vieillir, ce n'est pas pour les petites natures*.

Elle traversa le jardin à grands pas pour se rendre dans son hangar à bateaux. L'herbe était pleine de rosée et une brume s'élevait du fleuve. Le ciel était d'un bleu immaculé, Judith sentait venir une autre belle journée de printemps, vive et fraîche. Quand elle fut proche du hangar, elle se dit que Dave Butler pourrait très bien être en train de l'espionner depuis chez lui avec des jumelles, mais elle s'efforça de chasser cette idée.

Elle entra, accrocha sa cape à un vieux crochet et resta immobile quelques instants dans l'obscurité, complètement nue. Le froid lui donnait la chair de poule. Elle descendit la cale de pierre, retrouva l'étreinte soyeuse de l'eau, puis nagea au-dessous des portes du hangar pour gagner la Tamise.

Comme à son habitude, Judith nagea à contre-courant pour mettre de l'ordre dans ses pensées. La lettre de Matthew avait remué ses émotions. À maints égards, ce qu'il lui proposait était la pire situation qu'elle pût envisager. Il était resté parfaitement raisonnable : il ne s'épanchait pas, sans être non plus trop réservé. Poli et respectueux. Comme il l'expliquait, il lui avait déjà écrit deux fois, mais il voulait tenter une dernière fois de reprendre contact avec elle. Et le service postal anglais étant ce qu'il est, il n'était pas sûr qu'elle ait reçu les deux lettres précédentes.

Il poursuivait : il avait adoré sa vie d'expatrié à Shanghai, mais au moment de prendre sa retraite, il avait compris qu'il était temps de rentrer à la maison, sur l'île de Wight, avec Sally, sa merveilleuse épouse. Puis Sally était décédée des suites d'une maladie, et il avait traversé une période de deuil très douloureuse. Il l'avait aimée depuis leur première rencontre : elle avait emporté son cœur dans la tombe. Toutefois, ajoutait-il, cela remontait à quelque temps, et il commençait à accepter l'idée de vivre dans un monde sans Sally. Il s'était alors rendu compte qu'au bout de tant d'années passées à l'étranger, il avait perdu de vue tous ses vieux amis en Angleterre. Tant que Sally était à ses côtés, ça n'avait pas d'importance, mais aujourd'hui, ce n'était plus le cas. Il avait donc entrepris de reprendre contact avec toutes les vieilles connaissances auxquelles il pensait encore avec affection. Il comprenait parfaitement que Judith n'ait pas pensé à lui pendant ces longues années ou qu'elle n'ait aucune envie de le revoir, mais si tel était le cas, il tenait à lui souhaiter le meilleur et à espérer qu'elle menait une vie épanouie.

– Bien sûr que je mène une vie épanouie ! avait grommelé Judith en finissant sa lecture. Mais maintenant qu'elle nageait, des pensées lui venaient, intermittentes et fugaces, sur le fait de partager sa maison avec quelqu'un. Partager la vie de quelqu'un. *Non*, se dit-elle : *impossible. Soyons sérieuse.* Elle adorait vivre seule, même si avec Daniel, son chat, elle n'était pas tout à fait seule. Mais Judith était résolument d'avis qu'un chat était le maximum de compagnie dont on eût besoin.

Par ailleurs, si le Matthew Cartwright qui transparaissait dans sa lettre était de toute évidence un homme attentionné, ce n'était pas vraiment le souvenir qu'elle avait de lui avant qu'elle ne soit renvoyée de son école pour avoir organisé un sit-in contre un professeur particulièrement brutal. À l'époque, Matthew sortait avec Ellie, une fille charmante, se souvenait Judith. Dès lors qu'elle avait commencé à le fréquenter, Ellie avait changé d'apparence. Elle qui laissait ses cheveux flotter sur ses épaules s'était mise à les relever en chignon. Elle s'était également fait percer les oreilles – oui, c'était bien ça, tous ces détails lui revenaient. Malgré ses belles paroles, Matthew n'était pas le genre d'homme à accepter l'autre pour lui-même. Il se sentait obligé de le faire changer, de l'améliorer.

Judith cessa de nager. Elle se rendit compte que s'il

était très agréable que quelqu'un se souvienne d'elle avec tendresse, sa première impression avait été la bonne : il faudrait être folle pour laisser entrer dans sa vie un homme comme Matthew Cartwright. Elle était heureuse ainsi ; que demander de plus ?

Tout en laissant le courant la ramener chez elle, Judith repensa au meurtre de Geoffrey Lushington, sujet beaucoup plus intéressant. Un détail continuait de la chiffonner : lors de son deuxième appel anonyme, Dave Butler lui avait dit de « suivre les petites dépenses ». Elle voulait comprendre pourquoi. D'après Becks, toutes les dépenses mineures avaient été épluchées, tout semblait en ordre. Alors qu'avait voulu dire Dave Butler ?

Avant de rentrer chez elle, Judith se demanda si Tanika avait réussi à s'entretenir avec lui.

Au bout de plusieurs sonneries, qui parurent durer une éternité, Tanika décrocha enfin.

– Tu as envoyé un agent interroger Dave Butler, mais il n'a pas ouvert la porte, dit Judith.

– Bonjour à toi aussi, Judith ! dit Tanika.

– J'ai raison ou j'ai tort ?

– Il se trouve que tu as raison.

– Alors pourquoi n'enfoncez-vous pas la porte pour le sortir de chez lui ?

– Nous n'avons pas le droit d'entrer dans une propriété privée sans la permission du propriétaire, à moins de penser que sa vie est en danger ou qu'un meurtre est sur le point d'être commis. En l'occurrence, nous ne sommes dans aucune de ces situations.

– Avez-vous cherché son nom dans les bases de données de la police ?

– Oui, et la vérification de ses antécédents n'a rien donné d'intéressant. Sa mère est morte quand il avait quinze ans. Son père s'est remarié avec une Américaine, et la famille a déménagé à Dallas, au Texas. À l'âge de dix-huit ans, Dave est revenu à Marlow et n'en a pas bougé depuis. Sa société de services informatiques est assez prospère pour un prestataire individuel, il n'a pas de casier judiciaire, pas de dettes non plus. Rien de remarquable, pour autant que je puisse en juger, mais j'ai tout de même interrogé son médecin traitant à la clinique chirurgicale de Marlow. Selon lui, Mr Butler lutte contre l'obésité depuis des années, et aurait même repris du poids depuis son retour au Royaume-Uni.

Alors que Tanika terminait sa phrase, Judith entendit une voix lui annoncer : « Cheffe, on a trouvé quelque chose. »

– Une minute, Judith, s'excusa Tanika.

– Bien sûr, dit Judith, qui appliqua le haut-parleur du téléphone contre son oreille. Elle entendit le collaborateur de Tanika lui dire que l'équipe de police scientifique venait d'examiner la lettre de chantage retrouvée chez Mr Lushington. Deux séries d'empreintes digitales s'y trouvaient. Les premières, bien entendu, étaient celles de Mr Lushington, mais les autres avaient surpris tout le monde. Elles appartenaient à Marcus Percival.

Judith était médusée. C'était donc Marcus Percival

qui faisait chanter Geoffrey ? Comment était-ce possible ?

Au commissariat de Maidenhead, Tanika était tout aussi étonnée que Judith, mais elle ne tenait pas à lui confier ce détail dans l'immédiat. Pas question que Judith fonce tambour battant avec cette information tant qu'elle n'avait pas, elle-même, interrogé Marcus Percival. Mais quand elle voulut reprendre l'appel sur son téléphone, elle s'aperçut que Judith avait déjà raccroché.

Dix minutes plus tard, Judith pédalait en direction de l'agence de Marcus Percival. Quand elle arriva, Becks et Suzie descendaient tout juste du van de celle-ci.

– La police ne va pas tarder, alerta Judith.

– Mais tu ne crois pas que… dit Becks.

– Non, on ne croit pas, l'interrompit Suzie. Te rends-tu compte que c'est la révélation que nous attendions depuis le début ? La preuve que Geoffrey avait quelque chose à se reprocher, puisqu'on le faisait chanter. Et maintenant, nous pouvons interroger son maître chanteur en personne ! ajouta-t-elle en ouvrant la porte de l'agence pour laisser entrer ses amies.

Assis à son bureau, Marcus les accueillit tout sourire, mais ce sourire disparut quand il vit l'expression sur leurs visages.

– Mesdames ? dit-il pour lancer la conversation.

– Vous faisiez chanter Geoffrey Lushington ! dit Judith.

Marcus eut l'air d'avoir reçu une gifle.

Il se leva, cherchant à récupérer son aplomb.

– Voulez-vous me suivre dans la salle de réunion ? demanda-t-il.

Marcus les fit entrer dans le bureau vitré où elles l'avaient vu s'entretenir avec Ian Maloney. Il resta debout.

Une fois qu'il eut fermé la porte, il leur demanda :

– Mais de quoi diable parlez-vous ?

– C'est donc vous qui menaciez Geoffrey.

– Pas du tout.

– Donc vous admettez qu'il était victime de chantage ? demanda Judith.

– Je n'ai rien dit de tel.

– Vous n'avez pas eu l'air surpris quand nous l'avons suggéré, continua Suzie. Vous n'avez pas dit : « Quel chantage ? »

Marcus ne trouva d'abord rien à répondre à cette remarque.

– Laissez-moi vous donner ma version des faits, dit Judith. Quand on cherche à empoisonner quelqu'un, le plus dur consiste toujours à lui faire ingérer le poison. Surtout quand plusieurs personnes sont présentes, comme pendant cette réunion. Cependant, le jour du conseil, une occasion en or s'est présentée pour l'empoisonneur. Geoffrey prenait toujours une tasse de café. Il suffisait donc d'introduire le poison dans sa capsule. Mais cela présentait deux inconvénients. D'abord, comment être sûr qu'il choisirait la bonne ? En empoisonnant toutes les capsules de la corbeille ? Impossible. Comme Debbie nous l'a rappelé, elle aussi s'est servie de la machine. L'empoisonneur ne pouvait décemment pas prendre le risque de tuer deux personnes alors qu'il souhaitait n'en tuer qu'une. Alors comment faire ? Sacré casse-tête ! Voici ma théorie : il n'y a jamais eu, en réalité, de poison dans la capsule de Geoffrey. Il s'est préparé sa petite tasse de café en toute innocence, et vous, comme vous avez finalement été forcé de l'admettre, vous lui avez offert un morceau de sucre, car vous saviez qu'il buvait toujours son café sucré. Et c'était ce morceau qui était gorgé d'aconit. Le poison s'est répandu dans le café quand le sucre a fondu, Geoffrey l'a bu et il est mort. Ensuite, vous avez pris le bocal de sucre et vous l'avez caché – je n'ai jamais pu avaler l'idée qu'un innocent puisse éliminer d'une scène de crime une pièce à conviction de première importance.

– Vous dites n'importe quoi ! cracha Marcus.

– Après cela, vous avez brouillé les pistes avec intelligence. Il aurait été facile de conserver une capsule de café usagée dont Geoffrey se serait servi durant une réunion précédente. Après tout, les empreintes digitales ne vieillissent jamais, n'est-ce pas ?... Et vous auriez tout aussi bien pu injecter de l'aconit dans cette capsule usagée avant le début du conseil. Ensuite, dans la confusion générale qui a suivi sa mort, vous avez escamoté le bocal Kilner – la véritable arme du crime – et l'avez caché à un endroit où vous pensiez que personne ne le retrouverait. Là, vous êtes allé à la machine à café, avez retiré l'innocente capsule non empoisonnée que Geoffrey venait d'utiliser, et l'avez remplacée par l'ancienne capsule, contenant l'aconit, pour faire croire que celle-ci avait tué Geoffrey. Un crime presque parfait, en somme. Après tout, Geoffrey

CHAPITRE 23

Becks fut la première à reprendre ses esprits.

– Pourquoi cherchait-on à vous faire chanter ?

– Je n'en sais rien, répondit Marcus d'un ton ferme. « Arrête ce que tu fais ou je raconte ton secret à tout le monde », qu'est-ce que ça veut dire, d'abord ? Qu'est-ce que je fais de mal ? Vous pouvez passer ma vie au peigne fin, demander à la police d'éplucher tous mes faits et gestes… Je passe ma vie à travailler, rien d'autre. Sept jours sur sept. Et quand je vous dis que ma réputation est primordiale à mes yeux, ce n'est pas une plaisanterie. Aucun agent immobilier ne tiendrait aussi longtemps que moi si ses affaires n'étaient pas irréprochables. La seule explication plausible, c'est que la personne qui m'a envoyé cette lettre m'a confondu avec quelqu'un d'autre.

– C'est vraiment ce que vous pensez ? demanda Judith d'un ton sceptique.

– Quelqu'un, quelque part, se livre à des trafics louches, c'est au moins ce que je peux conclure. Des trafics qu'une autre personne m'attribue à tort. Pourquoi croyez-vous que je sois allé porter cette lettre à Geoffrey ? Je ne savais pas quoi en faire. Elle me terrorisait. Je n'ai pas osé aller voir la police ; Geoffrey était une sorte de vieux sage, et j'avais entièrement confiance en lui. J'ai sollicité son conseil. J'aurais mieux fait de m'abstenir !

– Pourquoi ?

– Parce qu'il a tenu à la garder, cette fichue lettre. Il m'a dit qu'il allait y réfléchir sérieusement, mais en attendant, il voulait la mettre en sûreté dans ses classeurs. Il prétendait qu'elle pourrait servir de preuve s'il y avait procès, et qu'il valait mieux qu'il la garde chez lui, en tant que personne dépourvue de lien avec l'affaire – et aussi en tant que notable de Marlow. Du Geoffrey tout craché : il fallait toujours qu'il fasse son chevalier blanc. J'ai vite compris que je n'aurais jamais dû lui montrer cette lettre. Il allait forcément vouloir la garder, j'aurais dû m'en douter.

– C'est donc vous qui avez cambriolé sa maison ! dit Judith.

– Ce n'était pas mon intention, dit-il calmement.

– Comment ça, « ce n'était pas mon intention » ? répéta Suzie. Vous êtes en train de nous dire que vous avez enfoncé la porte sans le vouloir et qu'elle vous est restée entre les mains ?

– C'est précisément ce que je veux dire : je n'avais pas l'intention d'entrer par effraction, je me suis servi du double de la clé de Geoffrey.

– Ah ! dit Judith. Cela explique pourquoi les verrous en haut et en bas de la porte ont été fracturés alors que la serrure principale était intacte.

– Geoffrey gardait la clé de la porte de son jardin dans un petit nichoir à oiseaux, à côté de sa cabane à outils. Ça lui a rendu service de nombreuses fois : pendant des événements officiels par exemple, quand il s'apercevait qu'il avait oublié quelque chose. Le maire ne peut décemment pas s'éclipser, mais il peut envoyer quelqu'un chez lui. Quand il est mort, j'ai été pris de panique à l'idée que la police puisse trouver la lettre. Je savais qu'elle était couverte de mes empreintes et qu'ils en concluraient, à tort, que je faisais chanter Geoffrey alors qu'il n'en était rien.

– Voilà pourquoi vous êtes venu nous parler dans la rue la première fois que nous nous sommes rencontrés, n'est-ce pas ? dit Judith. Vous cherchiez à savoir si l'on avait déjà trouvé la lettre.

– J'étais mort de trouille, pour tout vous dire.

– Vous l'avez bien caché.

– Qu'est-ce qui nous prouve que vous nous dites la vérité ? demanda Suzie.

– Je vous aide dans votre enquête, non ?

– Quand ça vous arrange. Vous n'aviez plus vraiment le choix. Si vous nous aidiez réellement, vous nous auriez dit cela beaucoup plus tôt.

– J'en conviens, mais vous devez me comprendre. J'étais tellement inquiet à propos de cette lettre ! C'était comme avoir une bombe à retardement dans son sac. Mais alors, j'ai commencé à me rendre compte qu'elle m'appartenait et que j'étais dans mon droit en cherchant à la récupérer, d'autant plus que je savais où se trouvait le double de la clé de Geoffrey. Ainsi, pas d'effraction : je pouvais entrer librement et reprendre la lettre.

– Vêtu de noir et la tête dissimulée sous un chapeau, compléta Suzie.

– Je ne voulais pas être reconnu. D'autres maisons ont une vue directe sur le jardin de Geoffrey. Je rendais service à la police, en fin de compte. Il était de mon devoir de retirer cette lettre de cette maison pour lui éviter de perdre du temps sur une fausse piste.

– Quelle belle démonstration de civisme ! dit Judith.

– Je sais que c'est difficile à croire, mais je vous assure que c'est ainsi que les choses se sont déroulées.

– Et donc, que s'est-il passé ?

– Tout a foiré dès le début, dit Marcus, qui se passa la main dans les cheveux en évoquant ce souvenir pénible. J'ai pris la clé, j'ai déverrouillé la porte comme d'habitude, mais celle-ci ne s'est pas ouverte. Comme c'est une vieille porte et que le temps est pluvieux depuis quelques jours, je me suis dit que le bois avait gonflé et qu'elle était coincée. J'ai poussé de toutes mes forces, mais elle n'a pas bougé. C'était vraiment bizarre. Alors j'ai donné un fort coup d'épaule et elle a cédé. Là, j'ai découvert que des verrous supplémentaires avaient été posés au sommet et au bas de la porte. Je peux vous dire que cela m'a fait froid dans le dos. Je vous prie de me croire. J'étais là à ne vouloir laisser aucune trace, et je n'avais réussi qu'à fracturer le bois de la porte ! Mais ce n'était rien à côté de ce qui m'attendait. Quand je suis entré, une alarme s'est déclenchée et s'est mise à hurler. Je n'y comprenais rien, Geoffrey n'avait jamais installé d'alarme chez lui ! Il disait toujours qu'il n'y avait rien d'autre à voler que des livres – et qui voudrait voler des livres ?

« Donc je suis là, en pleine panique, et j'ai l'intention de récupérer cette lettre avant de sortir, mais c'est à ce moment qu'arrive la catastrophe suivante.

Sérieusement – dit Marcus avec regret –, je ne vous conseille pas d'essayer le cambriolage, c'est terrifiant. Quand je parviens enfin au classeur, je le trouve verrouillé. Voilà un homme qui ne s'est jamais soucié de sécurité, à aucun moment de sa vie, et soudain, sa porte est bardée de verrous, sa maison équipée d'un système d'alarme flambant neuf, et un de ses classeurs à documents fermé à clé. Et dont je peux jurer qu'il n'était pas verrouillé quand j'ai vu Geoffrey y mettre ma lettre ! Et si mes actions, jusque-là, étaient faciles à expliquer au cas où je me serais fait pincer, même si elles me donnaient l'air d'un imbécile, c'est à partir de ce moment que j'ai gravement foiré. Mais je ne pensais plus droit : cette fichue alarme ! J'étais terrorisé.

– Et vous avez essayé de forcer la serrure du classeur.

– Geoffrey avait un coupe-papier en métal sur son bureau. Tranchant comme un couteau. J'ai cru pouvoir l'utiliser comme levier et briser la serrure. J'ai essayé, mais en vain. Ma peur s'intensifiait de minute en minute, je n'y ai pas passé plus de dix secondes, avec cette sirène qui hurlait… C'en était trop. J'ai laissé tomber le coupe-papier et je me suis enfui. Voilà, dans tous ses détails les plus horribles, comment je me suis retrouvé à entrer par effraction chez Geoffrey.

– Et le sucrier ? demanda Judith sur le ton d'une vieille tante réprobatrice.

Marcus, honteux, regarda le bout de ses chaussures.

– Vous avez raison, dit-il. C'est moi qui l'ai caché dans l'armoire.

– J'en étais sûre !

– Mais uniquement parce que je savais que mes empreintes s'y trouvaient, puisque j'avais proposé du sucre à Geoffrey juste avant sa mort. En effet, une fois qu'il a bu son café et s'est effondré, j'ai immédiatement compris que, quoi que contienne son café, c'est ça qui l'avait tué. Et je ne tenais pas à ce que la police vienne fouiller de mon côté. Alors, profitant de la confusion générale qui a suivi sa mort, j'ai caché ce bocal couvert de mes empreintes digitales en espérant que personne ne le chercherait. Et je sais bien que les apparences sont contre moi, mais je vous le répète : pensez-vous que j'aurais si mal caché le sucrier si j'étais l'auteur du meurtre ? Je vous dis la vérité, vous devez me croire.

– Comment voulez-vous qu'on croie la moindre de vos paroles ? dit Suzie. Comment croire quelqu'un qui cache des pièces à conviction essentielles au fond des armoires au moment même où un homme est étendu sans vie sur le parquet, qui ment quand on le questionne à ce propos, et qui, enfin, cambriole la maison de la victime pour s'emparer d'un objet ?

– D'un objet qui m'appartenait ! Mais oui, je l'admets, ça ne joue pas en ma faveur, concéda Marcus.

– Recevoir des lettres de chantage non plus ! ajouta Judith. Parce que, ne l'oublions pas, c'est à vous que cette lettre a été envoyée. Alors vous pouvez essayer de faire porter le chapeau à qui vous voudrez, mais il y a quelque chose de louche dans vos activités. Or quelqu'un est au courant. Et tient à ce que vous sachiez qu'il est au courant.

– Mais je ne sais pas pourquoi on m'a envoyé cette lettre ! plaida Marcus. Ce ne peut être qu'une erreur, une terrible erreur !

Pour la première fois, Judith perçut en Marcus une

nuance de désespoir, voire de vulnérabilité, qu'elle ne lui connaissait pas.

– Peut-être, mais c'est forcément lié à la mort de Geoffrey.

– En fait, non, je ne le pense pas, dit Marcus.

– Ce que vous dites n'a aucun sens. Si vous ne savez pas pourquoi on vous a envoyé cette lettre, comment pouvez-vous savoir que ce n'est pas lié ?

– Parce que…

Marcus inspira profondément avant de reprendre la parole.

– Parce que j'ai reçu une seconde lettre depuis la mort de Geoffrey.

Marcus s'approcha d'un petit coffre-fort posé sur une étagère, pianota quelques chiffres sur le clavier, un voyant vert s'alluma au coin du coffre-fort et Marcus ouvrit la porte. Il en sortit une enveloppe en kraft et la tendit à Judith.

– Ne touche pas à ça ! s'écria Becks.

– Oh, tu sais, dit Judith en ouvrant l'enveloppe, c'est un peu tard maintenant. Et puis Tanika a déjà enregistré mes empreintes digitales. Elle pourra les exclure de l'analyse. Bien, qu'avons-nous ici ?

Judith sortit de l'enveloppe une feuille de papier noir format A4, pliée en deux. Elle la déplia. À nouveau, le message était composé de lettres découpées dans des journaux et des magazines :

JE T'AvaIS diT d'arREter, siNON

– Je peux regarder de plus près ? demanda Suzie.

– Si tu veux.

Judith tendit la lettre à Suzie en la maintenant dépliée.

– J'ai l'impression d'avoir déjà vu cette police de caractères, celle du *t* minuscule d'arReter.

C'était un caractère gras, de couleur brique foncée, avec un empattement.

Suzie contempla encore la lettre pendant quelques secondes, puis secoua la tête, frustrée.

– Non, finalement. Penser qu'on peut reconnaître une police… Ce serait absurde.

– Très honnêtement, reprit Marcus, ces messages me terrifient. Je n'ai pas la moindre idée de leur signification. Comme si l'on cherchait à me rendre fou. Je ne fais rien d'illicite !

Marcus irradiait la sincérité, mais Judith ne le croyait plus, ne serait-ce qu'à cause du violent accès de colère qu'il avait eu au début de leur entretien. Même s'il avait réussi à se contrôler par la suite, elle savait désormais qu'il n'était pas l'homme d'affaires bien sous tous rapports que tout le monde voyait en lui : il était animé d'une rage intérieure. Elle ne doutait pas une seconde qu'il fût capable de meurtre. Et Suzie avait raison : il leur avait menti sur toute la ligne depuis leurs premiers échanges. Marcus leur mentait : il savait pertinemment pourquoi on le faisait chanter. Mais comment allaient-elles le convaincre de leur dire la vérité ?

CHAPITRE 24

L'enquête piétinait. Marcus avait modifié sa déposition auprès de la police, et Judith avait confié la nouvelle lettre de chantage à Tanika. Mais celle-ci ne révéla rien de plus que les empreintes digitales de Marcus et celles de Judith. Et si la police s'était acharnée à fouiller de fond en comble la vie de Marcus, elle n'y avait pas trouvé la moindre preuve d'activité litigieuse. Se pouvait-il que ces lettres lui aient réellement été envoyées par erreur, comme il le prétendait ?

Judith rongeait son frein. Les indices, que l'on peinait à rassembler, étaient minces, et toute avancée significative semblait exiger des efforts surhumains. Cela rendait d'autant plus mystérieuses les circonstances du meurtre de Geoffrey. À supposer que Marcus leur mente encore – ce qui était fort probable –, qui le faisait chanter, et pourquoi ? D'un autre côté, qui d'autre que Sophia pouvait avoir téléphoné à Alec Miller pour lui demander de ne pas venir à la réunion ? Et qui donc était cet homme blond dans la kitchenette ? Enfin, en quoi Dave Butler était-il connecté à Geoffrey au point de laisser des messages codés à Judith, et pourquoi refusait-il toujours de sortir de chez lui ?

L'affaire n'avançant plus, Becks décida qu'il était temps pour elle de suivre le conseil de ses amies et de chasser Marian de sa maison. C'est ainsi que fut lancée l'opération Marian, que Becks n'appelait évidemment pas ainsi en public. Au début, cette opération consistait en de petites manipulations afin que sa belle-mère se sente moins à l'aise chez elle. Mais quelle que soit l'entourloupe imaginée par Becks, Marian déjouait toujours l'obstacle pour le tourner à son avantage.

Elle commença par baisser le thermostat du radiateur de la chambre d'amis : Marian, peu après, annonça qu'elle dormait beaucoup mieux. Ensuite, elle encouragea son fils à organiser une pizza-party – sachant très bien que celle-ci deviendrait incontrôlable –, et Marian arrosa copieusement Sam et tous ses copains de gin tonic, participa à leur concours de danse sur PlayStation et se rangea de leur côté quand Becks, qui n'arrivait plus à contenir son agacement, leur demanda de baisser le son après minuit.

Un jour, Becks lui annonça qu'elle préparait de longues vacances dans les Caraïbes avec Colin et les enfants et que, ce faisant, le moment était peut-être venu de partir. Marian n'en revenait pas : Becks n'était-elle pas au courant du fort pourcentage de cambriolages dans les foyers qui partaient en vacances ? Au moins, elle pourrait garder la maison pendant leur absence. Cerise sur le gâteau : pour témoigner sa reconnaissance, Marian ne lui ferait pas payer ce service.

Becks ne se laissa pas abattre et lui précisa que, malheureusement, la maison allait être redécorée de fond en comble. L'après-midi même, Marian appela Becks depuis une grande surface de bricolage : elle était au rayon peintures, quelles couleurs aimerait-elle qu'elle lui rapporte ? Le stratagème de Becks fut ainsi éventé, car elle ne put lui répondre avec précision. Marian, en conséquence, passa quelques jours à se moquer d'elle devant Colin : quelle idée de vouloir refaire les peintures de la maison sans avoir pensé aux couleurs ! Colin n'y comprenait rien : d'abord on lui annonçait que la maison allait être redécorée, ensuite qu'elle ne serait pas redécorée. Mais comme il avait été tout aussi étonné d'apprendre que la famille allait partir en vacances dans les Caraïbes, il n'éprouva pas un très grand choc.

Becks comprit qu'elle touchait le fond le jour où, plongée dans un bon bain chaud, elle se laissa entraîner dans une rêverie : et si elle bloquait la bonde de débordement de la baignoire ? Elle pourrait ainsi inonder la maison et invoquer le prétexte de l'énorme dégât des eaux qui s'ensuivrait pour, enfin, se débarrasser de Marian.

Et parce qu'elle ne parvenait pas à se débarrasser de Marian, au lieu de passer moins de temps au commissariat de Maidenhead comme elle l'avait envisagé au départ, elle s'y éternisa de plus en plus.

– Elle est au commissariat, souffla Suzie à Judith un jour où, à nouveau, elles constatèrent que Marian était au presbytère mais que Becks n'y était pas. Cette situation n'a pas de sens, ajouta-t-elle : tu imagines, passer tout son temps dans un commissariat pour fuir sa maison ? Nous devons l'aider.

– Tu as raison. Elle ne fait que contourner le

problème, et il n'y a qu'un moyen de régler ça. Il nous faut impérativement découvrir ce que Dave Butler entendait par « suivez l'argent » et « suivez les petites dépenses », ainsi, Becks n'aura plus d'excuses, et devra affronter Marian une bonne fois pour toutes.

– Oui, mais comment ? Cela fait des jours que Becks et la police épluchent ces documents sans rien y trouver.

– Eh bien ! Il va falloir retrousser nos manches et nous mettre au travail pour de bon.

Le lendemain, dès son arrivée au commissariat, Becks trouva Judith et Suzie dans la salle d'archives, plongées dans les feuilles de comptes, les procès-verbaux de réunions et les montagnes de reçus.

– Qu'est-ce que vous faites ? demanda-t-elle.

– Nous mettons au point un programme d'intervention, répondit Suzie.

– Qu'entends-tu par-là ?

– Nous allons trouver le sens de « suivez l'argent » afin que tu puisses rentrer chez toi et résoudre le problème de ta belle-mère.

– C'est très gentil de votre part, mais elle est invincible. Je ne me débarrasserai jamais d'elle.

– On verra ça, dit Judith. Mais d'abord, essayons de comprendre : « suivez l'argent ». Qu'as-tu trouvé jusqu'à présent ?

– Je passe chaque facture au peigne fin, mais toutes sont correctes, il ne manque rien. En revanche, je suis tombée sur une série de lettres écrites par notre mystérieux auteur de coups de fil anonymes, Dave Butler.

– Quel genre de lettres ? demanda Judith.

– Rien de très sérieux, mais on le sent assez remonté. La plupart de ses courriers dénoncent des procédures qui n'auraient pas été scrupuleusement appliquées – il a un côté obsessionnel. Par exemple, il tient à ce que chaque décision soit précédée du bon délai de préavis, au jour près – tu vois le genre.

– Est-ce qu'il lui arrive d'accuser le conseil municipal de ne pas faire bon usage de son argent ?

– Non, pas une seule fois, ce que j'ai trouvé étrange. Dès que ses membres font un pas de travers, il leur envoie une lettre de réclamation, mais il ne suggère jamais qu'ils puissent faire mauvais usage de leur argent.

– Alors pourquoi se met-il soudain à nous appeler pour nous dire de surveiller les dépenses du conseil municipal ?

Becks soupira.

– Je n'en ai aucune idée, dit-elle.

– Et tu n'as vraiment rien trouvé de louche dans leurs factures, même les plus insignifiantes ? demanda Suzie.

– J'ai examiné le moindre reçu datant des sept dernières années. Il y en a des milliers. Mais si on les additionne sur chaque année fiscale, on obtient exactement le chiffre mentionné dans les comptes annuels. Il y a une seule chose qui paraisse un peu bizarre, c'est que, depuis trois années consécutives, la somme totale de petites dépenses annuelles est légèrement supérieure à celle de chacune des quatre années précédentes.

– Cette somme a donc augmenté récemment ? demanda Judith.

– Oui, tout en étant parfaitement comptabilisée. La somme est plus élevée, c'est tout.

– De combien ?

– De mémoire, je dirais d'environ deux mille livres par an. Les années précédentes, les petites dépenses totalisent à peu près neuf mille livres, mais ces dernières années, elles s'élèvent plutôt à onze mille.

– Donc ça a augmenté, mais pas de beaucoup, dit Suzie.

– Je ne dirais pas ça, rectifia Judith. C'est une augmentation de presque vingt-trois pour cent, ce qui n'est tout de même pas rien. As-tu examiné les reçus ?

– Bien sûr, dit Becks en s'approchant d'une pile de cartons posée au coin de la pièce. Ils sont tous là.

– Je crois qu'il faut les réexaminer.

Quelques heures plus tard, Tanika entrouvrit la porte. On l'avait informée que les trois amies se trouvaient au commissariat ; elle venait prendre de leurs nouvelles. Elle fut stupéfaite de découvrir que le moindre centimètre carré du bureau principal, ainsi que les étagères et la moquette étaient couverts de reçus. Il y en avait des centaines, alignés les uns contre les autres.

– N'ouvre pas cette porte ! ordonna Judith.

– Elle nous interdit de bouger depuis une demi-heure, se plaignit Suzie depuis un coin de la pièce.

Avec Becks, elle se tenait debout sur le seul minuscule morceau de moquette qui n'était pas jonché de papiers.

Judith naviguait avec précaution dans cette mer de reçus, se penchant pour les examiner un à un, puis changeait de cap pour en examiner d'autres ailleurs dans la pièce.

– Mais qu'est-ce qui se passe ici ?

– On n'en sait rien, dit Suzie.

– Ce n'est pas vrai ! dit Becks. Judith a très bien expliqué ce qu'elle allait faire !

– Et donc, qu'est-ce qu'elle fait ?

– Je n'ai pas tout compris, avoua Becks.

– OK, dit Tanika. Je vous laisse vous débrouiller.

Quand elle ferma la porte, Judith, sans relever la tête, cria :

– Ne fais pas de courant d'air !

Suzie et Becks se regardèrent en silence. Combien de temps devraient-elles attendre ainsi dans ce coin ? Heureusement pour elles, leur calvaire touchait à sa fin.

– Sept livres soixante-dix-sept, lâcha soudain Judith.

– Pardon ? dit Becks.

– C'est un nombre impair. Au sens littéral, bien sûr, et au sens figuré. Qu'est-ce qui coûte sept livres soixante-dix-sept ?

– Quelque chose qui coûte sept livres soixante-dix-sept, répondit Suzie, qui ne comprenait pas bien où Judith voulait en venir.

– Oh ! s'exclama Judith, qui se dirigea vers l'autre bout de la pièce.

– Qu'y a-t-il ? demanda Becks.

– Je savais bien que ce chiffre me rappelait quelque chose ! dit Judith.

Elle se mit à quatre pattes et passa en revue les

centaines de tickets de caisse qui se trouvaient dans son champ de vision. *Je sais que tu es là, petit, petit, petit, montre-toi !* murmura-t-elle. Enfin, elle dit : *Je te tiens !*

Elle se pencha en avant, ramassa un autre reçu et le compara avec celui qu'elle avait déjà en main.

– Très intéressant ! dit-elle. Ces deux factures ont été rédigées à des mois différents et payées par des personnes différentes, mais elles ont le même montant. Sept livres et soixante-dix-sept pence.

– Et en quoi est-ce intéressant ?

– Si Dave Butler nous a conseillé de vérifier les petites dépenses, et si Becks dit que les comptes sont tous justes, il est possible que ces deux affirmations soient vraies. Cela peut signifier que quelqu'un a détourné l'argent de petites dépenses, à raison de deux mille livres par an depuis quelques années, et réalisé une masse de faux reçus pour faire croire que les comptes sont justes. Or, si je voulais faire passer en douce deux mille livres, uniquement sur des dépenses minimes, cela m'ennuierait à la longue d'inventer des chiffres. Je finirais par garder le doigt sur une seule et même touche du clavier, et voilà comment on arrive à un reçu de sept livres soixante-dix-sept pence.

– Raisonnement un peu hasardeux, commenta Suzie.

– Il n'empêche que j'ai tiqué sur ce reçu parce que je me souvenais avoir vu cette même somme sur un autre, dit Judith en le ramassant. Sept livres soixante-dix-sept payées à la quincaillerie Hunt, sur Station Road.

– La quincaillerie Hunt ? dit Suzie.

– Oui, la quincaillerie Hunt. Pourquoi cette question ?

– De quand date le reçu ?

Judith expliqua que le règlement avait été fait en octobre de l'année précédente.

– Ce n'est pas possible.

Suzie traversa la pièce et prit les deux reçus.

– Attention où tu mets les pieds ! dit Becks, mais ni Suzie ni Judith ne l'écoutèrent.

– Pourquoi n'est-ce pas possible ? demanda Judith.

– Parce que la quincaillerie Hunt a fermé cet été-là, expliqua Suzie, alors comment ont-ils fait pour émettre des reçus en octobre ?

– Bonté divine ! dit Judith. Donc je ne me trompe pas ? C'est ainsi que notre escroc a détourné l'argent ? En falsifiant des factures ?

– Mais qui a ordonné cette dépense ? demanda Becks en traversant la pièce à son tour, sans se soucier des reçus qu'elle faisait voler en tous sens.

Judith examina de nouveau les deux documents qu'elle avait en main.

– Ils ont tous les deux été émis par la même personne, dit-elle. Et je pourrais vous dire de qui il s'agit, mais vous ne me croiriez certainement pas.

CHAPITRE 25

Judith et ses amies passèrent la journée entière à reconstituer la façon dont l'escroc avait procédé. Dès qu'elles eurent réuni suffisamment de preuves, elles retournèrent à Marlow et frappèrent énergiquement à la porte du coupable.

Au bout de quelques secondes, Debbie Bell ouvrit la sienne.

– Vous détournez de l'argent du conseil municipal ! dit Judith.

– Pardon ? dit Debbie.

– Vous pouvez faire l'innocente tant que vous voudrez, mais nous avons tout compris, ajouta Judith en poussant Debbie à l'intérieur et en pénétrant chez elle, suivie de Suzie.

– Pourrions-nous entrer ? demanda Becks, encore sur le pas de la porte, avec un temps de retard.

Sans lui prêter la moindre attention, Debbie suivit Judith et Suzie dans la cuisine. Becks entra la dernière et y découvrit Suzie en train d'aligner sur la table tous les reçus de la quincaillerie Hunt qu'elles avaient rassemblés pendant l'après-midi.

– Votre seule erreur, dit Judith pour clarifier la situation, a été de contrefaire des reçus de la quincaillerie Hunt après sa fermeture définitive.

La peur se dessina sur le visage de Debbie. « Mais comment… » fut tout ce qu'elle trouva à dire.

– Seuls ces trois reçus sont datés d'après la fermeture de la quincaillerie, dit Suzie en lui tendant les documents. Je suppose que vous n'étiez pas au courant de la cessation d'activité qui remonte à la fin de l'été, et que vous avez continué à contrefaire vos factures.

Le regard paniqué de Debbie passa des trois femmes aux reçus, puis des reçus aux trois femmes. Elle n'avait rien à répondre.

– En tout cas, continua Suzie l'air admirative, ils ont été falsifiés d'une main de maître. Mais je suppose que ce n'est pas très difficile de contrefaire des reçus de nos jours, avec les ordinateurs dont nous disposons.

– Tout de même, vous n'avez pas manqué de culot en les mettant tous à votre nom ! dit Judith. C'était même assez imprudent. Mais je pense qu'en tant que comptable, et en tant que personne chargée des commandes de petits canards en plastique et de costumes de père Noël, vos collègues vous pensent parfaitement digne de confiance. Ce que vous n'êtes pas, évidemment.

– C'était pour des rendez-vous médicaux ! craqua Debbie. Vous avez raison. J'ai détourné à mon profit une partie des petites dépenses. Je n'en avais pas l'intention, et les sommes ne sont pas élevées en comparaison du budget du conseil municipal. Qui représente des millions ! Et là aussi vous avez raison, je me suis servie de la quincaillerie Hunt et de quelques autres commerces comme couverture. Vous n'imaginez pas le choc que j'ai éprouvé en apprenant que Hunt avait fermé ! J'ai pris conscience de ce que j'avais fait et je me suis promis d'arrêter. Mais vous n'allez pas me croire, ni pour ça ni pour ce qui m'a amenée à détourner ces sommes.

– Le seul moyen de le savoir, dit Suzie, c'est de tout nous raconter.

– D'accord. La première fois que vous êtes venues me voir, je vous ai dit que Geoffrey m'avait aidée quand j'avais eu un gros souci de santé. Mais je ne vous ai pas dit de quoi il s'agissait. En fait, ce n'était pas une maladie mais une crise à l'approche de la cinquantaine. Mon cerveau s'était embrumé et ma vie tombait en miettes. Je ne comprenais plus rien à rien.

– Ah ! dit Judith, qui commençait à comprendre.

– Ne m'en parlez pas ! renchérit Suzie en toute solidarité.

– Au travail, j'oubliais tout. Des conversations entières. J'ai cru devenir folle.

– Quand j'ai ressenti les premiers signes de la ménopause, raconta Becks, il m'arrivait de commencer une phrase. Au bout de quelques secondes, j'avais oublié le sujet, et il fallait que je demande à mon interlocuteur de quoi j'étais en train de parler.

– Tu es encore un peu comme ça, observa Judith.

Debbie se détendit, croyant avoir rangé le public de son côté. Ce n'était pas le cas, mais les trois amies n'étaient pas non plus dépourvues d'empathie.

– Et ces bouffées de chaleur ! Horribles ! ajouta Debbie.

– Mon Dieu, oui ! confirma Judith. Le matin au lever, le soir avant de se coucher, et tout le temps entre les deux. J'étais assise à ne rien faire, et soudain, je me mettais à suer comme un cheval de trait. J'ai découvert qu'avoir un éventail chinois dans mon sac à main arrangeait beaucoup les choses, ajouta-t-elle avec gentillesse.

– Mon travail s'en ressentait. Il faut que je puisse me concentrer sur une masse de chiffres et m'en souvenir. Quand j'ai voulu en parler à mon patron, il m'a simplement dit de me débrouiller.

– Vous parlez de Paul De Castro ?

Debbie acquiesça.

– Je ne savais pas quoi faire, j'étais désespérée. Je n'en dormais plus, et pas seulement à cause de cette fichue ménopause, mais aussi à cause de toute cette angoisse. Au bureau, j'étais tellement perturbée qu'on m'a donné un avertissement officiel.

– Quelle honte ! dit Becks.

– Que pouvais-je faire ? Trouver un autre emploi ? C'était impossible dans l'état lamentable où j'étais. Imaginez la recommandation qu'ils allaient me faire…

– Cela remonte à quand ? demanda Judith.

– Il y a trois ans. Et j'ai eu honte quand Geoffrey a proposé de m'aider. Quand il m'emmenait à l'hôpital pour mes rendez-vous avec le médecin traitant, je ne voulais pas lui avouer mon vrai problème. Cet hôpital est spécialisé dans le traitement des cancers, Geoffrey n'a donc pas tardé à imaginer le pire, mais il se trompait. J'étais dans un état lamentable, déboussolée, désorientée. Tout portait à croire que j'étais réellement malade. Mais Geoffrey n'a jamais cherché à en savoir davantage. Je savais qu'il n'insisterait pas. Pour lui, la situation était simple : j'avais besoin d'aide pour aller à l'hôpital et en revenir. Alors il a tout laissé tomber pour faire le taxi, et il se fichait complètement de tout le reste, ça ne le regardait pas. Un vrai gentleman.

En évoquant son ami, Debbie fut assaillie par les souvenirs et s'interrompit. Judith et ses amies échangèrent un regard compatissant. Il y avait tant de tendresse dans les propos de Debbie qu'il semblait impossible qu'elle ait assassiné Geoffrey.

– Revenez au moment où vous commencez à détourner l'argent du conseil, voulez-vous ? dit Suzie.

– Oui, bien sûr. Je devais me reprendre en main, mais j'ignorais comment. J'ai commencé par en parler à mon généraliste, mais ce dernier s'est montré peu compréhensif. Chaque fois que j'ai essayé d'obtenir un traitement par la médecine publique, cela s'est soldé par un échec. On m'a mise sur liste d'attente, mais au bout d'un certain temps, je suis retournée vérifier, et il s'est avéré qu'il y avait eu une erreur administrative et que je n'étais, en réalité, sur aucune liste d'attente. C'est à ce moment que j'ai craqué. Parce que, voyez-vous, j'avais effectué des recherches de mon côté et découvert un autre service de santé. Où l'on s'occupe de vous rapidement, où l'on vous donne les bons conseils, où les locaux sont bien éclairés, avec un équipement dernier cri, et où l'on vous offre le café dans la salle d'attente avant votre rendez-vous avec un spécialiste.

– Vous avez choisi la médecine privée, dit Judith.

– Il suffit d'aller sur le site web des cliniques, de prendre rendez-vous pour commander leur programme de soins, et ils s'occupent de tout. Ne vous méprenez pas : je sais très bien que dans un monde normal les choses ne devraient pas être ainsi, mais ils ne faisaient que me proposer ce que le NHS[1] offrait avant qu'il ne soit aussi endetté. C'était tellement tentant ! Je n'avais qu'à remplir un formulaire pour que ma vie s'améliore enfin.

– Oui, mais ce n'était pas si simple, n'est-ce pas ? dit Judith. Il fallait les payer, aussi.

– Je n'avais jamais rien fait de mal auparavant, vous devez me croire. Je ne suis pas une criminelle. Rien que d'y penser, ça me rend malade. Mais je ne savais pas quoi faire. Un suivi complet et personnalisé par un spécialiste coûtait à peu près deux mille livres, et je ne possédais pas une telle somme. La vie est si chère ! Et de toute ma carrière, je n'ai jamais été rémunérée à ma juste valeur. Ça me rendait presque folle, pour tout vous dire. Mon salut était là, à portée de main ; je savais que je pouvais retrouver le bien-être mais je ne pouvais pas me l'offrir. C'est alors que je me suis rendu compte que je pouvais contrefaire quelques reçus par-ci, par-là et les faire passer en notes de frais. Après tout, mon rôle consistait à préparer les livres de comptes pour les comptables du conseil municipal. Tant que la somme des reçus restait égale à celle des sommes dépensées, je me suis dit qu'ils ne me poseraient pas trop de questions. Et honnêtement, ce dépassement de budget de deux mille livres ressemblait

1. Le NHS est l'acronyme de National Health Service (service national de santé). Il s'agit des services médicaux et de soins de santé financés par le gouvernement que toute personne vivant au Royaume-Uni peut utiliser sans avoir à payer le coût total du service.

plutôt à une erreur d'arrondi. Ne vous y trompez pas, c'était beaucoup d'argent pour moi – ça m'a aidée à me rétablir –, mais c'est à peine si cette somme compte au niveau du conseil. J'ai conscience d'avoir mal agi, mais vous voyez sous quelle pression je me trouvais. Je ne l'ai fait que pour ma santé, et en dernier recours.

– Ce n'est pas tout à fait exact, corrigea Becks. Je comprends que vous ayez eu besoin de ces sommes pour vous faire traiter il y a trois ans, mais depuis, chaque année, vous continuez à détourner deux mille livres par an en petites dépenses. À quoi consacrez-vous cet argent maintenant ?

Debbie jeta un regard vers les figurines de porcelaine sur leurs étagères, et Becks et ses amies comprirent.

– Vous n'avez tout de même pas... dit Becks.

– Euh... bredouilla Debbie, rouge de honte. Ça a été si dur pour moi ! Et j'ai toujours adoré les figurines Lladró. Il y a trois ans, quand les comptes ont été approuvés et que j'ai compris que je m'en étais sortie sans une égratignure, je me suis promis de ne plus jamais recommencer. Mais je n'avais pas fini de payer mon traitement d'hormonothérapie substitutive, même si je n'avais plus rien à régler pour les examens et les diagnostics. Alors j'ai continué à prélever des petites sommes.

– Un vol est un vol, asséna Suzie.

– Et un meurtre est un meurtre, compléta Judith.

Debbie, choquée, écarquilla les yeux.

– Oui, parce que Geoffrey s'en est aperçu, continua Judith. Je me trompe ? S'il y a une chose que nous avons apprise à son sujet, c'est qu'il prêtait attention au moindre détail. Scrupuleux comme il était, je l'imagine mal considérer d'un œil indulgent que vous détourniez tout cet argent du conseil municipal.

– Mais vous ne comprenez pas ! C'est la preuve qu'il ignorait tout : il serait allé voir la police, c'est certain. Il n'en a rien fait. Vérifiez les archives de la police : il ne leur a jamais rien dit. Et pour cause : il ne savait rien.

– Ou, peut-être, est-il mort avant d'en avoir eu l'occasion ? N'oublions pas que deux séries d'empreintes digitales ont été retrouvées sur la capsule de café qui contenait le poison. Les siennes. Et les vôtres. Parce qu'il a découvert que vous détourniez des fonds, n'est-ce pas ? Alors vous êtes allée dans le jardin de Sophia, vous y avez pris de l'aconit, vous l'avez broyé et l'avez glissé dans une capsule de café en vous assurant qu'il se serve de cette capsule et pas d'une autre. C'est ça ?

– Pas du tout ! Il faut me croire !

Debbie était dans un tel état de panique que Judith estima presque possible de la croire impliquée dans le meurtre de Geoffrey. Presque.

Le téléphone de Suzie sonna. Elle le sortit de son sac.

– Désolée, dit-elle en identifiant le numéro d'appelant. Une minute, il faut que je réponde.

Suzie écouta quelques secondes, puis répondit :

– Le timing est parfait ! Nous parlions justement de lui. Merci, nous serons là dans cinq minutes.

Elle raccrocha et annonça :

– C'était Alison Green, elle habite à deux pas de chez Dave Butler. Une camionnette de livraison de supermarché vient de se garer devant chez lui ! Une livraison est en cours et sa porte est grande ouverte.

À peine Judith et ses amies avaient-elles dit à Debbie de faire des aveux complets à la police qu'elles se lançaient à toute vitesse à travers Marlow. Une fois arrivée devant la maison de Dave, Suzie gara son van juste derrière la camionnette qui bloquait la petite allée carrossable.

– OK, dit Becks. Qu'est-ce qu'on fait maintenant ?

– Justement, répondit Judith, tu es parfaite pour le job… Si l'une d'entre nous est capable d'amadouer un livreur de supermarché, c'est bien toi. Allez, vas-y ! Va lui faire du charme jusqu'à ce qu'on puisse entrer chez Dave. Tu nous ouvriras le passage, comme Robin des Bois quand il a fait entrer ses joyeux compagnons au château de Nottingham.

Becks s'apprêtait à refuser quand elle se rendit compte qu'en réalité, l'idée de ruser pour s'introduire chez Dave Butler lui plaisait bien.

– Bonjour ! lança-t-elle quelques instants plus tard au monsieur âgé qui déchargeait les sacs de victuailles de sa camionnette. Je viens voir Dave, je peux vous aider ?

– Merci ! dit le vieux monsieur, qui autorisa Becks à ramasser un des sacs qui se trouvaient dans une cagette en plastique rouge posée à ses pieds.

Becks remarqua que celui-ci était rempli de frites au four, de tourtes à la viande, de puddings bien gras, de tablettes de chocolat et autres friandises. Un bref coup d'œil aux autres sacs lui apprit qu'ils contenaient le même genre de denrées peu diététiques, des céréales riches en sucre aux canettes de boissons pétillantes. En silence mais épouvantée, elle porta le sac dans le vestibule. Elle n'avait encore rien vu : l'intérieur de la maison allait la choquer encore davantage.

La première chose qu'elle perçut fut l'odeur. L'air était rance et sentait la pourriture, comme si quelque chose s'y décomposait. Mais si cette odeur était incommodante, la vision de la vaisselle sale entassée dans l'évier de la cuisine et de reliefs de nourriture dans leurs emballages déchirés était encore plus dérangeante. Avec un sourire figé qui lui permit également de continuer à respirer par la bouche, Becks déposa son sac parmi les autres. Le livreur la remercia, lui dit qu'il avait fini, et lui souhaita une bonne journée quand elle le raccompagna à la sortie.

Quand Becks referma la porte, un frisson glacé lui parcourut l'échine. Elle avait pénétré dans la maison de Dave. Celui-ci était certainement dans une pièce, tout près, mais ignorait pour l'instant sa présence. Avait-elle enfreint la loi ? se demanda-t-elle avec un sentiment de panique croissant. Non : elle était entrée par une porte ouverte, c'était tout.

La sonnette retentit, Becks sursauta. Elle entendit, de l'autre côté, la voix de Judith :

– Mr Butler, vous êtes là ?

Becks ouvrit grand la porte.

– Je l'espère, murmura-t-elle en laissant entrer Judith et Suzie.

– Hé ! cria une voix courroucée depuis le salon.

– Désolée, Mr Butler, lança Judith en se dirigeant vers la pièce d'où provenait la voix.

Le salon était jonché de matériel informatique, de câbles, d'assiettes sales et de tasses qui n'avaient pas été débarrassées, au milieu se trouvait une table avec une seule chaise ; mais ce qui attira le plus l'attention des trois amies fut Dave Butler, assis dans un vieux fauteuil couvert de velours synthétique, une main plongée dans un sac de chips de format familial. Une bouteille de limonade de trois litres, presque vide, était posée près de lui sur la table.

Vu de près, Dave paraissait encore plus énorme que sur la vidéo de surveillance de l'église de Tous-les-Saints. Il portait un sweat à capuche sale, un vieux pantalon de training noir couvert de taches dont Judith se refusait à imaginer l'origine. Il avait une barbe brun sombre et les cheveux gras. Sans exagération, il n'avait pas l'air en bonne santé. Ce qui choqua le plus Judith fut de constater qu'il n'avait pas plus de trente ans, probablement moins. En fait, plus elle contemplait son visage, plus elle percevait la version plus jeune et plus mince de sa personne, à demi cachée dans cet aspect négligé. Comment pouvait-on, si jeune, se laisser aller de façon si catastrophique ?

Une tablette était posée près de Dave. Sur l'écran, l'image d'une caméra de surveillance permettait de voir l'entrée de la maison.

– Mr Butler, enfin nous nous rencontrons ! dit Judith.

CHAPITRE 26

– Vous nous évitez, commença Judith.
– J'ignore qui vous êtes.
– Ça m'étonnerait. Je m'appelle Judith Potts.
– Jamais entendu parler de vous.
– Sommes-nous vraiment obligés d'en arriver là ? Nous avons des preuves en vidéo de l'appel que vous m'avez passé depuis la cabine téléphonique en face de l'église.
– Comment ? dit Dave, choqué.
– Il y a une caméra de surveillance sur le clocher, expliqua Becks. On l'a installée pour un nid de faucons crécerelles, mais on y voit aussi la cabine téléphonique près du pont.
– Vous faites erreur, je ne sais pas de quoi vous parlez, sortez maintenant !

Dave tenta de s'extirper de son fauteuil, mais il ne parvint pas à trouver son équilibre et retomba assis.

– C'est très simple, dit Judith. Soit vous nous dites la vérité, soit la prochaine personne qui franchira votre porte d'entrée sera un officier de la police. Et il ne sera pas aussi accommodant que nous, croyez-moi. Et nous sommes loin d'être accommodantes.

Afin de laisser à Dave le temps de réfléchir au marché qu'elle venait de lui proposer, Judith se dirigea vers la cheminée pour y contempler une vieille photo dans un cadre usé. On y voyait un jeune garçon grassouillet d'environ dix ans, avec un sourire espiègle et des fossettes aux joues, debout devant le pont de Marlow en compagnie d'une femme.

– C'est votre mère ? demanda-t-elle.

Dave, pour toute réponse, lui jeta un regard hostile.

Judith examina plus attentivement la femme : visage franc et ouvert, yeux noisette tirant sur le vert. Elle constata que Dave possédait le même regard noisette.

– Elle est très belle.

Dave ne répondit rien. Judith se souvint des informations que lui avait données Tanika après avoir vérifié ses antécédents.

– Cela a dû être difficile pour vous, reprit-elle avec gentillesse. Perdre sa mère si jeune, puis partir s'installer à l'étranger sans avoir le choix. Et avec une belle-mère.

– C'était il y a longtemps, dit Dave. Je suis revenu en Angleterre dès que j'en ai eu la possibilité.

Judith s'était souvent demandé ce qui avait poussé Dave à vivre en ermite. Son instinct lui suggéra que la réponse se trouvait dans son passé.

– Parlez-moi de votre père, demanda-t-elle.

– Je n'ai aucune envie de parler de lui.

– Alors dites-moi pourquoi vous m'avez téléphoné pour me donner des indices, maintenant que vous avez eu le temps d'y réfléchir.

– Je veux que le meurtrier de Geoffrey soit arrêté.

– Je n'y crois pas une seule seconde.

– C'est pourtant la vérité.

– Vous parlez bien du Geoffrey Lushington qui est à la tête d'un conseil municipal auquel vous avez écrit toutes ces lettres de doléances ?

– Et merde ! jeta Dave. Voilà pourquoi je ne voulais pas être impliqué !

– Pourquoi ne pas nous expliquer tout ça ? dit Becks.

Dave bougea un peu afin de prendre une assise plus confortable.

– D'accord, vous avez raison, j'écris au conseil depuis des années.

– Mais pourquoi ? demanda Judith. Qu'a donc fait le conseil municipal pour déclencher votre irritation ?

– Puisque vous voulez le savoir, Geoffrey m'a déçu. Il y a dix ans.

– Déçu ? demanda Becks. Et comment ?

– Je...

Dave prit une longue inspiration et se prépara à avouer.

– J'ai écrit un livre. Un roman de science-fiction. J'avais dix-neuf ans. L'action se déroule dans le futur : l'ensemble du Royaume-Uni est inondé et toute la population s'est retranchée en petites communautés sur les hauteurs du pays. La capitale, c'est Leeds, ou ce qu'il en reste. Londres n'existe plus. Quand je suis revenu à Marlow, je l'ai envoyé à des éditeurs, Geoffrey en premier. Il était alors le plus célèbre éditeur local. Et il m'a dit que ce n'était pas bon. Ensuite, tous les autres éditeurs ont refusé mon roman les uns après les autres. J'ai cru qu'il les avait découragés de me publier.

– Vraiment ? demanda Judith.

– C'est alors que j'ai commencé à écrire ces lettres. Je voulais lui démontrer la puissance de mon écriture. Comme vous pouvez le voir, j'ai du mal à me déplacer, mais les procès-verbaux du conseil municipal sont toujours publiés après chaque réunion. Pour peu qu'on sache les déchiffrer, ainsi que tous les rapports financiers et autres, on y trouve toute l'information que l'on désire. Entre ce que le conseil publie et les comptes rendus dans la presse locale, on peut reconstituer une image assez fidèle de ce qui se passe.

– C'est ainsi que vous avez découvert que Debbie Bell détournait de l'argent, dit Judith.

– Qui ?

– Oui, vous le saviez. C'est pourquoi vous m'avez téléphoné pour me le dire.

Cette information amusa Dave autant qu'elle l'étonna.

– C'était donc la sinistre Debbie Bell ? dit-il.

– Comment ça, « sinistre » ? demanda Judith.

– Façon de parler. Je trouve que le vol, c'est assez sinistre. Mais j'ignorais qu'elle en était à l'origine. Vous en êtes sûre ?

– Elle nous l'a avoué, répondit Suzie.

– Ça alors ! J'avais deviné que quelqu'un détournait des fonds. La somme des petites dépenses a augmenté il y a trois ans, après des décennies de stabilité relative.

– Vous l'aviez remarqué ? demanda Judith, impressionnée.

– Chaque année, elles ont augmenté de presque vingt-trois pour cent.

– Judith a trouvé exactement le même chiffre ! dit Suzie avant de se rendre compte que cette comparaison trop directe de son amie avec Dave pouvait être désobligeante. Ce qui est très bien, ajouta-t-elle un peu mollement. On a besoin de matheux dans cette société !

– En réalité, continua Dave, je n'ai rien trouvé dans les comptes rendus des réunions qui puisse expliquer ces dépenses supplémentaires. Ça sonnait faux, vous voyez ? Il se passait bien quelque chose de louche, mais je n'avais aucune idée de qui était derrière cela. C'est pourquoi je vous ai téléphoné, pensant que vous pourriez mener cette recherche à ma place. Parce que la personne qui a détourné cet argent a de fortes chances d'être également le meurtrier.

– Je ne comprends pas, dit Becks. Vous avez dit que Geoffrey vous avait déçu. Pourquoi tenez-vous à ce qu'on arrête son assassin ?

Dave prit une longue inspiration.

– Il y a presque un an, il a repris contact avec moi, il voulait me voir.

– Ah, bon ? dit Judith, qui demeurait sceptique.

– Il savait que j'étais l'auteur des lettres – je ne m'en suis jamais caché –, donc j'étais dubitatif, comme vous. Pourquoi tenait-il à me voir ? Il a proposé de venir me rendre visite, mais c'était impossible. Je ne laisse personne entrer chez moi.

En disant cela, il rappelait aux trois femmes qu'elles avaient pénétré chez lui sans y avoir été invitées.

– Dans cette ville, continua-t-il, il n'y a pas beaucoup de lieux qui me soient accessibles. Alors nous avons décidé de nous retrouver sur un banc à Higginson Park, je peux y accéder assez facilement avec mon scooter. Près de la péniche où l'on vend des pizzas. Pendant cet entretien, Geoffrey m'a présenté ses excuses. En tant qu'éditeur, disait-il, on court toujours le risque de refuser un livre qui, plus tard, est promis à un grand succès. Il n'avait pas arrêté de penser à mon manuscrit, bien qu'il ne soit pas convaincu de son potentiel. Ça lui revenait à l'esprit de temps à autre. Je ne l'ai pas cru, du moins au début. Je le soupçonnais de vouloir m'humilier à nouveau. Ça ne m'aurait pas étonné. Mais en réalité, il avait une idée derrière la tête. Lassé de l'oisiveté de la retraite, il désirait reprendre son activité d'éditeur, sur une base plus modeste. En publiant uniquement les livres qui lui plaisaient. Un « catalogue éclectique », voilà ce qu'il voulait. Il m'a demandé si j'étais partant.

– Et que lui avez-vous répondu ?

– Que je voulais la preuve de son engagement, être sûr qu'il ne s'apprêtait pas à me poignarder dans le dos comme la première fois. Ça l'a beaucoup vexé, précisa Dave avec un sourire totalement dépourvu de gentillesse. Alors il a admis que toutes mes critiques envers le conseil étaient valides. Bien sûr qu'elles l'étaient ! ajouta-t-il avec un rictus amer. Autrement, je n'aurais jamais envoyé ces lettres. Geoffrey a reconnu que des erreurs avaient été faites, d'année en année : à propos de développement urbain, des règles d'usage de Higginson Park, du fait qu'ils n'allaient pas assez vite quand des contrats étaient soumis à des appels d'offres, ce genre de trucs. En gros, il a admis que toutes mes accusations étaient justifiées.

– Toutes ?

– Oui, et même sur des détails dont je n'avais jamais entendu parler, ajouta Dave, dont le visage s'assombrit.

Judith sentit qu'il craignait d'en avoir trop dit.

Elle devait obtenir davantage de lui avant qu'il ne se referme comme une huître.

– L'entretien a donc été positif.

– Oui, très positif.

Dave chercha une nouvelle fois à se lever de son fauteuil, mais sa respiration sifflante eut raison de lui et il retomba.

– Vous voyez l'ordinateur portable, là-bas ? dit-il en pointant le doigt vers un petit bureau où se trouvaient un portable et des monceaux de papier. Il y a un classeur de courrier, vous pourriez me l'apporter ?

Becks, avec le sourire expérimenté d'une femme habituée à aider les autres, se rendit au bureau et y prit un classeur en fil métallique gris qui débordait de paperasse. Elle le donna à Dave qui le posa sur ses genoux et chercha parmi les documents qu'il contenait. Il trouva enfin une lettre qu'il tendit à Judith. Elle remontait à presque un an.

– Voici la lettre qu'il m'a envoyée ensuite.

Judith se mit à lire.

13 Highfield Close
Marlow
Buckinghamshire SL7 2BZ

Le 14 juillet 2022

Cher Dave,

Je crois utile de mettre par écrit le contenu de notre conversation au parc, la semaine dernière. Je ne veux plus prendre, cette fois, le risque d'une confusion ou d'un malentendu.

Je travaille à la création d'une maison d'édition qui s'appellera Marlow Press et publiera une petite sélection d'œuvres de fiction sur des sujets variés. Les critères de publication sont simples : le livre doit me plaire et je dois pouvoir escompter qu'il se vendra bien. Bien que je doute que ces livres soient correctement distribués dans les grandes enseignes de librairie, j'en ai déjà parlé à Marlow Books, à La Petite Librairie de Cookham et à la librairie Bell de Henley : tous sont d'accord pour nous soutenir autant qu'ils le pourront. J'ai également recruté Adrian, le fils de Marcus Percival, comme développeur et designer pour le site Internet. Aux temps où nous vivons, il est essentiel d'avoir une forte présence sur le Net.

Tel est donc mon modèle commercial, mais un éditeur ne saurait exister sans livres à publier. J'aimerais donc que cette lettre fasse office de commande officielle pour ton roman *Anthropocène*. Cet à-valoir de mille livres a surtout une valeur symbolique : comme je te l'ai expliqué, le modèle commercial consiste à répartir entre nous deux tous les bénéfices nets à 50/50. Et pour couper court au doute, l'entreprise risque fort de ne rien nous rapporter de significatif, ni à toi ni à moi, mais on n'entre pas dans l'édition avec la certitude de faire du profit – seulement avec l'espoir !

L'essentiel dans tout ça, c'est qu'à mon avis, tu as écrit un roman très important dont la pertinence ne fait qu'augmenter d'année en année. Je serais très honoré d'être ton éditeur.

Bien à toi,

Geoffrey Lushington

P. S. : concernant cet autre sujet dont tu m'as fait part, j'ai commencé à enquêter. Je n'ai pas encore de preuve solide, mais je t'informerai dès que j'en saurai plus.

– Mon Dieu ! s'exclama Becks quand elle eut fini de lire la lettre.

– Être publié, j'en rêve depuis toujours, dit Dave. Et maintenant, mon éditeur meurt avant que mon roman ait pu paraître ! Vous imaginez ce que je ressens ?

– Il ne sera pas publié ?

– J'ai passé toute l'année à corriger le texte d'après les annotations de Geoffrey. C'était merveilleux d'être traité comme un véritable auteur ! Pour une fois, j'avais l'impression de savoir ce que je faisais. Et ça me remontait tellement le moral : j'étais fier. Au moment de sa mort, il était au stade de la préparation de copie. Mais à présent, il n'y a plus qu'un document Word avec des corrections.

– C'est bien triste. Mais ne pourriez-vous pas le vendre à un autre éditeur ?

– À part Geoffrey, je ne connais personne dans le monde de l'édition. Je n'imagine pas qu'on y prêterait plus d'intérêt que la dernière fois.

– Et le post-scriptum ? demanda Judith.

– À l'époque où Geoffrey m'a recontacté, je venais de comprendre qu'il y avait des irrégularités dans les petites dépenses du conseil municipal. J'ignorais si c'était une erreur de bonne foi ou si quelqu'un faisait passer de l'argent en douce.

– Attendez, dit Suzie. Vous êtes en train de nous dire que vous avez confié à Geoffrey vos soupçons à propos d'un détournement de fonds au conseil ?

– Oui, à la fin de notre entretien au parc, je lui ai dit qu'il me semblait avoir remarqué des détails louches dans les petites dépenses. Pourquoi me demandez-vous ça ?

– Et qu'a-t-il répondu ?

– Il était choqué ! Et il m'a dit qu'il allait vérifier.

Elles se regardèrent : *juste avant sa mort, Geoffrey examinait les comptes à la recherche de détournements de petites dépenses* ?

– Pourquoi n'avez-vous pas parlé de ces irrégularités à la police ? demanda Judith, la lettre à la main. Et pourquoi ne lui avez-vous pas dit que Geoffrey était au courant ?

Dave eut l'air gêné.

– Je ne voulais pas me retrouver mêlé à l'enquête.

– Et pourquoi donc ? demanda Judith avant de se rendre compte que tout, dans ce salon, de la moindre assiette sale au sac de chips, en passant par la bouteille de limonade posée à côté de Dave, répondait à sa question. Il ne voulait tout simplement pas être vu.

Dave remarqua que Judith prenait toute la mesure de l'aspect sordide de cette pièce.

– Je vis ainsi parce que j'aime ça ! dit-il d'un ton de défi.

Un chat noir s'insinua dans le salon et vint se frotter à la jambe de Dave qui ajouta :

– Je n'ai besoin d'aucune pitié. Je ne vis pas seul, j'ai un chat.

Suzie et Becks évitèrent scrupuleusement de regarder Judith quand il eut prononcé cette dernière phrase. Elles s'aperçurent qu'elles avaient eu la même pensée.

– J'ai tout ce qu'il faut ici pour travailler, dit-il en désignant ses ordinateurs, et je gagne suffisamment ma vie pour faire tout ce que je veux, alors pourquoi aurais-je besoin de partager ça avec quiconque ?

L'énervement croissant de Judith n'échappa pas à Becks et à Suzie. Elle coupa court à la conversation en disant à Dave que malheureusement pour lui, les choses n'allaient pas se passer comme il l'entendait : il serait de toute façon obligé de faire une déposition à la police. Elle proposa ensuite à ses amies de partir.

Quand elles furent sorties, Judith resta silencieuse tant qu'elles ne furent pas installées dans le van de Suzie.

– C'est lui, l'assassin, n'est-ce pas ? dit-elle avant que ses amies aient pu prendre la parole.

– Il en est certainement capable, dit Becks, mais cette lettre de Geoffrey prouve noir sur blanc que son roman allait être publié.

– Comment ça « il en est certainement capable » ? demanda Judith d'un ton aigre.

Même Suzie voyait clairement que cette rencontre avec Dave avait perturbé son amie plus que celle-ci ne voulait l'admettre.

– Simplement qu'il n'a pas eu une jeunesse facile. Il a même confirmé ce que nous avons découvert nous-mêmes : il envoie des lettres de récriminations au conseil municipal depuis des années.

– Je peux au moins te dire une chose, dit Suzie : il ne peut pas être l'homme blond que j'ai vu dans la kitchenette le soir du crime.

– Tu en es sûre ? demanda Judith.

– Oh ! Oui, j'en suis sûre. Il est impossible que le type que j'ai vu dans la kitchenette soit du gabarit de Dave. Je l'aurais remarqué. Dave n'est pas l'assassin.

Cette remarque parut amadouer quelque peu Judith mais, pendant qu'elles retournaient vers Marlow, ses deux amies remarquèrent qu'elle ne prenait pas part à leur conversation sur Dave et sur leurs découvertes à propos de Debbie. Judith demanda simplement à Suzie de la déposer chez elle.

Une fois rentrée, Judith dut s'avouer qu'elle avait été beaucoup plus affectée par sa visite chez Dave qu'elle ne l'avait d'abord admis. Par le fait que Dave, comme elle, travaillait entièrement à distance. Que, comme elle, il vivait seul avec un chat. Et qu'il était, avec elle, la seule personne à avoir découvert le pourcentage exact de l'augmentation des petites dépenses du conseil. Ce n'était pas tout. Comme elle, Dave avait vécu autrefois un événement tragique : la mort de sa mère pour l'un, la disparition de son époux abusif pour l'autre. Deux situations différentes, certes, mais cela restait un point commun.

Elle se retrouva, comme par hasard, face à sa carafe de whisky. Elle s'en versa un verre et balaya la pièce du regard, embrassant tout le désordre de son salon. Elle vit aussi son fauteuil à oreilles près de la cheminée. Son chat Daniel y dormait, couché en rond.

Elle s'approcha de sa table de bridge et en lissa le feutre vert.

Elle attrapa du papier à lettres et prit un crayon bien affûté.

Puis se mit à écrire.

« Cher Matthew, quelle surprise de recevoir ta lettre ! »

CHAPITRE 27

Le lendemain matin, Suzie ne tenait pas en place. Elle ne cessait de penser à leur rencontre avec Dave et au sentiment de panique qu'elle avait déclenché chez Judith. Elle comprenait bien pourquoi celle-ci avait réagi si fortement. Depuis qu'elles l'avaient déposée chez elle la veille au soir, Suzie et Becks n'avaient parlé que de cela.

– Dave et Judith, les deux font vraiment la paire ! avait dit Suzie à Becks en la raccompagnant au presbytère.

Pour sa part, Becks avait fait remarquer que Judith, malgré quelques excès de whisky et de chocolat, était loin d'avoir la même hygiène de vie que Dave. Elle avait ajouté sans ambages qu'elle n'avait jamais rien vu d'aussi choquant que le contenu des sacs de courses de Dave. Depuis quand ajoutait-on du bacon et du fromage à la pâte des pizzas ? Et elle ne voulait même pas imaginer ce qu'était un « Double Chicken Bowl pour les grosses fringales ».

Suzie n'en soupçonnait pas moins que Dave, peut-être, préfigurait ce que Judith deviendrait un jour. Elle ne cessa d'y penser, toute la nuit et la matinée suivante. Et pendant qu'elle faisait une longue promenade avec sa chienne Emma, elle dut se rendre à l'évidence : il était urgent d'intervenir. Pourtant, elle avait promis à ses amies de ne plus jamais faire de microprojets, et elle savait bien que Judith serait furieuse de la voir s'immiscer dans sa vie en espérant l'améliorer.

Pour se changer les idées, Suzie décida de prendre des mesures radicales. Elle fouilla sous l'évier de sa cuisine et en sortit un vieux panier en plastique qui contenait tout son matériel d'entretien. Depuis longtemps, son rez-de-chaussée sentait la vieille cigarette, la poussière et le poil de chien. Aujourd'hui, elle avait décidé d'y remédier.

Elle passa l'aspirateur en heurtant toutes les plinthes, martyrisa les coussins du canapé pour les remettre en forme, attaqua l'écran de télévision au plumeau et passa l'heure suivante à faire briller chaque recoin de la pièce. Quand elle eut fini, elle apprécia la sensation de bien-être que lui procurait cet espace enfin propre et net. Une grande partie d'elle-même fit le vœu solennel de faire le ménage plus souvent, tandis que la petite part qui restait savait pertinemment que ça n'arriverait jamais.

Toute cette énergie mettait Suzie de bonne humeur. Elle décida de régler son sort à une pile de magazines posée sur une table. Il lui sauta aux yeux que chaque publication portait sur un sujet dont elle s'était entichée ces derniers mois et ces dernières années jusqu'à ce qu'elle découvre, beaucoup plus tard, qu'en réalité elle ne s'intéressait pas tant que ça à la pêche en eau douce, à l'investissement dans les actions à deux sous, au jogging en colline ou aux modèles réduits de trains électriques, entre autres. Tombant sur la revue *Photo pratique*, elle ne se souvint même pas du moment où elle s'était passionnée pour la photographie en amateur. Et pour chaque périodique sur un thème particulier, il y en avait au moins deux autres sur l'art d'améliorer son chez-soi : *Maison et Jardin, Maison créative, Art et Décoration* – elle les avait tous.

Mon Dieu ! pensa-t-elle avec un sourire espiègle, *je suis aussi gravement atteinte que Judith !* Mais Suzie, au moins, jetait ses vieux magazines : Judith ne pouvait pas en dire autant. Elle se rendit à la cuisine, ouvrit sa poubelle à recycler le papier, prit son élan et y balança toute la pile. Pendant ce temps, une idée commença à germer dans son esprit, conséquence de l'euphorie que lui avait procurée son grand coup de nettoyage. L'idée germa mais ne s'épanouit pas encore, car Suzie remarqua qu'elle avait laissé tomber deux magazines à côté de la poubelle. Elle se pencha pour les ramasser et s'arrêta en découvrant le premier : un numéro récent d'*Architectural Digest*, qui datait de l'époque où elle s'était mis en tête de construire un hôtel capsule dans son jardin. Quelque chose sur la couverture titillait sa mémoire, mais elle ne parvenait pas encore à l'identifier. Ce n'était, pour le moment, qu'une vague impression que cette couverture avait un message à lui transmettre.

C'est alors qu'elle comprit ce que son subconscient essayait de lui dire. La police ! La police de caractères du titre *Architectural Digest*. L'empattement de la barre de la lettre *t*…

Suzie saisit son téléphone et lança un appel vidéo.

À l'autre bout de Marlow, Judith apportait ses dernières corrections à une grille de mots croisés qu'elle devait envoyer à l'*Observer* quand elle entendit sonner son téléphone portable. Elle fut prise de court, car c'était une sonnerie qu'elle n'avait encore jamais entendue. Elle mit son travail de côté, attrapa son téléphone et s'aperçut que Suzie l'appelait sur FaceTime.

Judith posa le doigt sur la touche verte pour répondre et eut l'autre surprise de voir apparaître Suzie sur l'écran.

– Je te vois ! dit Judith, très étonnée.

– Moi aussi, je te vois, dit Suzie en souriant.

– Mais j'ai une mine à faire peur ! Je ne veux pas qu'on puisse me voir comme ça, sans prévenir !

– Désolée, s'excusa Suzie, mais je dois te montrer ceci.

Suzie remarquait bien la panique de Judith par écran interposé, cet effet de surprise l'avait perturbée. Elle vit le doigt de Judith hésiter sur son écran pour toucher une icône. Le visage de Judith se transforma en girafe de dessin animé.

Suzie explosa d'un rire rauque et joyeux. La girafe semblait très mécontente. Elle lui dit, toujours avec la voix de Judith, qu'il n'y avait pas de quoi rire.

Voir Judith sous la forme d'une girafe indignée était pourtant ce que Suzie avait vu de plus drôle dans sa vie, et la fureur croissante de son amie décupla son hilarité.

– Si je savais comment raccrocher, je le ferais tout de suite ! dit Judith la girafe.

– Tu as appuyé sur une touche qui t'a transformée en girafe, parvint à articuler Suzie entre deux hoquets de rire.

– Ça, je le vois bien ! Et maintenant, comment j'arrête ça ?

– C'est une touche au bas de l'écran. Tu as appuyé dessus.

– Celle-ci ? demanda Judith, qui se transforma instantanément en poule de dessin animé. Judith la poule ouvrit grand le bec, sidérée.

– Au moins, tant mieux si ça t'amuse, dit-elle d'un ton hautain.

Sentant Judith sur le point de perdre patience, Suzie l'aida à rétablir l'état normal de son écran et lui expliqua ce qu'elle attendait d'elle : se rendre, munie de son téléphone, dans sa salle d'enquête et lui montrer la photo des lettres anonymes envoyées à Marcus Percival.

Judith se rapprocha de son tableau d'enquête et plaça l'écran de son téléphone devant les copies des deux lettres, qu'elle avait imprimées et punaisées au mur.

Suzie brandit devant son téléphone la couverture d'un numéro d'*Architectural Digest* et compara la lettre *t* du titre à celle que le maître chanteur avait découpée pour composer le mot « arrête ». Elles étaient parfaitement identiques. Mieux encore : le *a* de « fais » provenait de la même police.

– J'avais vu juste, conclut Suzie. Certains caractères ont été découpés dans le titre de la revue *Architectural Digest.*

– Bravo, c'est magnifique ! dit Judith. Parce que, comme je ne manque pas de le noter, il y avait un architecte, et un seul, présent dans la pièce quand Geoffrey a été assassiné.

CHAPITRE 28

Devant le cabinet d'architecte de Jeremy, Becks demanda à ses deux amies :

– Alors, quelle est notre stratégie ?

– Malgré son côté bravache, je pense que Jeremy est un faible, répondit Judith. Faible et impressionnable. Je suggère donc d'entrer et de lui faire la plus forte impression possible.

La porte s'ouvrit et Jeremy apparut.

– Bonjour mesdames, dit-il en souriant. Je vous ai vues stationner devant ma porte, sans mauvaises intentions j'espère !

– Oh, si ! De très mauvaises intentions ! dit Judith en le poussant de côté pour entrer.

– Oh ? s'étonna Jeremy en la suivant à l'intérieur.

– C'est vous, n'est-ce pas ? lança-t-elle quand elles furent toutes les trois dans son bureau.

– Comment ça, c'est moi ? dit Jeremy, tâchant de garder sa bonne humeur, mais visiblement pris au dépourvu.

– C'est vous qui faites chanter Marcus Percival.

– Mais de quoi parlez-vous ?

– Ne nous mentez pas, la police scientifique a confirmé que vous étiez à l'origine des lettres.

– La po… dit Suzie, étonnée, avant de continuer, d'une voix beaucoup plus assurée : Ah oui, la police scientifique ! Oui bien sûr !

– Qu'avez-vous à dire pour votre défense ? demanda Judith.

Jeremy se pinça les lèvres.

– Je ne vois absolument pas de quoi vous parlez, dit-il.

– Vous n'auriez jamais dû découper vos caractères dans la couverture d'*Architectural Digest* pour composer vos lettres.

Jeremy les regarda, perçut leur détermination et s'effondra dans son fauteuil de bureau.

– Je ne comprends pas, dit-il. J'avais pourtant fait très attention.

– Pas assez, apparemment, persifla Judith.

– Racontez-nous, dit Becks plus doucement.

Jeremy ne savait par où commencer. Au bout de quelques instants, le brouillard d'indécision parut se dissiper dans sa tête.

– Je le déteste ! dit-il.

– Geoffrey ? demanda Suzie.

– Non, ce fumier de Marcus Percival. Tellement parfait et irréprochable. Le gars qui plaisait à toutes les filles. Nous étions à l'école ensemble, mais dès mon année de première, j'avais cerné le personnage. Il ne fait jamais rien qui ne soit pas dans son intérêt. Ne vous laissez pas tromper par son charme, mesdames. C'est un sociopathe.

– Ce n'est pourtant pas l'impression qu'il donne, dit Becks.

– C'est bien ce que je suis en train de vous dire ! Il a consacré sa vie à se donner l'air d'un individu normal. Et cette pauvre femme qu'il a épousée, j'en ai pitié pour elle.

– Claire ? Je la connais, elle est très heureuse !

– Ah, vous croyez ? Demandez autour de vous. Elle vit avec un homme qui contrôle ses moindres faits et gestes. La façon dont elle s'habille. Dont elle se parfume. Avec Marcus, tout est une question de contrôle.

– Comment savez-vous tout cela ?

Jeremy eut la bonne grâce d'avoir l'air embarrassé.

– Chaque fois que je suis en présence de Claire et de Marcus, je tends l'oreille pour entendre ce qu'ils se disent. Parce qu'il n'est pas du tout le même homme quand il pense que personne ne l'écoute. Il devient quelqu'un de totalement différent. Et moi, je ne peux rien y changer. J'ai un cabinet d'architecte à gérer, et lui, c'est le premier agent immobilier de la ville. Je ne peux pas me permettre de me fâcher avec lui, et croyez-moi, il le sait ! Il est toujours poli avec moi, mais quelque chose dans son regard me dit qu'il m'imagine à sa merci. Il se croit supérieur.

– Et depuis combien de temps se comporte-t-il ainsi avec vous ? demanda Judith.

– Depuis que j'ai vu clair dans son jeu. C'est un être néfaste.

– Mais quel est donc son secret ? Dans votre première lettre, vous dites : « Arrête ce que tu fais ou je raconte ton secret à tout le monde ».

La bouche de Jeremy se transforma en un rictus pervers.

– Il a un compte Twitter, Marlow01628. Et il s'en

sert pour cracher les pires messages que vous puissiez imaginer : haineux, racistes, misogynes, xénophobes…

– Sans blague ? dit Suzie, qui sortit son téléphone et se connecta à Twitter. Comment s'appelle ce compte, déjà, s'il vous plaît ?

– Marlow01628, comme l'indicatif téléphonique de la ville.

– Oh… s'écria Suzie en découvrant les tweets.

– C'est si affreux que ça ? demanda Becks.

Le visage de Suzie se décomposait à mesure qu'elle lisait le contenu des tweets.

– C'est immonde.

– L'homme est immonde, dit Jeremy.

– Toute cette haine…

Cela ne faisait que confirmer la rage intérieure que Judith pensait avoir perçue chez Marcus. Mais d'un autre côté, pouvait-on faire confiance à Jeremy ?

– Comment savez-vous que Marcus est derrière ces messages ?

– C'est Sophia qui a attiré mon attention là-dessus. Elle a découvert le compte à l'occasion d'un tweet particulièrement ordurier à son égard. En examinant les tweets, j'en ai trouvé un où l'auteur avait écrit « abscence » au lieu d'« absence ». Ça pouvait être une coquille innocente, mais je sais que Marcus écrit toujours « abscence » ; il n'a jamais retenu l'orthographe correcte du mot. Cette faute m'a fait réfléchir, mais je n'avais aucune certitude. Plus j'y pensais, plus cela me semblait vraisemblable. Je suis une des rares personnes à connaître la vérité sur lui : c'est une vraie pourriture. Alors j'ai remonté l'historique du compte à la recherche d'un autre indice attestant de la culpabilité de Marcus.

Il n'y en avait pas : juste cette faute d'orthographe. C'est là que j'ai décidé de lui tendre un piège.

Alors que Jeremy évoquait ce souvenir, sa bouche se tordit en un sourire oblique.

– Après une réunion du comité d'aménagement urbain, au début de l'année, j'ai pris Geoffrey à part et je lui ai dit que, selon certaines rumeurs, un centre d'accueil pour réfugiés allait s'ouvrir à Marlow.

– Et qu'a-t-il répondu ? demanda Judith.

– Sans surprise, il a affirmé : « Eh bien ! S'il faut accueillir des réfugiés, il faut bien qu'il y ait un centre d'accueil quelque part. » Mais voici l'astuce : je m'étais arrangé pour que Marcus entende notre conversation. Et le lendemain, devinez qui poste deux tweets sur un centre de réfugiés qui va détruire la ville ? Marlow01628 ! Le doute n'était plus permis ! Marcus Percival se cachait bien derrière ce compte Twitter.

– Mais qu'est-ce qui vous dit qu'il ne s'agissait pas plutôt de Geoffrey ?

– Parce que Geoffrey était parfait ! répondit Jeremy. Jamais il n'aurait dit ou écrit, et encore moins pensé de telles horreurs.

– Je ne comprends toujours pas, insista Judith. Si vous dites vrai – à savoir que Marcus est raciste, sexiste et misogyne –, pourquoi recourir au chantage ? Pourquoi ne pas révéler son secret, tout simplement ?

– Mais comment le prouver ? C'est là le problème. Si j'avais essayé de le démasquer, il se serait contenté de nier. Et les torts seraient retombés sur moi. On m'aurait qualifié de vindicatif, de jaloux. J'aurais eu l'air de régler mes comptes.

– Ce qui est précisément ce que vous êtes et ce que vous faites, observa Suzie.

– Il y avait autre chose, dit Jeremy sans tenir compte de la remarque de Suzie. L'idée de le voir crever de trouille me plaisait énormément.

Judith et ses amies échangèrent un regard : Jeremy se moquait-il donc à ce point de l'image qu'il donnait de lui-même ?

– C'était une bien meilleure vengeance, continua-t-il : le savoir terrorisé. Se demandant qui avait bien pu envoyer cette lettre. Qui pouvait être au courant de son secret ? Qui le tenait à sa merci en étant capable de révéler la vérité à tout moment ? En outre, je me suis demandé si, en dehors de son compte Twitter, il pouvait être l'auteur d'autres affaires louches. Peut-être bien pires encore. Vraiment, ça me passionnait. Tout le monde a des secrets, n'est-ce pas ?

– Vous savez qu'il a montré la première lettre à Geoffrey ? dit Becks.

– Ah ! Il a fait ça ! Et qu'en a dit Geoffrey ?

– Il a gardé la lettre chez lui, sous clé.

– Ça, c'est du Geoffrey tout craché : il croit toujours être le papa ou le maître d'école de tout le monde.

– Ou du moins c'est ce que Marcus nous a dit, précisa Judith, réfléchissant tout haut. Après tout, il y avait trois personnes impliquées dans cet échange, et l'une des trois est morte depuis : il est donc impossible de vérifier l'authenticité de la version de Marcus.

– Marcus devait vraiment être complètement terrifié pour décider d'en parler à Geoffrey ! dit Jeremy, très satisfait de lui-même.

Judith regarda l'architecte et se rendit compte qu'elle

n'avait jamais détesté personne à ce point. Le moment était venu d'ébranler un peu son assurance.

– Je ne vois pas en quoi ça vous étonne, reprit-elle. Geoffrey vous a dit qu'il était au courant de la lettre de menace, n'est-ce pas ?

La culpabilité apparut dans le regard de Jeremy.

– Parce que la voilà, la vraie raison de votre dispute ! continua Judith. Rien à voir avec une bouteille de whisky. Geoffrey avait compris que vous étiez l'auteur de la lettre de chantage que Marcus lui avait confiée. C'était cela qu'il entendait par « Je ne te la rendrai pas ». Mais ce que j'aimerais savoir, c'est comment Geoffrey a compris votre stratagème. Aurait-il reconnu la police typographique de l'*Architectural Digest*, comme Suzie ?

La bouche de Jeremy se tordit de nouveau. Judith n'avait pas besoin d'autre confirmation.

– Merci. Donc Geoffrey savait que vous faisiez chanter Marcus, ce qui, je n'ai pas besoin de vous le rappeler, est un délit. Et comme c'était un homme d'honneur, il s'apprêtait à vous dénoncer aux autorités. Vous étiez sur le point d'être condamné pour un acte gravissime. Alors, vous vous êtes introduit dans le jardin de Sophia, vous y avez prélevé de l'aconit et vous en avez mis dans le café de Geoffrey. Avant qu'il ait pu aller voir la police. Vous avez tué Geoffrey Lushington.

– Non. C'était mon ami.

– Vous savez, tout le monde nous a dit le contraire ! dit Becks aussi gentiment qu'elle put.

Suzie rebondit sur la remarque de Becks :

– Et si vous êtes capable de faire du chantage

à Marcus, je crois que vous n'hésiteriez pas à tuer quelqu'un qui peut vous envoyer en prison.

Jeremy eut un regain d'énergie.

– Comment aurais-je procédé ? Allons, vous étiez là ! dit-il à Suzie. Vous m'avez vu. À aucun moment je ne me suis approché de la cuisine ou de la machine à café, ou de quelque objet qu'ait touché Geoffrey. Je suis juste entré dans cette pièce et je me suis assis sur ma chaise *avant même son arrivée*. Je n'ai été près de lui à aucun moment. Si vous croyez que je suis l'assassin, alors j'ai une seule chose à vous dire : prouvez-le.

Il les défiait du regard. Judith décida de lui rendre la monnaie de sa pièce.

– Oh ! Ne vous inquiétez pas. Si vous êtes l'assassin, nous n'aurons aucune difficulté à le prouver.

CHAPITRE 29

Après leur entretien avec Jeremy, les trois amies tinrent conseil dans le van de Suzie.

– Quel personnage répugnant ! déclara Becks, résumant ainsi le sentiment général.

– Il a pourtant raison sur un point, dit Suzie. À aucun moment il ne s'est approché de la machine à café ce soir-là. Si c'est lui l'assassin, comment s'y est-il pris ?

– Et ce qu'il nous a dit sur Marcus Percival a tout de la révélation fracassante, vous ne trouvez pas ? dit Judith. Jamais je ne l'aurais imaginé en troll des réseaux sociaux.

– À ce sujet, dit Suzie, nous devons lui demander des comptes.

– Comme nous lui en avons demandé à propos de ses empreintes digitales sur le bocal de sucre ? soupira Judith. Il niera, une fois de plus.

– Alors Tanika devrait saisir tous ses téléphones et tous ses ordinateurs et les éplucher jusqu'à ce qu'elle prouve qu'il est bien derrière le compte Marlow01628.

– Je ne suis pas certaine que ce soit la solution la plus efficace, dit Becks. Sam, par exemple, possède tout un tas de comptes sur les réseaux sociaux, tous reliés à une adresse mail différente, et tous sont faux.

– De plus, ajouta Judith, je crois que ce n'est pas encore le moment de le confronter, puisqu'il sera quasi impossible d'obtenir des aveux de sa part. Nous savons maintenant qu'il a cette sale habitude, ce secret inavouable, et qu'il est tout à fait capable de commettre un meurtre.

– Comme Jeremy, précisa Suzie.

– Tu n'as pas tort, acquiesça Judith. Quelqu'un qui est prêt à faire du chantage peut facilement passer au meurtre.

– Il est donc décevant que sa défense soit aussi solide, dit Becks.

– Pourtant, est-on certaines qu'il nous dise la vérité ? demanda Judith à Suzie. Jeremy ne s'est approché de Geoffrey à aucun moment, tu en es sûre ?

– C'est ce dont je me souviens. Il s'est même assis au bout de la table, aussi loin de Geoffrey que possible.

– Comme s'il essayait de prouver qu'il n'y était pour rien, observa Becks. Oh ! Et il faut que vous le sachiez : ce matin, je suis retournée au commissariat pour examiner les archives du conseil municipal.

– Marian est encore pire que d'habitude ? demanda Judith.

– Elle réorganise toute la bibliothèque du bureau de Colin…

– Comme c'est gentil de sa part ! ironisa Suzie.

– Elle les reclasse par hauteur. Le livre le plus haut à gauche, et de gauche à droite par taille décroissante.

Au même moment, le téléphone de Judith sonna. C'était un numéro masqué. Elle prit l'appel.

– Allô ?

– C'est moi, fit une voix masculine. Dave Butler.

Les épaules de Judith s'affaissèrent.

– J'ai réfléchi à qui peut avoir tué Geoffrey, dit-il. Et je crois avoir trouvé quelque chose qui peut vous intéresser. Ce serait bien que vous passiez me voir. Je vous attends.

Dave raccrocha. Judith savait que ses amies n'avaient pas perdu une miette de la conversation.

– Eh bien ! Il semble que nous n'ayons pas le choix, dit Suzie.

Quand elles sonnèrent chez Dave Butler, Judith, Becks et Suzie furent surprises par la soudaineté de la réponse. La porte s'ouvrit immédiatement et la voix de Dave s'échappa du haut-parleur :

– Entrez vite.

Elles le retrouvèrent assis dans le même fauteuil que la dernière fois, mais l'amoncellement d'assiettes sales et de reliefs de nourriture qui l'entourait semblait s'être étendu.

Judith remarqua des gouttes de sueur sur son front. Transpirait-il naturellement ou craignait-il quelque chose ?

– Désolée, dit Judith avant que Dave ait pu prendre la parole. Nous avons oublié de vous le demander lors de notre première visite : où étiez-vous au moment de la mort de Geoffrey ?

Dave écarquilla les yeux.

– Vous ne pensez tout de même pas que je l'ai tué !
– Répondez à la question.
– J'étais ici, dit-il d'une voix mal assurée.
– Pouvez-vous le prouver ?
– J'étais seul, je suis toujours seul... Je ne peux évidemment pas prouver ça !
– Alors vous aviez peut-être un complice ?
– Quoi ? dit Dave, dont l'étonnement semblait sincère. Qui, alors ? Je ne quitte jamais cette maison, vous l'avez constaté vous-même. Et si je vous ai demandé de venir ici, c'est parce que je crois avoir une piste.
– C'est très gentil à vous, dit Suzie avec un sourire d'avertissement à l'attention de Judith. Laquelle, de son côté, se redressa et bomba le torse : il n'était pas question qu'elle se calme, ni pour Suzie ni pour personne d'autre.
– Et de quoi s'agit-il ? demanda Becks, également désireuse de ne pas irriter Dave.
– Eh bien ! Je passais en revue toutes les informations que je possède à ce jour sur le comité d'aménagement urbain, pour tenter d'identifier le meurtrier de Geoffrey. Et ça n'avait aucun sens. Grâce à vous trois, je sais maintenant que Debbie piochait dans la caisse, mais ça ne totalisait que deux mille livres par an... Je n'imagine pas quelqu'un commettre un meurtre pour dissimuler de si petites sommes. Quant aux autres, c'est un peu la même chose : Marcus Percival donne son accord à chaque projet immobilier, tous les entrepreneurs du coin l'ont dans leur poche – même si je ne peux pas le prouver. Jeremy Wessel ? Bien trop couard pour assassiner quelqu'un. Bien sûr, il vous ferait un procès sans hésitation, mais si vous examinez

les comptes rendus des réunions du comité, vous pouvez voir qu'il finit toujours par se coucher. Un lâche. Cependant, il y a une personne sur laquelle je ne cesse de retomber : Sophia De Castro.

– Ah vraiment ? dit Suzie. Moi aussi !

– Sous ses airs irréprochables, la réalité est tout autre.

– C'est ce que je n'arrête pas de dire !

– Avez-vous des preuves ? demanda Judith.

– J'ai travaillé pour elle l'année dernière. Quand j'étais… un peu plus mobile. Un jour, elle m'a appelé, complètement catastrophée. Elle venait de faire installer son studio de podcasts et, chaque fois qu'elle enregistrait, elle entendait un sifflement. Je n'avais aucune envie de travailler pour elle, mais elle a fait monter les enchères jusqu'à ce que je ne puisse plus refuser. J'ai eu tort. Elle ne m'avait pas averti de ce fichu escalier qui mène à son studio. J'ai bien dû mettre dix minutes à escalader ces marches, j'étais essoufflé. Et dans son studio, c'était un vrai bordel. Elle avait des câbles de très mauvaise qualité, tout comme ses micros. J'ai alors appris que c'était son mari qui avait tout commandé, en achetant des versions bas de gamme de ce qu'elle lui avait demandé.

– Il est radin ? demanda Judith.

– Elle s'est déchaînée sur lui, l'a traité de tous les noms d'oiseaux, il y avait une violence incroyable en elle. Elle disait que son studio devait être le meilleur, que son podcast devait être le meilleur, et qu'elle obtenait toujours ce qu'elle voulait – je l'ai vraiment entendue dire ça. Je lui ai dit que pour ce qu'elle me payait, elle pouvait se permettre d'avoir le meilleur équipement possible, et c'est ce que j'ai fini par lui installer : un système dernier cri, on ne trouve pas mieux sur le marché. En même temps, je savais que la barre était placée très haut : si j'avais été en dessous de la perfection, elle m'aurait hurlé dessus comme elle l'avait fait sur son mari.

– Elle hurlait ? Vraiment ? À ce point-là ? demanda Suzie.

– Elle m'a même craché dessus à un moment donné, répondit Dave, qui frémit à cette évocation. Je ne suis pas parfait, j'en suis bien conscient. Je mange trop, je ne fais pas de sport, et je n'y peux rien. Mais si vous voulez savoir quel membre du comité serait capable de meurtre, je vous le dis : Sophia De Castro.

– C'est un peu trop facile, dit Judith quelques minutes après avoir quitté la maison de Dave.

– Qu'est-ce qui est trop facile ? demanda Becks.

– Que Dave Butler, soudain, nous livre son suspect sur un plateau.

– Il cherche simplement à nous être utile, dit Becks.

– Et il n'a aucun alibi pour l'heure du crime.

Becks et Suzie étaient conscientes de ce qui exaspérait Judith dans le mode de vie solitaire de Dave.

– Je comprends, dit Suzie pour la calmer, mais je peux t'assurer qu'il n'était pas dans la salle quand Geoffrey est mort. Ni dans la cuisine juste avant. Je te l'ai déjà dit, si Dave Butler avait été dans cette cuisine, je l'aurais remarqué. Il n'y était pas.

– Et le fait qu'il n'ait pas d'alibi me laisse penser

qu'il est innocent. Tout tueur digne de ce nom s'assurerait d'avoir un alibi pour l'heure du crime, ajouta Becks.

– Je ne partage pas ton avis, dit Judith sur un ton qui indiquait qu'elle espérait ainsi clore le débat.

Remarquant les mines sceptiques de ses amies, elle continua :

– Très bien ! Si vous persistez à ne pas me croire, il y a un moyen très facile de savoir s'il nous a dit la vérité sur sa relation avec Geoffrey.

– Vraiment ? demanda Becks, inquiète des éventuelles conséquences de la logique de Judith.

– Il nous a montré une lettre que Geoffrey est censé lui avoir envoyée, mais si cette lettre était fausse ? Pourquoi croire d'emblée qu'elle est authentique ?

– Et donc ? dit Suzie, qui, comme Becks, se demandait où Judith voulait en venir.

– Geoffrey possède un classeur pour chaque auteur qu'il a publié. Si Dave nous a dit la vérité sur les rapports qu'il entretenait avec lui, nous trouverons un classeur qui contiendra leur correspondance. Leur *vraie* correspondance.

– Mais nous n'avons pas accès à la maison de Geoffrey ! objecta Becks.

– Et pourtant, je n'ai pas pu m'empêcher de remarquer que lorsque nous avons quitté sa maison la dernière fois, Tanika n'a pas réenclenché l'alarme.

– Tu oublies que nous n'avons pas la clé ! dit Becks, qui se ravisa et ajouta : Il y a un double dans le nichoir à oiseaux de son jardin, non ? Nous pouvons entrer avec cette clé.

– Et comment ! dit Judith.

CHAPITRE 30

– Et si Marcus n'avait pas remis la clé dans sa cachette ? chuchota Becks en entrant dans le jardin de Geoffrey avec ses amies. Elle poussa ensuite un petit cri de surprise au moment où Suzie souleva le couvercle du nichoir à oiseaux et en retira une clé.

– Sommes-nous vraiment certaines que Tanika n'a pas réenclenché l'alarme ? ajouta Becks quand elles furent devant la porte.

– Il n'y a pas trente-six moyens de le savoir, dit Suzie en donnant un tour de clé dans la serrure.

Puis elle poussa la porte et entra dans la cuisine.

Aucune alarme ne retentit.

– Voilà ! dit Suzie, qui, avec emphase, fit un grand pas de côté pour laisser entrer ses amies. Alors, on commence par quoi ?

– Par son bureau, répondit Judith. C'est là qu'il rangeait les archives de ses auteurs. Mais ensuite, j'aimerais aussi qu'on fouille un peu çà et là, histoire de nous faire une meilleure idée du personnage. Nous n'en avons pas eu l'occasion la dernière fois que nous sommes venues ici.

– Bonne initiative, dit Suzie.

– Alors que fais-tu encore ici ? demanda Judith à Suzie. Essaie de trouver le dossier Dave Butler. Becks, tu peux examiner le reste du rez-de-chaussée, d'accord ? Moi, je m'occupe de l'étage.

– Que cherchons-nous au juste ? demanda Becks.

– Oh, dit Judith d'un ton léger en montant l'escalier, des preuves de trahison, de jalousie, de ressentiment, d'intentions de meurtre… Comme d'habitude.

Arrivée à l'étage, Judith parcourut un couloir et entra dans ce qu'elle identifia comme la chambre de Geoffrey. La pièce était d'une éclatante propreté, pourvue d'un lit double élégamment décoré d'un couvre-lit à carreaux. Dans un renfoncement à l'angle de la pièce, des chemises et des pantalons pendaient sur des cintres, et sur l'unique table de chevet étaient posées des photos encadrées. Geoffrey y apparaissait en compagnie d'une femme. Son épouse, sans doute, pensa Judith. Sur chacun des clichés, Geoffrey et cette femme irradiaient de bonheur. Ils étaient morts, tous les deux. C'était d'une tristesse infinie.

Judith recentra son attention sur la pièce. Elle en retira l'impression que Geoffrey était un homme soigneux et ordonné qui appréciait de vivre seul. Elle en reconnaissait les signes : par exemple le fait qu'il n'y eût qu'une seule table de chevet près du lit.

Se souvenant des verrous qui venaient d'être posés au rez-de-chaussée, Judith s'approcha de la fenêtre et en vit un tout neuf sur le cadre. Un peu étrange, non ? Pourquoi Geoffrey s'était-il senti obligé, récemment, de renforcer sa sécurité ? Pour autant que Judith pût le constater, personne n'avait encore réussi à répondre à cette question. S'agissait-il d'une simple coïncidence ou était-ce dû à une menace particulière ? Quand elle se retourna pour quitter la pièce, elle aperçut un petit éclair de lumière sous le lit. Compte tenu de l'ordre qui régnait dans cette chambre, elle s'étonna que Geoffrey ait pu laisser traîner quelque chose par terre.

Elle se mit à genoux et distingua un petit objet brillant à demi enfoncé dans le tapis, entre le lit et le mur. Elle le ramassa.

C'était une boucle d'oreille.

Elle l'examina attentivement : une courte chaîne d'argent au bout de laquelle était suspendu un petit anneau du même métal. Qui pouvait bien avoir laissé cela ici ? Elle se redressa, au prix d'un petit effort, et porta la boucle d'oreille près de la fenêtre afin de mieux la voir. Elle était jolie. Judith se souvint de la photo d'un buste de femme en soutien-gorge de dentelle envoyée à Geoffrey, et se demanda si l'instinct de Suzie n'avait pas été juste dès le départ. Geoffrey était-il resté aussi fidèle à sa femme défunte qu'il l'affirmait à qui voulait l'entendre ? En fait, cette boucle d'oreille était la preuve du contraire. Cependant, en y réfléchissant, il paraissait impossible que Debbie ait eu une liaison avec Geoffrey, et guère plus vraisemblable dans le cas de Sophia. Celle-ci avait plus de vingt ans de moins que lui, il était petit et potelé, et elle d'une beauté renversante. Si elle avait une aventure, ce ne pourrait être qu'avec un homme plus séduisant que Geoffrey. Cette boucle d'oreille appartiendrait donc à Debbie ?

Dans un cas comme dans l'autre, la présence d'un tel bijou suggérait que Geoffrey entretenait une liaison avec une femme, à Judith de découvrir laquelle. Elle glissa la boucle d'oreille dans sa poche, descendit l'escalier et retrouva Becks dans la cuisine. Avant qu'elle eût pu lui demander si ses recherches avançaient, elle vit quelque chose de rouge vif passer devant la fenêtre. Fred Smith, le facteur, venait de garer son chariot devant la maison.

– Couche-toi, vite ! dit Judith en attrapant Becks par la manche et en la précipitant au sol.

– Que se passe-t-il ? demanda Becks.

– C'est Fred, il est là, dehors !

Fred avait aidé les trois amies à élucider le meurtre de Stefan Dunwoody[1] ; s'il les voyait, il ne manquerait pas de leur demander ce qu'elles faisaient chez Geoffrey. Et une fois sa réponse obtenue, il le raconterait à la ville entière. Rien ne plaisait davantage à Fred qu'une bonne petite causette sur le pas de la porte.

– Va alerter Suzie ! chuchota Judith.

– Quoi ?

– Il faut qu'elle s'éloigne de la fenêtre. Va le lui dire ! Et sans te faire voir de Fred.

Becks, pendant quelques secondes, s'efforça de rassembler les dernières miettes de sa dignité, puis sortit de la cuisine à quatre pattes, à toute vitesse, comme une araignée, tout en se demandant comment elle, la respectable épouse du vicaire de la ville, en était arrivée à ramper dans la maison d'un homme assassiné.

Elle traversa le vestibule en même temps que la silhouette de Fred passait devant la vitre de la porte

1. Voir *Les Dames de Marlow enquêtent*, t. 1, *Mort compte triple.*

d'entrée, puis entra dans le bureau. Suzie se tenait devant la fenêtre, un classeur ouvert entre les mains, au même moment, elle aperçut au-dehors le chariot de Fred. C'est alors qu'elle eut la surprise de voir entrer Becks à quatre pattes ; et plus encore, de la voir faire de grands gestes des bras pour l'inciter à se coucher.

Suzie ne comprit pas immédiatement le message, mais quand il s'imposa brusquement, elle s'effondra au sol comme un sac de pommes de terre.

– Merde alors ! murmura-t-elle, se rendant compte qu'elle avait failli être repérée.

– Chut ! souffla Becks sur le même ton.

– Désolée !

Elles entendirent le claquement de la boîte aux lettres – Fred venait d'y glisser quelque chose –, puis les pas du facteur qui repartait vers le trottoir.

Becks et Suzie levèrent la tête pour jeter un coup d'œil par la fenêtre. Fred reprenait son chariot et s'éloignait.

– Il ne nous a pas vues, dit Suzie en se redressant.

Judith entra, une pile de courrier à la main.

– Tu ne dois pas lire son courrier ! s'exclama Becks.

Judith ne prêta aucune attention à Becks et s'adressa à Suzie :

– Qu'as-tu trouvé ?

– Tu avais raison, répondit Suzie. Il y a bien un classeur au nom de Dave Butler. Il contient toutes les épreuves de son roman, avec les commentaires de Geoffrey en marge de chaque page. Mais il y a aussi des dizaines de lettres qu'ils ont échangées, portant toutes sur les modifications que Geoffrey voulait apporter au texte.

– Je peux voir ? demanda Becks.

Suzie posa le classeur sur le bureau de Geoffrey.

– Et je suis désolée de vous le dire, mais Dave et Geoffrey entretenaient d'excellents rapports. Honnêtement, Dave en est presque à se prosterner devant lui.

Becks se mit à lire une des lettres à voix haute : « J'ai vraiment de la chance d'avoir un éditeur qui connaît son travail. »

Elle ouvrit une autre lettre : « C'est un rêve qui est devenu réalité : enfin, on me prend au sérieux ! »

– Maintenant, poursuivit-elle, voyons ce que dit Geoffrey.

Elle prit dans le classeur la lettre suivante, l'ouvrit et lut : « Ce travail me rappelle pourquoi je suis devenu éditeur : pour découvrir de nouveaux talents. Et il n'y a aucun doute à ce sujet : tu as un talent hors du commun. »

– Il semble donc que Dave nous ait dit la vérité, conclut Judith d'un ton qui n'impliquait nullement qu'elle ait pu avoir tort. Mais d'un autre côté, nous avons bien fait de venir : regardez ce que j'ai trouvé.

Elle déposa sur une table les prospectus publicitaires de fast-food et de plomberie, puis brandit une enveloppe en kraft libellée, en haut et à gauche, de l'adresse d'expédition : *Ministère de l'Environnement.*

– Je me demande ce que le ministère de l'Environnement peut bien vouloir à Geoffrey, dit-elle.

– Ils ne sont peut-être pas au courant de sa mort, suggéra Becks. Il faut vite donner cette lettre à Tanika ; elle seule peut l'ouvrir.

– Et pourquoi ?

– C'est illégal d'ouvrir le courrier d'une tierce personne.

– Vraiment ?

– Oui, répondit fermement Becks.

– Même si cette tierce personne est décédée ?

– Oui ! répéta Becks.

Judith déchira l'enveloppe avec son pouce.

– Que fais-tu ? demanda Becks, paniquée.

– Oups ! dit Judith. Comme je suis maladroite !

– Repose immédiatement cette lettre ! ordonna Becks.

– Maintenant qu'elle est ouverte, ce serait dommage de ne pas la lire, dit Suzie, enchantée de la décision de Judith.

Judith ouvrit la lettre afin qu'elles la lisent ensemble.

Ministère de l'Environnement
Bureau du Solent et des South Downs
40 Queen's Road
Reading
Berkshire RG1 4PQ

Le 17 avril 2023

Cher Mr Lushington,
Nous vous remercions d'avoir porté à notre connaissance les inquiétudes de Mr Alec Miller à propos d'un projet immobilier à Wiley's Field (Marlow). Vous trouverez ci-joint notre compte rendu et notre facture pour le travail effectué. Nous vous serions reconnaissants de régler cette facture dans les trente jours.

Voici le résumé de nos recherches :

WILEY'S FIELD (MARLOW)
Nous avons envoyé un de nos inspecteurs sur le site, et nous confirmons qu'il y a bien une colonie de *Myotis bechsteinii* (murin de Bechstein).
Le murin de Bechstein est une espèce de chauve-souris protégée dans le cadre du Projet d'action pour la biodiversité du Royaume-Uni, à l'échelle locale comme à l'échelle nationale. Elle est également inscrite à l'annexe II de la Directive Habitat pour la faune et la flore sauvages. Il s'agit par conséquent d'une des espèces animales les plus protégées du Royaume-Uni.
Selon notre décision, aucun développement immobilier ne peut avoir lieu à Wiley's Field. La seule personne qui soit en mesure d'annuler cette décision est le ministre de l'Environnement lui-même.

Nous vous remercions de nous avoir informés de cette affaire.
Avec l'expression de nos sentiments distingués,

Sean Farrell
Directeur du bureau Solent et South Downs
du ministère de l'Environnement

– Il y a des chauves-souris à Wiley's Field ? demanda Suzie.

Judith tourna la page et découvrit que le ministère de l'Environnement avait facturé trois mille livres à Geoffrey pour cette enquête.

– Et Geoffrey, en plus, était prêt à débourser trois mille livres pour trouver ces chauves-souris ! dit Judith. Mais ce n'est pas ce qui me frappe le plus. C'est plutôt que, si j'en crois ce Mr Farrell, c'est un « Mr Alec Miller » qui est à l'origine de toute la démarche.

– Il s'agit bien du type qui sert le thé et le café ? demanda Suzie.

– Qui, *en temps normal*, sert le thé et le café, répondit Judith. Souviens-toi : il était absent le soir où Geoffrey est mort. Je crois que nous devons lui parler de cette lettre, pas toi ?

CHAPITRE 31

Quand Alec ouvrit la porte à Judith et ses amies, il leur apparut encore plus débraillé que lors de leur première entrevue, si une telle chose était possible.

– Bonjour, Alec, dit Judith. Juste une question : vous avez fait part à Geoffrey Lushington de votre intention de faire annuler le projet de développement immobilier de Wiley's Field. Je me trompe ?

Alec n'en revenait pas.

– Comment pouvez-vous être au courant ?

– Répondez plutôt à ma question, il est temps de mettre les choses au clair.

Alec fronça les sourcils. Visiblement, il ne savait pas par où commencer son récit. Judith se souvint alors d'un détail qu'il leur avait confié durant leur dernière conversation.

– Vous avez toujours vécu ici, n'est-ce pas ?

– Toute ma vie, depuis mon enfance, confirma Alec.

– Ça en fait des années ! J'imagine qu'il y a eu de nombreux changements depuis, dit Becks, qui avait compris la stratégie de Judith.

– En ville, oui, pas mal, mais ici, rien n'a changé.

Wiley's Field est le lieu idéal pour comprendre comment se comporte la nature quand on la laisse tranquille. J'ai vu des engoulevents, des gros-becs casse-noyaux – la semaine dernière, j'ai même aperçu un pouillot siffleur, et on n'en voit normalement qu'au Pays de Galles.

– Des chauves-souris, aussi ?

– Bien sûr. Des chauves-souris, il y en a partout.

– Oui, mais vous soupçonnez la présence d'une colonie de murins de Bechstein sur le terrain. Et c'est une espèce protégée, n'est-ce pas ?

– Ce n'est pas un soupçon, c'est une certitude. Mais cet idiot de Geoffrey Lushington n'a pas voulu me croire.

– Intéressant. Vous lui avez parlé de ces chauves-souris ?

– Oui, et il m'a répondu qu'il ne pouvait pas s'impliquer personnellement dans des problématiques individuelles. En tant que président du comité, il n'était pas censé prendre parti pour qui que ce soit. J'ai réagi très violemment. Ce champ est le dernier sanctuaire de biodiversité animale de la ville. Il était de son devoir de faire annuler ce projet immobilier !

– Comment ça, vous avez réagi « très violemment » ? dit Suzie.

– C'est une façon de parler, rien de plus. À aucun moment je n'ai eu l'intention de lui faire du mal, mais ce promoteur enfreignait toutes les règles ! Il fallait l'en empêcher.

– Vous parlez de Ian Maloney ?

– Exactement.

– En quoi enfreignait-il les règles ?

– Un jour, il a rappliqué muni d'une bêche avec

l'intention de déraciner toutes les orchidées sauvages et les autres fleurs rares qu'il pourrait trouver. Quel imbécile ! Je connais chaque centimètre carré de ce champ, il n'y a que de l'herbe et les mêmes fleurs qu'ailleurs. Mais il savait pertinemment que si l'on y trouvait la moindre plante rare, le projet tomberait immédiatement à l'eau. Je l'ai fait déguerpir à une vitesse, vous auriez dû voir ça !

– Peut-on savoir comment ?

– Je suis allé le voir et lui ai ordonné de quitter ce champ, et je peux vous dire que je n'ai pas mâché mes mots.

– Vous l'avez menacé ? demanda Judith d'un ton innocent.

Alec émit un petit rire.

– En quelque sorte ! J'avais un appareil photo. Je lui ai dit que s'il plantait une seule fois sa bêche dans la terre, je prendrais une photo. Mais c'est un homme dangereux. Ça se voit. Il s'est approché tout près de moi et m'a dit que ces maisons seraient construites, que ça me plaise ou non, car il avait le président du comité d'aménagement urbain dans sa poche. Ce sont ses termes exacts. Il m'a nargué : *ça vous épate, hein ?* Ensuite, il a tourné les talons et s'est éloigné à grands pas. Voilà pourquoi j'étais furieux quand je suis allé voir Geoffrey ! Je le connais depuis des années. Je l'ai toujours apprécié. Ou cru l'apprécier. Mais s'il se livrait à des trafics louches avec des hommes comme Ian Maloney, il devait répondre de ses actes. C'est pourquoi j'ai été un peu agressif avec lui.

– Comment Geoffrey l'a-t-il pris ?

– Il était désemparé. Visiblement, personne ne s'était adressé à lui sur ce ton depuis des années.

Quand on est maire, tout le monde vous fait des courbettes. Mais pas moi. Je ne fais de courbettes à personne, ajouta-t-il fièrement.

– Que s'est-il passé quand vous l'avez accusé de magouiller avec un escroc comme Ian ?

– Là, il s'est fâché : comment osais-je l'accuser d'une chose pareille ? Et tout le bazar. Mais à mon avis, il était en colère parce que j'avais vu clair dans son jeu. Il se sentait coupable, il cachait quelque chose. J'en étais certain.

Judith sortit de son sac la lettre qu'elles venaient de trouver chez Geoffrey.

– Vous devez savoir ceci : Geoffrey avait demandé au ministère de l'Environnement d'expertiser le terrain pour vérifier la possible présence de murins de Bechstein à Wiley's Field.

Alec agrippa le cadre de la porte pour garder son équilibre.

– Co... Comment ? bégaya-t-il.

– Il se trouve que Geoffrey a fait exactement ce que vous lui demandiez.

– Mais il m'avait dit que c'était impossible ! Qu'il n'en avait pas le droit ! dit-il, très agité.

Judith lui tendit la lettre et Alec la lut, retrouvant soudain son calme.

– Ça vous pose un problème ? demanda Becks, étonnée comme ses amies de voir Alec ainsi pris au dépourvu.

– Selon lui, le conseil municipal n'avait pas un sou pour financer ce genre d'enquête, dit-il, encore sous le choc.

– Il semble qu'il allait couvrir lui-même le coût de l'enquête – trois mille livres, pour être exacte, dit Becks.

Bonne nouvelle, non ? Le projet immobilier ne verra pas le jour.

Alec ne répondit rien. Judith ne comprenait pas sa réaction. Pourquoi n'était-il pas satisfait ?

Pendant qu'elle essayait d'en imaginer la raison, elle pensa à une question qu'elles ne lui avaient pas encore posée.

– Où étiez-vous le soir de la mort de Geoffrey ?

– Pardon ?

– Nous savons que vous n'êtes pas allé à la réunion du comité d'aménagement urbain. Où étiez-vous ?

– J'étais au pub The Duke of Cambridge, répondit Alec, de façon peu convaincante.

– À quelle heure ?

– Je ne m'en souviens pas. Je prends habituellement mon thé vers 18 h 30. En général, j'arrive au pub un peu plus tard, vers les 19 heures. Ou peu après.

– Vous arrivez toujours à cette heure-là ?

Alec haussa les épaules.

– Et c'est donc au Duke of Cambridge que vous étiez ce soir-là ?

– Oui. Puisque je vous le dis.

Judith décida de changer de tactique.

– Vous vivez seul ?

– Oui.

– Mais vous passez pas mal de temps à l'extérieur, dans le champ, dans les bois…

– Bien sûr. Le monde naturel est le seul dont nous disposons.

– Alors je suppose que vous connaissez sur le bout des doigts toutes les plantes et tous les champignons comestibles du coin.

Alec sourit.

– Oui, comme n'importe quel gosse de la campagne !

– Et savez-vous où l'on trouve de l'aconit ? Après tout, c'est une plante sauvage. Je suis sûre qu'il y en a dans les bois par ici.

– Tout à fait, on en trouve juste de l'autre côté de Wiley's Field. Mais en réalité, il y en a partout. Par exemple vers Higginson Park, dans la petite zone en friche près du club de hockey. Quand on sait ce qu'on cherche, on le trouve toujours.

– Une dernière question et nous vous laisserons tranquille, dit Judith. Avez-vous un répondeur automatique sur votre ligne fixe ?

– C'est quoi, cette question ?

– Répondez-moi par oui ou par non, je vous expliquerai ensuite.

– D'accord. Oui, j'ai un répondeur. Et après ?

– C'est intéressant, car c'est la pièce qui manquait à mon puzzle : la façon dont vous vous y êtes pris pour passer l'appel. Maintenant, tout est clair.

– Je ne vous suis pas, répondit Alec.

– Bien, alors laissez-moi vous raconter une petite histoire. Après tout, nous cherchons à savoir depuis un bon moment comment l'assassin a pu mettre le poison dans le café de Geoffrey, et la seule chose dont nous soyons certaines est que la capsule de café dont il s'est servi contenait de l'aconit. Une capsule de café trafiquée par l'individu qui assurait le service ce soir-là.

– Je vous l'ai dit : une femme m'avait appelé le matin même pour me dire que la réunion était annulée. Cette Sophia.

– Pourtant, si j'ai bonne mémoire – et j'ai bonne

mémoire –, vous n'avez identifié Sophia qu'une fois que nous vous avons passé un extrait d'un de ses podcasts et révélé son nom. Selon tous les rapports de police, *quelqu'un*, ce matin-là, a appelé votre ligne fixe depuis le siège du conseil municipal. Un appel qui a duré trente-sept secondes. Pour vous, c'était facile : vous entrez en douce dans le bâtiment, vous coupez le câble de la caméra de sécurité dont le champ couvre le téléphone public, puis vous utilisez ce téléphone pour appeler chez vous. Votre répondeur décroche, vous restez en ligne assez longtemps pour faire croire qu'il y a eu une conversation. Une conversation de trente-sept secondes. Ensuite, vous raccrochez. Et le soir, il ne vous reste plus qu'à vous déguiser.

– Mais c'est quoi ce délire ?

– Marlow ne manque pas de costumiers chez qui l'on peut acheter une perruque blonde et une fausse barbiche.

– J'étais au Duke of Cambridge ce soir-là !

– Je ne vous crois pas. Et vous pouvez arrêter votre numéro de gosse de la campagne, parce que votre plan, quant à lui, est très ingénieux si vous voulez mon avis. Après tout, le soir de la mort de Geoffrey, le thé et le café ont été servis comme d'habitude. Personne n'a remarqué de différence entre votre mode opératoire habituel et celui de cet homme blond qui servait à votre place. La conclusion la plus évidente n'est-elle pas qu'en réalité, c'était bien vous qui serviez ? Vous, mais sous l'apparence d'un autre.

– Et pourquoi aurais-je fait ça ?

– Afin que personne ne vous soupçonne d'être l'assassin de Geoffrey.

– Mais je n'avais aucune raison de tuer Geoffrey ! Certes, nous avions un différend, mais ce n'était pas lui qui cherchait à détruire ce champ ! C'était Ian Maloney ! Si Ian était mort, oui, vous auriez toutes les bonnes raisons de me tenir pour suspect numéro un. Tout ce qu'il fait à cette ville me révulse – mais pas Geoffrey.

– Vous avez cru que Ian Maloney et Geoffrey travaillaient ensemble. Que Geoffrey allait approuver le projet immobilier de Wiley's Field. Qu'à cause de lui, votre champ bien-aimé, le cadre de toute votre existence – depuis l'enfance, comme vous dites –, qui vous procure tant de joie, était sur le point d'être bétonné.

– Vous me faites un procès d'intention ! Rien ne s'est passé comme vous le décrivez ! dit Alec, furieux, avant de plaquer la lettre dans la main de Judith et de rentrer chez lui en leur claquant la porte au nez.

– Mr Miller ! s'écria Judith.

Les trois amies firent une brève pause pour encaisser ce qui venait de se produire.

– Ça alors ! dit Becks. Tu avais déjà compris toute sa démarche, cet appel qu'il s'est passé à lui-même ?

– Honnêtement, ça m'est venu en lui parlant.

– Incroyable !

Une fois installée dans son van, Suzie demanda :

– Alors qu'est-ce qu'on en dit ? Alec Miller est notre assassin ?

– Je ne sais pas, dit Becks. Est-il vraiment assez intelligent pour élaborer un stratagème où il joue son propre rôle ?

– Oui, bien sûr, si le désespoir l'y pousse, avança Suzie.

– Mais tu as également dit que l'assassin était de taille moyenne, et Alec me semble plutôt grand, non ?

– Tu as raison. Il ne pouvait pas être ce serveur blond, il est beaucoup trop grand pour ça.

– Tu en es sûre ? demanda Judith.

– Sûre et certaine.

– Alors ça ne nous arrange pas. Mais si Alec est trop grand, je pense à un autre homme, un seul, qui lui aussi aurait pu en vouloir à Geoffrey en découvrant qu'il avait commandé une étude au ministère de l'Environnement. Quelqu'un qui, comme il nous l'a déjà montré, est parfaitement capable de violence.

– Tu parles de Ian Maloney, dit Suzie.

– Mais comment le trouver ? demanda Becks. Il est aussi insaisissable qu'une anguille !

– Oui, mais depuis, Ian et Marcus Percival nous ont dit chacun à leur tour que l'entreprise de Ian était en train de construire un complexe d'habitations près du club de rugby.

– Et alors ? demanda Suzie.

– Alors je sais exactement comment le coincer.

CHAPITRE 32

Le contremaître de Ian Maloney était une grosse brute baraquée qui travaillait dans le bâtiment depuis l'âge de quatorze ans. Jamais il n'avait hésité à user de ses dispositions à la violence pour gravir les échelons. Ce jour-là, pourtant, il avait perdu ses moyens. Il était même très perturbé. Quand une voiture de sport vert pomme rutilante vint se garer sur le chantier, il courut vers elle. Ian ouvrit la portière et en sortit.

– Qu'est-ce que tu racontes, « je ne sais pas quoi faire » ? aboya-t-il.

– Patron, dit le contremaître, vous savez que je ferais n'importe quoi pour vous. Je vous l'ai prouvé bien des fois, et vous savez de quoi je parle. Mais là, je suis désemparé.

– Bon, d'accord, où sont-elles ?

Les deux hommes traversèrent le chantier jusqu'à l'endroit où une pelleteuse tournait au ralenti, crachant une épaisse fumée noire.

Judith Potts était allongée à même la terre, devant l'engin.

Becks et Suzie, un peu à l'écart, téléphone en main, filmaient la scène sans en perdre une miette.

– Qu'est-ce que c'est que ce bordel ! cria Ian, tandis que Becks et Suzie pivotaient d'un quart de tour pour filmer son arrivée.

– Vous voilà enfin ! dit Judith depuis sa position couchée dans la terre du chantier.

– Encore vous ? dit Ian d'un ton méprisant.

– Vu la position dans laquelle je me trouve, je peux vous dire la même chose, dit Judith, très satisfaite.

– Si vous continuez à retarder mes ouvriers, il y aura des conséquences.

– Oh ! Pas d'inquiétude, maintenant que vous êtes là, je peux me lever.

– Eh bien ! Levez-vous.

Judith resta immobile. Elle finit par appeler :

– Becks ? Suzie ?

Voyant que Judith avait du mal à se décoller du sol, elles volèrent au secours de leur amie. Pendant qu'elles l'aidaient à se remettre debout, Judith fut étonnée de n'émettre qu'un petit « ouf ! » presque inaudible. Pendant qu'elle se frottait pour se débarrasser du sable et du gravier, Ian contemplait les trois femmes avec le plus profond mépris.

– Je suis certaine que ces maisons seront très jolies ! déclara Becks, cherchant à apaiser les esprits.

Ian la fixa sans un mot.

– Quand elles seront terminées, bien entendu ! ajouta-t-elle.

– Je suis étonnée que le club vous laisse construire sur un terrain qui lui appartient, dit Suzie.

Alors qu'elle désignait le panneau indiquant son

emplacement, tous levèrent les yeux vers le siège du club de rugby : un bâtiment d'un étage de l'autre côté du parking.

– Oh, ça, ce n'est rien, commenta Ian. Le club possède des hectares et des hectares de terrains constructibles, rien ne l'empêche de les vendre comme il l'entend.

– Je vois, dit Judith. S'ils sont contents de ce que vous faites ici, ils vous autoriseront peut-être à construire ailleurs sur leurs terres. Qui est votre architecte ?

– Pourquoi cette question ?

– Son nom figure déjà sur le projet que vous avez soumis au comité d'aménagement urbain pour ces deux maisons, mais ce serait plus simple de nous le dire maintenant.

– Pas question que je…

– C'est Jeremy Wessel ?

La surprise le fit cligner des yeux.

– Ce n'est pas moi qui l'ai choisi, mais le club de rugby. Il travaillait déjà pour eux.

– Et Jeremy est-il aussi l'architecte de votre projet à Wiley's Field ?

– Non. Je ne vois même pas pourquoi vous me demandez ça.

– Je cherche simplement à mesurer la longueur de vos tentacules. Parce que je remarque qu'il y a une personne que l'on retrouve à tous les carrefours de la vie de Geoffrey Lushington, et c'est vous.

– Je n'ai rien à voir avec Geoffrey Lushington.

– Même s'il s'est opposé à votre projet de développement de Wiley's Field ?

Ian, perdant patience, étendit les bras en croix.

– Maintenant, ça suffit ! Sortez de ce chantier immédiatement. Allez, dehors !

Judith et ses amies n'eurent pas d'autre choix que de se laisser pousser vers la route. Pendant ce temps, Ian leur expliqua :

– Je vous l'ai déjà dit : le comité refuse toujours la première présentation d'un projet. Si Geoffrey Lushington a refusé celle-ci, ça ne veut absolument rien dire !

– Mais ce n'était pas un simple refus, rétorqua Judith. Il ne vous a pas dit qu'il avait mandaté une étude du champ pour y rechercher une espèce protégée de chauve-souris ?

Ian s'arrêta net.

– Comment le savez-vous ?

– Le ministère de l'Environnement a pris sa décision, dit Judith en sortant la lettre de son sac. La décision y est écrite noir sur blanc : ce terrain n'est pas constructible.

– Impossible ! dit Ian en arrachant la lettre des mains de Judith. Il la lut avidement.

– Ah ! Le salaud ! ajouta-t-il. Il l'a fait, il l'a vraiment fait !

– Je crois que le temps est venu pour vous de nous raconter votre version des événements, dit Becks avec douceur.

– Ce prétentieux ! pesta Ian, incapable de contenir sa fureur. Toujours persuadé d'incarner la vertu ! Il avait décidé qu'on ne construirait pas d'habitations à Wiley's Field, un point c'est tout. Un vieux con qui habite dans le coin lui a dit que des chauves-souris y avaient élu domicile – c'est toujours des chauves-souris, ou des tritons, mais bon Dieu ! Il faut bien que les gens habitent quelque part ! Un putain de triton compterait plus qu'un être humain ?

– Vous saviez donc qu'il avait écrit au ministère de l'Environnement ?

– Oui, et il prenait un malin plaisir à me le rappeler, ajoutant par-dessus le marché qu'il comptait financer l'étude. Non, mais pour qui se prenait-il ?

– Je parie que vous étiez déjà au courant pour les chauves-souris.

– Quoi ? Non, pas du tout, quelle idée !

– Pourtant, vous aviez déjà procédé à une première inspection de Wiley's Field, n'est-ce pas ?

– Avec une bêche, pour déraciner toutes les plantes protégées ! ajouta Suzie.

– Nous nous sommes entretenues avec Alec Miller, expliqua Judith. Le vieux con dont vous parlez. D'après lui, il vous a confronté directement à ce sujet.

– Encore un emmerdeur pétri de bonne conscience, celui-là ! Mais qu'est-ce que ça change ? Tout était en règle, et je n'ai rien trouvé qui soit de nature à empêcher la construction.

– Non, je ne vous crois pas. Ce que je crois, c'est que vous avez trouvé des chauves-souris, sur le site ou à proximité. Et dès que Geoffrey vous a annoncé qu'il avait demandé une expertise, vous avez compris que tout votre projet tombait à l'eau. Le « rêve de votre vie », comme vous nous avez dit la dernière fois. Avec une sacrée somme d'argent à la clé – tout cela réduit à néant. Par la faute de Geoffrey. Donc, vous l'avez tué.

Bien qu'animé d'une forte lutte intérieure, Ian ne répondit pas tout de suite.

– Comment osez-vous ? cracha-t-il enfin.

– C'était plus fort que vous. Il avait détruit vos projets, vous deviez vous venger.

– Je ne l'ai pas tué ! cria Ian, faisant un pas en avant pour postillonner au visage de Judith, qui tressaillit mais ne broncha pas. Elle soutint son regard. Il respirait bruyamment, comme un taureau prêt à charger.

– Sa mort m'a fait plaisir, je l'admets ! dit-il. C'est ça que vous voulez que je vous dise ? Il méritait de mourir. Pour ce qu'il m'a fait.

– Donc vous saviez, pour les chauves-souris, reprit calmement Judith.

– Oui ! Je savais, pour ces saloperies volantes ! concéda Ian. OK ? Dès qu'il m'a informé qu'il allait financer une étude, j'ai su qu'il signait l'arrêt de mort du projet. Mais dites-moi, qu'est-ce que ça m'aurait apporté de le tuer ? Le rapport du ministère est bien là, on y lit noir sur blanc que la construction n'aura pas lieu. Que Geoffrey soit vivant ou mort, le projet n'aurait jamais pu voir le jour de toute façon.

– Cela suppose que vous saviez déjà, à l'époque, qu'il avait bel et bien pris contact avec le ministère de l'Environnement. Or ce n'est pas le cas, parce que vous avez commencé par nous dire qu'il *allait* écrire au ministère et financer l'étude. Il y a encore cinq minutes, vous ignoriez qu'il avait déjà envoyé cette lettre. La preuve, quand nous vous l'avons montrée, vous avez dit : « Le salaud ! Il l'a fait, il l'a vraiment fait ! » Vous étiez aussi surpris que nous quand nous l'avons découverte. Ce qui signifie que vous aviez un mobile. Mr Maloney, je crois que vous avez tué Geoffrey

Lushington pour l'empêcher de prendre contact avec le ministère de l'Environnement.

– Ah, vous croyez ça ? dit Ian. Alors je peux vous dire que le soir de sa mort, j'étais à une soirée jazz au club de la British Legion[1].

– Ça alors ! s'esclaffa Suzie, qui n'arrivait pas à imaginer une telle personne assistant à un concert de jazz. Qui jouait ce soir-là ? demanda-t-elle.

– Un guitariste. J'aime la guitare.

– Comment s'appelait-il ?

– John Dunsterville, mais son nom de scène, c'est Dusty.

– C'est drôle, mais vos réponses semblent préparées à l'avance.

– Demandez à n'importe quel spectateur du concert. Il a commencé vers 19 heures et s'est terminé peu avant 22 heures, et je n'ai pas quitté la salle une seule fois avant la fin du concert. Alors vous pouvez clamer sur tous les toits que je l'ai tué si cela vous chante, mais j'ai des dizaines de témoins qui pourront affirmer le contraire.

Ian regarda Judith dans les yeux et se rendit compte qu'elle n'avait plus rien à répondre. Il se retourna pour rejoindre son contremaître et leur lança par-dessus son épaule :

– Et en plus, où voudriez-vous que je trouve une dose d'aconit ?

1. La Royal British Legion (RBL), parfois désignée sous le nom de British Legion, est un organisme de bienfaisance britannique apportant un soutien financier et social aux membres et vétérans des Forces armées britanniques, ainsi qu'à leurs familles.

– Comment savez-vous qu'il a été empoisonné à l'aconit ? lui demanda Judith.

– Tout le monde le sait, répondit-il sans se retourner.

– Quel sale type ! dit Becks.

– Tu peux le dire, lâcha Judith, et avec un mobile en béton armé pour vouloir la mort de Geoffrey.

– Et il aurait été facile pour lui de mettre une fausse barbe et une perruque pour empoisonner Geoffrey depuis la cuisine, poursuivit Suzie. Sa corpulence correspond à celle de l'homme que j'ai vu ce soir-là. Alors j'espère qu'il nous raconte des bobards sur ce concert de jazz ! Parce que si c'est bien le cas, je crois que nous tenons notre assassin.

CHAPITRE

33

Quelques instants seulement après leur arrivée à la British Legion, Judith et ses amies virent leurs espoirs réduits à néant. Ian Maloney avait bien assisté au concert de jazz, du début à la fin, le soir du meurtre de Geoffrey. Penny, une adorable vieille dame, leur confirma qu'elle était restée assise à son côté toute la soirée. Il ne s'était pas levé, excepté pour aller au bar. À aucun moment il n'avait quitté sa chaise plus de quelques minutes.

De retour chez Judith, les trois amies essayaient encore de digérer ces nouvelles informations.

– Pourtant, dit Judith en désignant toutes les cartes affichées au mur, c'est bien l'une de ces personnes qui a tué Geoffrey Lushington. Mais laquelle ? Et pourquoi ? Et comment ?

– Et si nous prenions une bonne tasse de thé et quelques biscuits avant de passer en revue chaque suspect l'un après l'autre ? proposa Becks. Nous verrons si l'inspiration nous vient.

– Bonne idée ! dit Suzie.

– Malheureusement, dit Judith, j'ai fini le paquet de biscuits que tu as apporté la dernière fois.

– Qu'à cela ne tienne, assura Becks avant de quitter la pièce.

Quelques minutes plus tard, elle réapparut avec une théière et des tasses sur un plateau, plus un paquet de biscuits au chocolat.

– Où les as-tu trouvés ? demanda Judith.

– Je savais que tu finirais le paquet, alors j'en ai caché un autre dans ton piano à queue, expliqua Becks en versant le thé.

– Voilà qui est très intelligent de ta part ! dit Judith.

– Merci. Maintenant, si nous commencions par Marcus Percival, l'agent immobilier beau parleur ?

– Je suis d'accord, dit Suzie. Un homme qui sait que toute sa carrière peut s'effondrer si on révèle publiquement qu'il se cache derrière des tweets à caractère haineux. Pourtant, je ne sais pas pourquoi, mais je n'arrive toujours pas à le croire coupable.

– Moi, si, dit Judith. Trop lisse, trop respectable à mon goût. Et si Geoffrey avait découvert son identité secrète, alors Marcus avait un mobile. Parce qu'il est impossible qu'un homme aussi honorable que Geoffrey ait gardé le silence à ce sujet. Et je crois dur comme fer à la possibilité que Marcus Percival ait pu tuer pour protéger sa réputation – son statut, sa fortune. Mais l'a-t-il fait ?

– Je vois ce que tu veux dire, répondit Suzie : si j'assassinais quelqu'un avec un morceau de sucre empoisonné, je m'arrangerais pour ne pas laisser mes empreintes partout sur l'arme du crime.

– Alors peut-être a-t-il tué Geoffrey avec une capsule de café empoisonnée qu'il aurait glissée dans la machine au moment où il se servait sa propre tasse de thé, souleva Becks.

– Oui, admit Judith, mais s'il l'a tué avec la capsule, pourquoi a-t-il caché le sucrier ? Voilà, pour moi, ce qui ne colle pas. Et tant que nous n'aurons pas éclairci ce détail, nous ne pourrons pas considérer Marcus comme notre suspect principal.

– Pareil pour Debbie Bell, dit Becks.

– Que veux-tu dire ? demanda Suzie.

– Elle a clairement tout d'une criminelle. Son détournement des fonds du conseil municipal suffirait à l'envoyer en prison – mais, comme pour Marcus, nous ne sommes pas certaines que Geoffrey était au courant.

– Nous savons que Dave Butler l'avait alerté il y a plusieurs mois d'un détournement de fonds, rappela Suzie. Il est tout à fait possible que Geoffrey ait fini par comprendre que Debbie se cachait derrière ces magouilles. Après tout, ça ne nous a pris que quelques semaines ; ça n'a pas dû prendre beaucoup plus de temps à Geoffrey. Il nous reste juste à le prouver.

– Je n'en suis pas sûre, dit Judith, car Debbie affirmait, à juste titre, que Geoffrey serait immédiatement allé voir la police s'il avait appris qu'elle détournait de l'argent. Or il n'en a rien fait.

– Mais s'il venait juste de s'en rendre compte ?

– Je continue de penser qu'il n'aurait pas attendu cinq minutes pour informer la police qu'on détournait l'argent de son conseil municipal adoré.

– Donc il ne connaissait pas le coupable, ce qui place Debbie hors de soupçon, résuma Suzie.

– On ne progresse pas beaucoup, vous ne trouvez pas ? dit Becks.

– Et je crains que ce ne soit la même chose pour

Jeremy Wessel, enchaîna Judith. Comme Marcus, je le crois capable de commettre un meurtre.

– Sans compter ses activités de maître chanteur ! ajouta Becks – et ça, nous pouvons supposer que Geoffrey s'en était rendu compte. Quand il disait à Jeremy « Je ne te la rendrai pas », il parlait de cette lettre de chantage qu'il avait prise à Marcus.

– En voilà une bonne nouvelle ! s'écria Suzie. Cela place Jeremy en tête sur notre liste de suspects !

– Oui, mais nous butons encore sur un petit problème, dit Judith. Selon toi – et il l'a confirmé –, Jeremy ne s'est approché à aucun moment de la machine à café ou du comptoir de la cuisine : il s'est assis directement à la table centrale. Et une fois assis, il n'a eu aucun contact avec la tasse de Geoffrey.

– C'est vrai, reconnut Suzie.

– Jeremy possède donc un mobile, mais pas les moyens. Il ne peut pas être l'assassin. Il nous reste alors trois personnes – Marcus, Debbie et Ian – qui avaient toutes de très bonnes raisons de vouloir la mort de Geoffrey, mais nous ne pouvons en désigner aucune comme coupable de son assassinat.

– Et s'ils avaient fait le coup ensemble ? demanda Becks.

– Vu la façon dont ils se plaignent sans arrêt les uns des autres, dit Suzie, je ne les imagine pas travailler de concert.

– Reste Sophia De Castro, dit Becks. Qui est arrivée la dernière, et qui, comme Jeremy, ne s'est pas approchée de la machine à café. En fait, elle en a eu encore moins l'occasion que les autres.

– Exact, dit Suzie. À peine était-elle descendue

dans la salle que Geoffrey tombait raide mort. Et, contrairement aux autres, elle n'avait aucun mobile.

– Ce qui l'exclut de l'équation, dit Becks pour résumer l'affaire.

– C'est le serveur blond dans la cuisine ! déclara Suzie, qui alla chercher sa carte sur le tableau. Il a toujours été notre suspect le plus vraisemblable : ce ne peut être que lui.

– Je suis assez d'accord, dit Judith, parce que s'il n'est pas l'assassin, je me demande bien ce qu'il faisait là.

– Mais de qui s'agit-il donc ? demanda Suzie en reculant d'un pas pour observer toutes les cartes affichées au tableau. Seules trois personnes auraient pu correspondre : Alec Miller, Ian Maloney et Dave Butler. Je crois qu'on peut en éliminer Dave, il n'aurait pas pu agir sans être reconnu. Cela nous laisse donc deux assassins potentiels.

– Ian Maloney et Alec Miller.

– Sauf qu'Alec Miller est trop grand, dit Suzie.

– C'est donc forcément Ian Maloney ! dit Becks.

– Mais Ian Maloney a un alibi, dit Judith. Il était à un concert de jazz ce soir-là. Donc, pour résumer, nous sommes toutes d'accord pour dire qu'aucun des quatre membres du comité d'aménagement urbain ne peut être l'assassin. Et parmi les trois personnes que nous soupçonnions d'être notre serveur blond, l'un est trop grand, l'autre est trop gros, et le dernier a la taille et la couleur de cheveux adéquates, mais aussi un alibi solide.

– Tout ça nous met un peu dans la panade, dit Becks.

– Pourtant, il y avait bien quelqu'un dans cette cuisine ! dit Suzie. Mais qui ?

– Ça, c'est la question à mille dollars, dit Becks avant d'éternuer bruyamment. Désolée ! s'excusa-t-elle en sortant un mouchoir en papier de son sac à main. C'est toute cette poussière !

Elle désigna les montagnes de journaux qui écrasaient encore une moitié de la pièce. C'est alors que Suzie décida de donner une conclusion à l'ébauche d'idée qu'elle avait eue en jetant ses magazines.

– Je peux t'aider à te débarrasser de tout ça, proposa-t-elle à son amie.

Judith ne comprenait pas.

– Que dis-tu ?

– Je sais que ça ne me regarde pas, et j'ai essayé de suivre ton conseil et d'arrêter mes combines, mais je n'y arrive pas. J'ai toujours besoin d'une occupation quelconque. D'un hobby. Et j'ai décidé que mon prochain hobby, c'était toi. Je peux t'aider à terminer ce que tu as commencé avec Becks il y a plus d'un an. T'aider à nettoyer cette pièce pour de bon.

– C'est très gentil de ta part, dit Judith d'un ton pincé, mais non merci.

– Imagine combien tu te sentiras mieux après ! Nous pouvons tailler dans le vif : finir de dégager cette pièce, ainsi que la pièce voisine, avant de passer un bon coup de peinture.

– Et mettre des tapis ! ajouta Becks, entraînée par l'enthousiasme de Suzie.

Judith, de son côté, sentait l'angoisse l'envahir. Elle ne tenait nullement à liquider ses archives, amassées pendant des années : tout ce papier la représentait, résumait sa propre histoire, ses origines. L'idée de perdre ce soutien symbolique la terrorisait.

Cependant, elle vit tant de sympathie dans les yeux de Suzie et de Becks qu'elle se souvint, avec un frisson intérieur, du regard de compassion qu'elles avaient posé sur Dave Butler. Toute son agressivité retomba comme un soufflé. Si elle ne s'imaginait pas encore liquider l'entièreté de ses archives, elle était disposée à faire quelques concessions pour ses amies.

– Je dois vous dire une chose… J'ai accepté de prendre le thé.

– Pardon ? demanda Suzie.

– Matthew Cartwright.

– Tu as repris contact avec lui ? dit Becks, ravie.

– Je lui ai écrit une lettre.

– Et que lui as-tu dit ?

– Que je me souvenais bien de lui. Je suis restée aussi sobre et factuelle que possible. Mais j'ai inscrit mon numéro de téléphone dans la lettre. Et l'autre soir, il a appelé.

– Tu lui as parlé ? dit Suzie, en extase. Il était comment ?

– Honnêtement, je ne l'ai pas reconnu. Je ne sais trop quelles étaient mes attentes, mais sa voix profonde, rugueuse, n'en faisait pas partie.

– Il a été gentil avec toi ? demanda Becks.

– Poli. Mais il m'a dit combien d'argent il avait gagné. Enfin, pas exactement, mais par périphrases. Il a un appartement à Bordeaux ; s'il venait me voir, il prendrait sa Jaguar deux-places, vous voyez le genre.

– D'après moi, il voulait juste que tu saches qu'il n'était pas un sans-le-sou en manque de compagnie.

– Je n'en suis pas sûre…

– Et il va venir te voir ? demanda Suzie.

– Je sais bien qu'en lui écrivant, j'ai posé un domino sur la table. Mais il y a toujours d'autres dominos.

– Quelle merveilleuse nouvelle ! s'écria Becks.

– Il n'a pas l'air de t'emballer plus que ça, constata Suzie, déchiffrant la situation avec plus de perspicacité.

– Non, ce n'est pas ça, dit Judith, qui cherchait à mettre de l'ordre dans ses idées. Sa gentillesse m'a semblé sincère, et il s'intéressait à moi. Quand je lui ai dit que je composais des grilles de mots croisés, il était enchanté. Il a un rire très séduisant. Il m'a dit qu'il m'avait toujours considérée comme l'une des personnes les plus intelligentes qu'il ait rencontrées, donc les femmes intelligentes ne lui font pas peur.

– Très bien ! dit Suzie. Alors vous vous voyez quand ?

– Mardi prochain.

– Pas possible ! dit Becks. Si vite ?

Judith hocha la tête, l'air peu convaincu.

– C'est formidable !

– Oui, dit Judith.

Ses deux amies perçurent qu'elle n'y croyait pas trop.

– Le problème, poursuivit-elle, c'est que je n'ai aucune envie de le rencontrer.

Suzie et Becks restèrent sans voix.

– OK, dit Suzie. Pour résumer la situation : tu ne veux pas rencontrer des hommes riches qui s'intéressent à toi, et tu ne veux pas débarrasser ta maison des vieilles paperasses.

– J'aime ma vie telle qu'elle est, dit Judith. Je fais exactement ce que je veux. J'ai des amis que j'aime, un travail qui me fait bien vivre… Pourquoi voudrais-je y changer quelque chose ?

– Mais tu ne te sens pas, parfois… commença Becks, qui n'eut pas le courage de continuer.

– Seule ? dit Judith. Si, de temps en temps. Mais pas souvent. Bien sûr, il m'arrive d'avoir le cafard, comme tout le monde. Mais ça passe, et le reste du temps, je suis heureuse. C'est peut-être de l'égoïsme.

– Ou c'est peut-être simplement, dit Becks, que tu as organisé ta vie comme tu l'entends.

– Oui, c'est exactement ça. J'ai tout organisé au détail près, pourquoi risquerais-je de perturber cet équilibre ?

– Annule le rendez-vous ! suggéra Suzie.

– Il est en Chine pendant quelques jours, pour voir des amis. Il m'a dit qu'il viendrait directement de l'aéroport de Heathrow mardi prochain. Je ne peux pas annuler si près de l'échéance.

– Alors prends juste le thé avec lui, conseilla Becks. En quoi est-ce un danger ? Éblouis-le avec tes histoires d'enquêtes criminelles, de grilles de mots croisés, de manoir au bord de la Tamise…

– Mieux encore : ça vous embêterait si l'on arrêtait de parler de lui ?

– Bien sûr que non, dit Becks, si ça te met mal à l'aise. De quoi aimerais-tu parler ?

– Du meurtre ! lâcha Judith.

Elle se tourna vers son tableau d'enquête et poursuivit :

– Parce qu'une idée me vient, maintenant que nous avons éliminé chaque suspect. Il y en a un sur lequel nous ne nous sommes pas suffisamment penchées.

– Qui ? demanda Becks.

– Paul De Castro.

– Mais il ne peut pas être l'assassin, dit Suzie. Il était au cinéma !

– Y était-il vraiment ?

– Oui, selon Tanika.

– Si je me souviens bien, ses collaborateurs ont interrogé des employés de la salle de cinéma, et ils leur ont dit qu'ils se souvenaient de lui parce qu'il a renversé son pop-corn en allant à la projection.

– Il a même obtenu un nouveau seau de pop-corn gratuit, rappela Becks.

– Excellent moyen d'attirer l'attention délibérément, vous ne trouvez pas ? Et les salles de cinéma, on sait ce que c'est : dès que les lumières s'éteignent, rien ne nous empêche de filer en douce, d'aller enfiler un déguisement, de trottiner vers le conseil municipal, de mettre tout en place pour le thé et le café, d'empoisonner Geoffrey et de retirer le déguisement avant de retourner tranquillement au cinéma avant la fin de la séance. Qui remarquerait notre absence ? De plus, Paul De Castro est gestionnaire de patrimoine. Un métier qui demande beaucoup d'ingéniosité, il me semble.

– Tout comme le meurtre de Geoffrey Lushington, dit Suzie.

– Enfin, deux autres caractéristiques en font un meurtrier potentiel. Il est de taille et de corpulence moyennes. Nous devrions lui rendre une petite visite, ne croyez-vous pas ?

CHAPITRE 34

Le lendemain matin, Judith et ses amies se retrouvèrent devant l'agence Marlow Wealth Management.

– Comment as-tu pu obtenir un rendez-vous si vite ? demanda Becks.

– En disant que j'avais une forte somme d'argent que je voulais investir avec le conseil de Mr De Castro, répondit Judith.

À l'accueil, le réceptionniste les informa que ce dernier allait les recevoir sans tarder. Elles s'assirent dans des fauteuils confortables. La porte des bureaux s'ouvrit et Debbie Bell apparut. Elle s'avança vers elles.

– Que faites-vous ici ? demanda-t-elle, inquiète.

– Nous aimerions parler à votre patron, répondit Suzie.

– Mais Paul n'arrive jamais avant 10 heures, dit Debbie en consultant la montre qu'elle portait au poignet droit.

– Nous avons téléphoné, dit Becks. Il viendra en avance.

– Mais à quel sujet voulez-vous le voir ? demanda Debbie.

Elle se rapprocha des trois femmes et souffla à voix basse :

– C'est à propos de moi ?

– Non, dit Becks, ça n'a rien à voir avec vous.

– Parce que j'ai eu une idée : et si je rendais l'argent ?

– Vous voulez dire l'argent que vous avez détourné du conseil municipal ? dit Judith.

Debbie regarda par-dessus son épaule pour s'assurer que le réceptionniste n'écoutait pas. Il était au téléphone avec un client.

– Je pourrais prétexter une simple erreur de comptabilité ! dit Debbie. Elle semblait désespérée.

– Je ne pense pas que cet argument tiendra.

– Mais c'est une si petite somme d'argent ! gémit Debbie. J'avais besoin de soins médicaux ! Je les mérite autant que tout le monde !

Surprise par la véhémence soudaine de Debbie, Judith se rendit compte que toute sa vie professionnelle tournait autour de sommes d'argent mirobolantes. Il ne devait pas être facile pour elle, jour après jour, de travailler avec des ultra-riches pour un salaire qui ne lui permettait pas de porter autre chose que des jupes à l'ourlet râpé.

Un autre détail fit tiquer Judith. Quelque chose lui suggérait qu'elle venait de recueillir une information de toute première importance sans qu'elle puisse mettre le doigt dessus. Elle reconnaissait cette sensation : une sorte de frémissement intérieur, comme lorsqu'elle découvrait une anagramme particulièrement savoureuse en composant ses mots croisés. Mais de quoi s'agissait-il cette fois ? Judith rejoua mentalement la conversation, cherchant à repérer ce qu'avait repéré le radar de son subconscient, mais elle fut interrompue par le réceptionniste :

– Mr De Castro va vous recevoir.

– Je crois que rendre l'argent ne changera rien à l'affaire, chuchota Becks à Debbie.

L'attention de Judith se reporta sur la priorité du moment, la réponse au problème de Debbie devrait attendre.

– Depuis, vous avez recommencé chaque année, ajouta Becks. Personne, à mon avis, ne croira à l'erreur de comptabilité. Si j'étais vous, j'irais voir la police et je ferais des aveux complets. Les autorités seront plus clémentes si vous vous livrez vous-même.

– Je serai renvoyée, je ne pourrai plus jamais trouver d'autre emploi, et mon travail, c'est tout ce que j'ai !

– Mesdames ? dit le réceptionniste.

– Oui, bien sûr ! dit Judith. Nous arrivons.

Juste avant de pénétrer dans la zone des bureaux, Judith se retourna pour regarder Debbie. Effondrée dans un des fauteuils de l'accueil, juste sous la photo encadrée d'une voiture de sport rouge vif, elle se prenait la tête à deux mains et ses épaules étaient parcourues d'un tremblement. Elle pleurait. Judith résista à la tentation de s'apitoyer. Debbie avait commis une escroquerie. De plus, Judith ne pouvait avoir qu'une compassion très fugace pour une femme qui n'éprouvait de remords qu'une fois son crime reconnu.

Judith suivit ses amies et le réceptionniste dans un grand bureau lambrissé dont le sol était tapissé d'une épaisse moquette. Derrière une demi-douzaine de bureaux en bois massif travaillaient des jeunes gens en costume sombre et aux coupes de cheveux soignées.

Le réceptionniste les guida vers une lourde porte en chêne. Il frappa une fois, attendit qu'on lui réponde « Entrez ! » d'une voix bourrue, puis ouvrit la porte.

Paul De Castro était assis, les mains étalées sur la surface de son bureau comme prêt à bondir.

– Je n'ai pas beaucoup de temps, leur lança-t-il sans même remarquer le réceptionniste, qui sortit en refermant silencieusement la porte.

– Alors nous ne tournerons pas autour du pot, dit Judith.

– Nous sommes de la police, annonça Suzie en brandissant son insigne. Et nous avons quelques questions à vous poser.

Paul éclata de rire. L'idée de se laisser interroger par ces trois femmes dont aucune n'était en dessous de la cinquantaine lui paraissait absurde.

– Nous enquêtons sur le meurtre de Geoffrey Lushington, précisa Judith.

– C'est ça, prenez-moi pour un imbécile ! dit Paul. Il se leva, s'avança vers Suzie, arracha le badge qu'elle portait au cou et alla se rasseoir derrière son bureau. Il avait agi très vite, sans laisser le temps à Suzie de reculer d'un pas.

– Voyons ça, dit-il.

Il planta dans son oreille un petit écouteur Bluetooth doté d'un micro à hauteur de joue. Judith remarqua la fierté que tirait Paul à exhiber son téléphone dernier cri. Il tapota son écouteur et, d'une voix grandiloquente, prononça le numéro de téléphone qui figurait sur la carte, celui du commissariat de Maidenhead.

Avant qu'il obtienne la communication, Judith eut le temps de remarquer un certain nombre de photographies encadrées sur un mur. On y voyait Paul assistant à divers événements mondains. Sur certaines, il fumait un cigare en compagnie d'hommes du même âge que le sien, et sur d'autres, il entourait de son bras la taille de séduisantes jeunes femmes. Il se considérait, visiblement, comme un dandy local.

– Bonjour, dit-il, j'ai dans mon bureau trois bonnes femmes qui se baladent dans Marlow avec de fausses cartes de police, et je tiens à vous en informer.

Paul tomba de très haut quand le policier confirma le numéro d'identification de la carte : Suzie Harris travaillait avec la police comme informatrice civile, et on lui conseillait vivement de coopérer avec elle. Il tapota de nouveau son écouteur pour mettre fin à l'appel et jeta l'insigne sur le bureau.

Suzie la ramassa et, soigneusement, la repassa autour de son cou.

– Ce pays part vraiment en sucette ! dit Paul.

– Nous sommes bien d'accord, dit Judith en fixant résolument son interlocuteur. Et comme votre temps est précieux, Mr De Castro, plus vite vous répondrez à nos questions, plus vite vous en aurez fini.

Paul serrait les dents.

– Comment avez-vous rencontré votre femme ? demanda Becks, devinant comme toujours qu'il fallait dissiper une certaine tension dans la pièce.

– En quoi ça vous regarde ?

– Ça ne nous regarde pas, précisa Suzie en lui montrant une nouvelle fois son insigne. Ça regarde la police.

– Et merde ! dit-il en se passant les doigts dans les cheveux. On s'est rencontrés à un dîner. Ça vous va ?

– Continuez, dit Becks.

– C'était il y a dix ans. Je venais de divorcer, et j'ai vu cette fille au bout de la table, je n'en avais jamais vu de si belle. Alors j'ai décidé que je l'aurais. Voilà, c'est tout, OK ?

– Que « vous l'auriez » ? demanda Judith de son ton le plus hautain.

– J'obtiens toujours ce que je veux.

– Toujours ?

– Je l'ai eue, Sophia, non ? dit-il avec un sourire malsain.

– Et comment ça va, avec elle ? demanda Suzie.

– Ça va du tonnerre ! répondit Paul.

– C'est tout ce que vous avez à dire de votre mariage ? demanda Judith.

Paul haussa les épaules.

– Je ne comprends pas, insista Suzie. Vous êtes… vous êtes… Je cherche les mots, aidez-moi ! dit-elle à ses amies.

– Un homme qui a réussi ? proposa Becks.

– Disons les choses ainsi, concéda Suzie. Tellement riche, à la tête d'une entreprise prospère, et vous habitez cette grande maison au bord du fleuve… Tout va pour le mieux. Mais votre femme, elle, s'intéresse aux plantes, au développement personnel, au yoga, à toutes ces choses.

– Oui, à des trucs de bonne femme.

– Alors que pensez-vous d'une femme qui vous accuse de meurtre ? demanda Judith.

Paul avait du mal à comprendre la question.

– Quel film regardiez-vous quand Geoffrey Lushington est mort ?

– J'ai déjà répondu à la police.

– Quel était son titre ?

– C'était un film de super-héros.

– Vous allez souvent au cinéma tout seul voir des films de super-héros ?

– Normalement non, mais j'ai toujours bien aimé *Spider-Man*. Or le cinéma Everyman, à Gerrards Cross, projetait le dernier. Je ne l'avais jamais vu en salle.

– Et donc, quel était son titre ?

– *Spider-Man : No Way Home*. C'est quoi tout ce cirque, un quiz ?

Becks laissa échapper un « Oh ! Mon Dieu ! »

– Tu l'as vu ? demanda Judith avec étonnement.

– Certainement pas ! Mais Sam et ses amis oui, j'ai dû aller les chercher au cinéma après la séance. Ils en ont parlé sur le chemin du retour. D'après eux, tous les acteurs qui avaient incarné Spider-Man dans les films précédents y étaient réunis. Quelque chose à voir avec le multivers – pour moi, c'était du charabia.

– Un film incroyable ! s'exclama Paul.

– Oui, mais ils étaient carrément furieux que le Dr Octopus en soit absent. Tous les autres méchants étaient là, sauf lui !

– Ils ont bien raison, dit Paul. J'ai pensé la même chose.

– Vraiment ? demanda Becks.

– Je viens de vous le dire.

– Une minute, désolée, je me suis trompée, reprit Becks avec un sourire meurtrier. Ils disaient au contraire qu'ils avaient adoré revoir le Dr Octopus.

Le visage de Paul se décomposa. Enchantée par la ruse de Becks, Judith rayonnait de joie.

– Vous ne vous souvenez pas de ce personnage ? demanda-t-elle.

– Je ne suis pas spécialiste des personnages de Marvel !

– Non, dit Becks, mais il joue tout de même le rôle du grand méchant à la fin. Vous ne vous souvenez toujours pas de lui ?

– Écoutez, peut-être que je dormais…

– Au beau milieu de la grande bataille qui a toujours lieu à la fin de ces films ?

– Oui, je me souviens, j'étais épuisé par le travail, je me suis endormi et ne me suis réveillé qu'au moment du générique.

– Ça ne tient pas debout, dit Judith.

– C'est ce qui s'est passé, OK ?

Judith estima qu'elle avait eu sa dose de Paul pour la journée.

– Je suppose que vous n'avez rien acheté chez un costumier ces derniers temps ?

– Pourquoi cette question ?

– Ou acheté sur Internet une perruque et une fausse barbe ?

– Ça suffit, cet entretien est terminé.

– C'est à nous d'en décider. Pourquoi votre femme a-t-elle téléphoné à Alec Miller ?

– Qui est-ce encore, ce type ? demanda Paul avec autorité. Pourtant, son aplomb paraissait se fissurer.

– Vous ne le connaissez pas ? demanda Judith pour le mettre à l'épreuve.

– Dites-moi qui est ce foutu bonhomme, c'est tout ce que je vous demande ! cracha-t-il.

Judith, devinant la raison de ce coup de colère, prit le risque d'aiguillonner la bête féroce.

– Et si je vous disais que c'est l'amant de votre femme ?

– Je le savais ! La salope ! L'ingrate ! Tout ce qu'elle a, je le lui ai donné ! Tout ! Et voilà comment elle me remercie !

– Vous le soupçonniez depuis un certain temps, n'est-ce pas ?

– Depuis un an. Elle est devenue fuyante. Elle avait quelque chose derrière la tête, je le sentais. Il y a quelques mois, je suis rentré pour le déjeuner et elle n'était pas à la maison. Ni dans son studio d'enregistrement à la noix. Je n'y ai pas pensé plus que ça, et je suis retourné au travail. Le soir, je lui ai demandé si elle avait passé une bonne journée, et elle m'a répondu qu'elle n'avait pas quitté la maison. Quand je lui ai appris que j'étais rentré à l'heure du déjeuner et qu'elle n'était pas là, elle a eu ce regard…

– Quel regard ? demanda Becks.

– Coupable. Elle avait l'air coupable. Je l'ai interrogée, je ne l'ai pas lâchée, j'ai exigé de savoir la vérité, mais elle maintenait son histoire, encore et encore : elle n'était pas sortie de la journée. Même si je savais qu'elle mentait.

– Je suis sûre que vous l'avez accusée de coucher à droite et à gauche, dit Suzie d'un ton tranchant.

– Et comment ! Elle était déjà mariée quand je l'ai rencontrée, je vous l'avais dit ? Quand on s'est mis ensemble, elle venait déjà de trahir un mari – qu'est-ce qui l'empêchait de recommencer avec moi ? Je le lui ai rappelé.

– Qu'a-t-elle répondu à cela ?

– Rien, elle s'est contentée de baisser les yeux.

– Donc vous saviez depuis quelque temps qu'elle vous trompait ?

– Je l'avais deviné, mais je ne savais pas avec qui. Maintenant je sais !

– Au fait, reprit Judith, ce n'est pas Alec Miller. Je voulais juste vous donner un nom pour connaître votre réaction. Cela dit, c'est une question légitime : qui est l'amant de votre femme ?

Paul, tourneboulé, se mit à bafouiller. Judith décida de le laisser mariner. Elle se rapprocha des photographies accrochées au mur. L'une d'elles, en particulier, l'intéressait. On y voyait Paul, Sophia et une élégante septuagénaire en robe de bal, parée sous l'épaule gauche d'une décoration sous forme de ruban.

Judith remarqua autre chose qui lui coupa le souffle. Elle arracha la photo du mur pour la regarder de plus près.

– Eh ! Qu'est-ce que vous faites ? cria Paul.

– Pas maintenant ! dit Judith pour lui imposer le silence. Elle examina la photo. Becks et Suzie la rejoignirent.

– Qu'est-ce qu'il y a à voir ? demanda Suzie.

– Tu ne remarques rien ? s'étonna Judith, qui avait du mal à croire à ce qu'elle venait de découvrir.

– Non, dit Suzie.

– Les boucles d'oreilles de Sophia !

– Oui, et alors ?

Judith fouilla dans son sac à main et en sortit la boucle d'oreille en argent qu'elle avait trouvée dans la chambre de Geoffrey.

Sur la photo, Sophia portait la même boucle d'oreille. Judith se tourna vers Paul.

– Mr De Castro, vous venez d'admettre que vous

soupçonnez votre femme de vous tromper depuis l'année dernière.

– Je ne vous dirai plus un mot.

– Pourtant, il y a une question que je dois absolument vous poser, et réfléchissez bien avant de me répondre, c'est très important. Votre femme a-t-elle une tache de naissance en forme de losange sur la poitrine, sous le sein gauche ?

Paul tressaillit, profondément heurté par cette question.

– Comment diable savez-vous cela ?

– Répondez.

– Oui, elle a cette tache de naissance.

CHAPITRE 35

– Je l'admire, d'une certaine façon, dit Becks à ses amies en sortant des bureaux de Marlow Wealth Management. Un amant de vingt ans son aîné !

– Et qui a l'air d'un gnome ! ajouta Suzie, qui peinait à se faire à l'idée.

– Mais pense un peu à ce qu'il pouvait lui apporter, dit Becks. C'était quelqu'un de gentil, tout le monde s'accorde à le dire. Et attentionné. Ce sont des qualités qui rendent un homme séduisant.

– Excuse-moi, rétorqua Suzie, mais qu'est-ce que tu ne comprends pas dans : *il a l'air d'un gnome* ?

– Et puis rappelle-toi l'histoire entre Marilyn Monroe et Arthur Miller, dit Judith. Une femme que l'on sous-estime à cause de sa beauté peut rechercher des hommes dotés de qualités différentes.

Quand Judith et ses amies arrivèrent chez Sophia, celle-ci ne répondit pas à la porte. Elle n'était pas non plus dans son studio d'enregistrement. Elles la trouvèrent dans son jardin de poisons, cueillant les minuscules inflorescences des sommités d'orties.

Elle se leva et épousseta ses genoux du terreau noir qui y adhérait.

– Qu'est-ce que vous voulez ? lança-t-elle.

– Vous nous avez menti ! dit Judith. Vous nous mentez depuis le début.

– Vous êtes très injuste. Je n'ai fait que chercher à vous aider.

– Vous nous avez menti en nous cachant votre tache de naissance sous le sein gauche, dit Suzie, tache qui prouve que la femme qui envoyait des photos dénudées à Geoffrey, c'était vous !

– Ce qui n'a rien de surprenant, car vous entreteniez une liaison avec lui, n'est-ce pas ? dit Judith en sortant la boucle d'oreille en argent de son sac à main.

– Non ! assura-t-elle.

– Trop tard pour nier ! dit Becks. Judith a trouvé votre boucle d'oreille dans la chambre de Geoffrey !

– Mais vous ne comprenez rien ! persista Sophia.

– Alors pourquoi ne pas nous expliquer la situation ? demanda Becks.

Il y avait tant de gentillesse dans sa voix que Sophia se radoucit, sans pour autant savoir par où commencer son histoire. Au bout de quelques instants, elle mit fin à son indécision.

– Je l'aimais, avoua-t-elle simplement. Je l'aimais, mais il ne voulait pas de moi.

– Pardon ? dit Suzie.

– Je suis tombée amoureuse de lui, sur ce point vous avez raison. Je n'en avais jamais eu l'intention. Pourquoi tomberais-je amoureuse d'un homme comme Geoffrey ?

– Bonne question ! releva Suzie, avant que Becks ne lui enfonce son coude dans les côtes pour la faire taire.

– Il était vieux, et pas séduisant pour un sou…

Cette fois, un regard assassin de Becks suffit pour que Suzie se tienne coite.

– Cela remonte à l'époque de cette terrible méprise à propos du cimetière, il y a des années. Il a refusé de m'en faire porter la culpabilité. Il disait que lui seul devait endosser cette responsabilité. Il m'avait confié cette tâche, je ne lui avais rien demandé, et j'avais fait de mon mieux – il le répétait sans cesse. Tant que j'avais effectué mon travail sincèrement, c'était tout ce qui comptait. C'est là que j'ai commencé à ressentir une forte attirance pour lui. Pas physiquement, à l'époque – pas encore –, seulement pour sa personne. Pour cet homme qui me témoignait de l'attention, de la compassion.

– C'était vraiment un saint, dit Suzie.

– Oui, confirma Sophia. D'année en année, je me suis aperçue que son attention n'était pas dédiée à moi seule, mais qu'elle s'adressait à chaque personne qu'il rencontrait. Il vivait pour les autres. Je n'ai pas tardé à m'apercevoir que j'avais un peu plus hâte d'assister à nos réunions du comité qu'il n'était raisonnable. Ce sentiment a grandi peu à peu en moi, sans que je puisse me l'expliquer.

Sophia se perdit dans ses souvenirs.

– Nous nous sommes entretenues avec votre mari, dit Becks pour l'aider à en sortir.

– Alors vous savez que je n'ai pas été entièrement honnête avec vous. Ma vie conjugale est loin d'être un modèle. Paul est…

Sophia essayait de mettre des mots sur sa relation avec son mari, sans y parvenir.

– Tout, avec lui, est une transaction, expliqua-t-elle enfin. Quoi qu'il fasse pour moi, il veut quelque chose en échange, et pour lui je ne suis qu'une jolie chose qu'il balade à son bras. D'ailleurs il se fiche bien de qui est à son bras ; je suis sûre qu'il serait aussi heureux s'il payait une escort girl pour l'accompagner à ses soirées, pourvu qu'elle soit jolie et qu'il puisse la montrer à tout le monde.

– Quelle tristesse ! compatit Becks.

– Mais je ne comprends toujours pas comment votre boucle d'oreille a pu se retrouver dans la chambre de Geoffrey si vous n'avez jamais couché avec lui, dit Suzie.

– Vous savez ce que c'est qu'une obsession ? Pour quelque chose ou quelqu'un. Elle a grandi en moi de manière insidieuse pendant quelque temps, et l'année dernière j'ai dû me rendre à l'évidence : j'étais obsédée par Geoffrey. Le fait de le savoir inaccessible ajoutait encore à mon tourment. J'ai fini par lui vider mon sac, lui révéler mes sentiments.

– Quand ça ? demanda Judith.

– Il y a six mois. Je l'ai invité chez moi, sachant que Paul serait absent. Sous prétexte de l'interviewer pour mon podcast. Et dès qu'il est apparu à la porte, je me suis jetée à son cou comme une adolescente et je l'ai embrassé. C'était plus fort que moi.

Sophia se tut. Judith et ses amies eurent la sagesse de lui laisser ce moment de répit.

– Il m'a repoussée ! reprit-elle, faisant face à sa honte la plus profonde. Il n'était pas intéressé. Je ne savais que penser. Je ne suis pas habituée à ce que les hommes ne me désirent pas. Il était, disait-il, surpris et « flatté ». C'était le mot qu'il répétait : flatté de l'intérêt que je lui portais, mais il ne pouvait pas tromper sa femme. Je n'en revenais pas : sa femme était morte depuis vingt ans ! Et moi, j'étais là, en train de m'offrir à un homme dépourvu de toutes attaches… Qui risquait d'être déshonorée si la chose s'ébruitait ? Moi, pas lui. C'était moi, et non lui, qui mettais mon couple en danger… Mais il ne m'a pas écoutée. Il m'a repoussée et il est parti. C'était la pire humiliation de ma vie. Comment osait-il me rejeter ? Impossible, à présent, de me rendre à la prochaine réunion du comité, pour y retrouver cet homme qui avait le culot de me résister. Il fallait qu'il sache à qui il avait dit non. Alors, au lieu d'aller à la réunion, je me suis glissée dans sa maison.

– Avec la clé qui est dans le nichoir, ajouta Judith.

– Oui, c'est cela. Et je suis montée dans sa chambre. Là, j'ai ôté mes vêtements et je me suis allongée sur son lit. Et j'ai pris cette photo de moi en soutien-gorge. Je la lui ai envoyée à la fin de la réunion.

Judith eut une illumination.

– J'ai compris ! dit-elle. Voilà pourquoi Geoffrey a fait poser des verrous sur la porte et les fenêtres, et fait installer une alarme. Il l'a fait après votre intrusion.

Sophia baissa les yeux, honteuse d'avoir révélé son secret.

– Quand il est rentré chez lui, j'étais disponible – j'étais à lui ! –, mais lui, il était furieux. Il disait que je lui manquais de respect, que je le harcelais. Il m'a obligée à me rhabiller. J'ai ramassé tous mes vêtements dans la pièce, comme la plus vulgaire des putains.

– Et c'est là que vous avez perdu votre boucle d'oreille, dit Judith.

– Oui.

– Quelle humiliation cela a dû être pour vous, qu'il vous chasse de sa maison !

– Vous pouvez le dire ! dit Sophia, dont la honte commençait à faire place à de la rage.

– Et c'est pour ça que vous l'avez tué.

– Comment ? Mais non ! Je l'aimais !

– J'ai du mal à y croire. Vous étiez obsédée par lui : ce sont vos propres termes. Une obsession pure et simple. Pas de l'amour. Et quand il vous a repoussée, cette obsession s'est transformée en haine. L'humiliation, le rejet, cela vous a été insupportable. Et n'oublions pas que vous êtes la seule personne à Marlow qui connaisse les poisons. Vous saviez aussi que Geoffrey se faisait un café au début de chaque réunion. Vous ne pouviez pas prendre le risque qu'il raconte à qui que ce soit que vous l'aviez embrassé. Ou que vous lui aviez envoyé une photo de vos seins. Vous imaginez le scandale ? Paul vous aurait quittée, vous auriez perdu votre foyer confortable et votre si belle réputation.

– J'avais raison la première fois, non ? s'exclama Suzie. Il y avait bien une tension palpable entre Geoffrey et vous à la réunion. Parce que vous saviez que vous étiez sur le point de l'assassiner.

– C'est faux ! sanglota Sophia. Vous devez me croire, je ne l'ai pas tué ! ajouta-t-elle d'un ton suppliant.

Il y avait autre chose que de la supplication dans sa voix : visiblement, Sophia était terrassée par la culpabilité.

– Je suis arrivée la dernière à cette réunion, dit Sophia. Geoffrey avait déjà sa tasse à la main. Je ne me suis approchée de lui à aucun moment.

– Vous aviez remarqué qu'il avait déjà fait son café ? demanda Suzie.

– Oui, bien sûr. Je ne l'avais pas revu depuis qu'il m'avait chassée de chez lui. Aucun détail ne m'échappait. C'est ce qui explique mon comportement un peu étrange : j'étais si embarrassée ! J'ai accès à de l'aconit, j'en conviens, mais je ne peux pas l'avoir empoisonné.

– Lors de notre dernière conversation, vous nous avez dit que vous êtes arrivée en retard à la réunion à cause d'un pneu crevé, et que vous avez dû laisser votre voiture au garage Platts pour le faire changer.

– C'est exact.

– Donc, si nous allons maintenant au garage Platts, ses employés nous confirmeront que vous y avez laissé votre voiture ce soir-là ?

– Bien sûr. Pourquoi vous aurais-je menti sur ce point ?

Une fois de plus, les trois amies entendaient les propos de Sophia mais ne lisaient que de la culpabilité sur son visage. Heureusement pour elles, elles connaissaient un moyen infaillible de savoir si elle disait vrai.

Suzie conduisit ses amies directement au garage Platts, dans le centre-ville de Marlow. Elles y apprirent que Sophia y avait bien déposé sa voiture le soir de la mort de Geoffrey ; Leonard, un employé, s'en était occupé. Un jeune homme élégant, pas du tout le genre que l'on s'attend à trouver en combinaison pleine de cambouis dans un garage.

– Oui, je me souviens de Mrs De Castro, déclara-t-il en s'essuyant les mains avec un torchon sale. Elle était assez désorientée à son arrivée. Elle disait qu'elle risquait d'être en retard à une réunion, mais à mon avis, il y avait autre chose. Elle avait l'air complètement ailleurs.

– Aviez-vous une idée de la raison de ce comportement ?

– Non, aucune, mais elle avait clairement l'air inquiète. Comme si elle redoutait quelque chose.

– Et quel était le problème avec sa voiture ? demanda Suzie.

– Alors ça, c'était bizarre. Elle prétendait avoir le pneu avant gauche crevé, et ce pneu était à plat. Mais quand j'ai regardé de plus près, le pneu n'était pas crevé. Quelqu'un avait simplement vidé la chambre à air.

– Sérieusement ?

– Je n'ai jamais vu une chose pareille. Ce pneu était intact.

– Et que lui avez-vous dit ?

– Je n'ai pas eu l'occasion de lui parler. À peine avait-elle laissé la voiture au garage qu'elle est partie à pied, prétextant d'un rendez-vous auquel elle devait arriver à l'heure, et je ne l'ai plus revue avant le lendemain matin. Ça aussi, c'était bizarre ! Quand elle est venue récupérer sa voiture, elle a fait toute une histoire : elle n'arrivait pas à croire que son pneu n'ait pas été crevé du tout. C'était un peu louche, ça n'avait pas l'air sincère. Vous voyez ce que je veux dire ?

– Attendez, dit Judith. Elle a déposé sa voiture à 18 h 30 ?

– Oui.

– En vous disant qu'elle avait un pneu crevé, même s'il ne l'était pas et que la chambre à air avait juste été vidée ?

– Exactement. J'ai résolu le problème en cinq minutes.

– Et à peine arrivée, elle est repartie à pied ?

– Tout à fait.

Judith et ses amies se regardèrent. Elles savaient que le garage n'était qu'à dix minutes à pied du conseil municipal. Alors pourquoi Sophia leur avait-elle menti à propos de ce pneu crevé ? Et qu'avait-elle fait entre le moment où elle avait quitté le garage et son arrivée tardive à la réunion du comité d'aménagement urbain, peu après 19 h 30 ?

CHAPITRE

36

– L'assassin, c'est Sophia ! dit Suzie en remontant dans son van avec ses amies. C'était son aconit, Geoffrey l'avait récemment rejetée et humiliée ; c'est elle, aussi, qui a téléphoné à Alec pour lui demander de ne pas venir à la réunion du soir. Elle s'est éclipsée pendant une heure avant le meurtre – et nous avons bien vu qu'elle n'a pas toute sa tête, avec ses salades à propos de pneu crevé qui n'était pas crevé du tout.

– Mais comment pourrait-elle être l'assassin ? demanda Becks. Tu l'as dit toi-même : elle ne s'est approchée de Geoffrey à aucun moment !

– Et si c'était ça, l'astuce ? suggéra Suzie. Et si son arrivée tardive n'était qu'une mise en scène visant à la mettre hors de tout soupçon ?

– Mais si elle ne s'est pas approchée de lui, alors elle ne peut pas l'avoir tué, objecta Becks.

– Ça se discute, dit Judith. Tu oublies le serveur blond dans la cuisine.

– Je ne vois pas le rapport avec Sophia, rétorqua Suzie.

– Dis-moi : l'homme dans la cuisine est-il parti avant ou après l'arrivée de Sophia ?

– Je ne sais pas.

– Reporte-toi mentalement au soir du crime. Sophia fait son entrée à la porte. Le serveur blond est-il dans la cuisine ?

– Non, dit Suzie après un effort. À ce moment, il est déjà parti, c'est certain. D'ailleurs, maintenant que tu en parles, il est sorti peu après l'arrivée de Jeremy. Il est passé par la sortie de secours. Je me souviens avoir pensé qu'il avait raison de filer avant que Jeremy ne commence à se rendre insupportable et à se plaindre qu'il n'y ait pas de biscuits.

– Magnifique ! s'exclama Judith. Donc il est parti juste après l'arrivée de Jeremy. Qui est arrivé après ça ?

– Je l'ignore. Jeremy a discuté quelques instants avec Marcus, et puis… Et puis ça me revient ! Geoffrey est entré. Nous avons évoqué tous les deux les raisons de ma présence, ce qui a pris un peu de temps. Immédiatement après, il s'est dirigé vers le comptoir de la cuisine et s'est fait son café – son café empoisonné. Ensuite, il est allé se rasseoir. C'est bien ça. Quand Sophia est arrivée, il était assis, sa tasse devant lui.

– Si je résume bien, plusieurs minutes se sont donc écoulées entre le départ de notre mystérieux serveur blond et l'arrivée de Sophia ?

– Oui, je crois.

– Alors nous devons aller au siège du conseil municipal.

Tout le long du trajet, Judith refusa d'exposer sa théorie. Au moment où elles sortaient du van de Suzie, Becks fit observer :

– Nous ne pourrons pas entrer dans la chambre des débats, elle sera fermée à clé.

– Je ne pense pas que ce sera nécessaire, dit Judith.

Elle leur fit faire le tour du bâtiment jusqu'à la sortie de secours.

– Maintenant, essayons de comprendre, reprit-elle. Comme tu viens de nous le rappeler, Suzie, Sophia a appelé Alec Miller pour lui dire de ne pas venir travailler ce soir-là. Il a identifié sa voix lorsque tu lui as fait écouter un de ses podcasts. Restons pragmatiques : si Sophia tenait tant à éloigner Alec, c'était parce qu'elle comptait empoisonner Geoffrey à l'aconit.

– Es-tu en train de dire que notre serveur blond est Sophia ? demanda Becks.

– Imaginons qu'elle le soit. Après tout, la barbiche est une bonne manière de faire croire à la présence d'un homme dans la cuisine. Et nous savons déjà que personne, dans le comité, n'a prêté attention à l'individu qui servait les boissons. Aucun d'eux ne l'a mentionné dans sa première déposition.

– Tu penses vraiment Sophia capable de se déguiser en homme ? demanda Suzie.

– Cela ne devait pas être bien difficile. Elle pouvait cacher sa belle chevelure blonde sous une perruque masculine, ce qui expliquerait d'ailleurs pourquoi l'homme était blond : elle tenait à rester au plus près de sa couleur naturelle. Des cheveux courts, une barbiche blonde, et le tour est joué. Et elle est de taille moyenne, vous en conviendrez. En ce qui concerne ses formes, je suis certaine qu'en portant des vêtements serrés, elle pouvait aplatir ses seins, malgré l'inconfort momentané que cela implique.

Tout en parlant, Judith regardait en direction de Higginson Park.

– Alors que faisons-nous ici ? demanda Becks.

– Nous sommes à la recherche d'un endroit où Sophia a pu se changer et se débarrasser aussi vite que possible de son déguisement, dit Judith.

Elle se rapprocha d'un petit bloc de toilettes publiques situé au bord du parking, à dix mètres de là.

– Tu crois qu'elle se serait changée dans les toilettes ?

– Elle ne pouvait pas prendre le risque de passer devant le bâtiment et d'y croiser une personne de sa connaissance. À sa place, c'est ici que je serais allée me changer.

Les toilettes étaient composées de six cabines, réparties trois par trois de part et d'autre. Les trois amies les inspectèrent toutes, mais il était impossible de savoir si Sophia s'y était changée ou non.

– Becks ? appela une voix.

Une femme s'approcha.

C'était Marian.

– Que fais-tu donc ici à rôder dans les toilettes ? demanda-t-elle.

– Je vous présente ma belle-mère, Marian, dit Becks pour toute explication.

– Oh ! s'exclama Marian, regardant tour à tour Becks et les toilettes. C'est donc ça que tu appelles « travailler avec la police » ?

– Oui, mais ça ne consiste pas seulement à traîner

autour des sanitaires publics, répondit Becks dans une tentative d'humour qui tomba à plat.

– Ah, tu me rassures ! Et d'ailleurs tu tombes bien, car la boucherie The Meat Hook a appelé. Ils disent qu'ils suspendent le crédit tant que l'ardoise ne sera pas réglée.

The Meat Hook était une boucherie de High Street, excellente mais aussi hors de prix.

– Je n'ai pas de compte à The Meat Hook ! dit Becks, surprise.

– Si, tu en as un ! Je te l'ai ouvert.

– Et depuis, tu achètes chez eux ?

– En fait, précisa Marian tout sourire, techniquement, c'est toi qui achètes, mais… oui.

– Je croyais que tu payais avec ton argent toutes les courses que tu rapportais à la maison.

– Mais tu sais bien que je n'ai pas un rond !

Becks sentit un frisson lui parcourir le dos.

– Attends une minute. Tu as d'autres comptes en ville ?

– Moi ? Non, évidemment !

– C'est bien.

– Mais toi, tu en as !

– Pardon ?

– Seulement chez Mildred, au Strawberry Grove et chez Hunt. Oh ! J'ai aussi déposé des bijoux à faire nettoyer chez Wellington. Ils étaient tout ternis, ça faisait peine à voir. Ils appartenaient à la grand-tante de Colin, je suis sûre qu'il sera ravi de les revoir dans leur splendeur d'origine.

– Tu le lui as demandé ?

– Comme il aimait beaucoup sa grand-tante Jess, je n'ai pas jugé utile de lui en parler.

– Nous ne sommes pas richissimes, tu sais.

– Oh ! Je sais bien, c'est pourquoi j'essaie toujours d'obtenir le meilleur rapport qualité-prix.

– Pourtant, je ne te vois jamais rentrer à la maison avec des sacs Lidl.

Le sourire de Marian se figea. Comme tout le monde, elle savait que le supermarché Waitrose de la ville venait de faire place à un Lidl, beaucoup plus abordable. Mais par une sorte d'atavisme, Marian avait décidé que l'arrivée d'un Lidl à Marlow ne suffisait pas à en faire un sujet de conversation.

– Je croyais que c'était un magasin de chaussures ! hasarda-t-elle enfin.

– Sans blague ! dit Suzie.

– Avec leur logo rigolo, je ne me doutais pas qu'ils vendaient de la nourriture. Eh bien ! On en apprend tous les jours. J'espère que vous allez le pincer, votre assassin ! dit-elle en les quittant précipitamment.

Suzie fut la première à reprendre la parole.

– Tu as vu comme elle s'est enfuie dès que tu as parlé de Lidl ?

Becks demeurait abasourdie.

– C'est vrai, tu as remarqué ?

L'étonnement de Suzie fit place à une décision.

– Oui. Elle mérite la mort, dit-elle.

– Pour ne rien vous cacher, je ne vais plus pouvoir la supporter longtemps.

Judith n'ignorait rien du désarroi de Becks. Elle se souvint de la promesse qu'elle avait faite à son amie de la débarrasser de sa belle-mère. Mais il y avait plus urgent, et en cela Marian avait raison : elles avaient un meurtrier à arrêter.

– Venez, dit-elle, il reste une cabine que nous n'avons pas encore examinée.

Judith ouvrit la dernière porte pour découvrir qu'il n'y avait pas de sanitaire. C'était un placard où étaient rangés des outils de ménage. Judith remarqua, à côté d'un vieux balai à franges, un escabeau de bois posé contre le mur.

– Intéressant ! Un escabeau !

– En quoi est-ce intéressant ? demanda Becks.

Judith leva la main vers le plafond, où se trouvait une trappe fermée par un panneau de bois.

– Si j'étais Sophia et que je doive me changer vite en dissimulant toute preuve, dit Judith, je crois que je me précipiterais dans ce placard, que je retirerais mon déguisement, que je déplierais cet escabeau pour y monter et fourrer mon déguisement dans le grenier avant de refermer la trappe et de ressortir dans mes vêtements ordinaires.

– Tu crois qu'elle a caché son déguisement là-haut ?

– C'est une possibilité. Je ne vois aucun endroit, entre la porte de la cuisine et la façade du bâtiment, qui offre autant de possibilités pour se changer vite fait.

Elles regardèrent la trappe.

– Moi, pas question que je monte, déclara Suzie.

– Et moi, je ne devrais pas avoir à le faire, dit Judith. À mon âge.

Becks soupira.

– D'accord. J'y vais.

– Bien ! dit Suzie, qui déplia l'escabeau d'un coup de pied et le posa directement sous la trappe.

– Tenez-le solidement, vous deux ! exigea Becks. Je ne tiens pas à ce qu'il se renverse.

– Ne t'inquiète pas, on gère, dit Suzie.

– Vous me promettez que vous ne bougerez pas d'ici ?

– Pourquoi ferions-nous une telle chose ? demanda Judith.

– Je ne sais pas. En fait, je crois que vous en êtes toutes les deux capables.

– Je suis très choquée que tu penses ça de nous !

– Moi, j'en serais capable, c'est certain, avoua Suzie.

– Mais nous ne ferions jamais ça à une amie, ajouta Judith.

– Parfaitement ! confirma Suzie.

Becks prit le temps de faire le point sur la situation : elle, la femme du vicaire de Marlow, s'apprêtait à monter dans un grenier de toilettes publiques. *La vie est vraiment imprévisible*, se dit-elle en empoignant les montants de l'escabeau pour amorcer son ascension.

Comme le plafond était assez bas, elle n'eut pas besoin de poser le pied sur la dernière marche pour atteindre le panneau qui recouvrait la trappe du grenier.

– J'espère qu'il n'y a pas de rats ! dit Suzie.

– Je te remercie ! dit Becks, qui avait eu la même pensée.

Elle souleva le panneau, le fit tourner des deux mains et le tendit à Suzie. Elle braqua ensuite le faisceau de lumière de la lampe torche de son téléphone dans le grenier obscur. D'abord, elle ne vit rien.

– Il faut monter encore un peu ! conseilla Judith.

Becks comprit qu'elle ne pourrait pas éviter de monter sur cette dernière marche. Soudain, sa peur d'inspecter un grenier obscur fut éclipsée par celle de tomber de toute la hauteur d'un escabeau.

– T'inquiète pas, on te tient ! assura Suzie, devinant sa frayeur.

Elle escalada une marche. L'escabeau vacilla. Elle agrippa le bord de la trappe de sa main libre.

– Encore une marche, et c'est bon ! dit Judith.

Becks monta enfin sur la dernière marche de l'escabeau, qui se remit à vaciller. Elle se cramponna de toutes ses forces au bord de la trappe tandis que Judith et Suzie le maintenaient.

– Merci ! dit Becks.

– Tu vois quelque chose ? demanda Suzie.

– Attendez… dit Becks en balayant tout cet espace poussiéreux de la lumière de son téléphone. Heureusement pour elle, elle n'y découvrit rien de terrifiant, mais il y avait un sac en plastique plein à craquer.

– Il y a un sac en plastique ! reprit-elle d'un ton morose.

– Qu'est-ce qu'il y a dedans ? demanda Suzie.

– Une minute, je le récupère.

Elle traîna le sac vers la trappe. Il semblait plein d'étoffes.

– Je ne sais pas ce qu'il y a dedans, continua-t-elle, mais il est plein.

– Descends-le !

– OK.

Elle lâcha le sac en veillant à ne pas le faire tomber sur la tête de ses amies.

– Est-ce qu'il y a autre chose ? demanda Judith.

Becks continua de scruter l'obscurité. Il n'y avait plus que quelques crottes de souris et de longs lambeaux de poussière agglomérée.

– Ça alors ! dit-elle.

– Tu as trouvé quelque chose ? demanda Suzie avec enthousiasme.

– Il y a que ça ne me dérange pas, dit Becks tout étonnée.

– De monter sur un escabeau ? demanda Judith.

– Non, toute cette saleté. Cette poussière. Je n'ai même pas envie de nettoyer. Je redescends !

Becks posa le pied sur une marche, se recroquevilla pour garder son équilibre et descendit de l'escabeau. Elle frappa dans ses mains pour éliminer la poussière.

– Étonnant ! se dit-elle devant ce nuage de poussière qui ne l'épouvantait nullement.

– Découvrons maintenant ce qu'il y a dans ce sac, dit Judith.

Elle commença à en tirer une sorte de bandage d'une trentaine de centimètres de largeur.

– C'est curieux de retrouver ça dans un grenier, remarqua Becks.

– Regarde, il y a une épingle à nourrice au bout ! dit Judith ! C'est peut-être ce que nous cherchons.

Une fois déroulé sur le sol, ce bandage mesurait entre un mètre vingt et un mètre cinquante de longueur.

– Tu crois que c'est le tissu qu'elle s'est enroulé autour du corps ? demanda Becks.

– Oui, je crois que c'est exactement ce que tu décris, confirma Judith, qui retira du sac une perruque blonde, puis une fausse barbiche blonde.

– Nous l'avons trouvée ! s'exclama Suzie. La preuve que l'assassin est Sophia.

CHAPITRE 37

Tanika se chargea de récupérer les postiches et le bandage pour les faire analyser.

– Je ne comprends pas comment vous faites, dit-elle. Vraiment pas.

– Nous ne faisons que notre devoir de citoyennes, répondit Judith en souriant.

– Mais je compte sur vous pour ne parler à personne de vos trouvailles, reprit Tanika, qui n'oubliait pas la tendance de Suzie à fanfaronner. Si le labo confirme que ces accessoires ont été portés par Sophia, nous pourrions la faire arrêter. À condition de suivre la procédure correcte.

– Je serai une tombe ! promit Suzie.

Après le départ de Tanika, Suzie déclara :

– Ça s'arrose, non ?

Elle vit Judith plongée dans une profonde réflexion.

– Allez ! insista-t-elle. C'est une réussite totale ! Nous venons de mettre, encore une fois, un assassin derrière les barreaux.

– Peut-être, dit Judith.

– Nous en serons certaines quand la police aura fait son rapport, dit Becks.

– Et si c'était un coup monté pour la faire accuser à la place de quelqu'un d'autre ? dit Judith.

– De qui parles-tu ?

– De Sophia. Il y a dans cette affaire quelque chose qui me chiffonne. Comme lorsque je trouve une définition de mots croisés très réussie, mais qu'un petit mot de trop – une conjonction, un article – empêche d'être tout à fait explicite.

– Qu'est-ce qui peut être plus clair que la culpabilité de Sophia ? demanda Suzie.

– Pourquoi l'aurait-elle tué ?

– Parce que Geoffrey n'a pas voulu d'elle.

– Non, ça, je comprends. Bien sûr, c'est très humiliant pour elle, mais il n'en avait parlé à personne, souvenez-vous !

– Il aurait pu le faire d'un moment à l'autre.

– Tu crois vraiment ? Souviens-toi de ce que Debbie nous a confié : il la conduisait à l'hôpital à chaque rendez-vous sans jamais insister pour qu'elle lui en donne la raison.

– Elle lui avait demandé de ne pas aborder le sujet, dit Becks.

– Je sais, mais toi, tu ferais tous ces kilomètres en voiture sans craquer une seule fois et lui demander de quoi elle souffrait ? Moi, je craquerais. C'est comme la lettre de chantage de Marcus : il l'a gardée chez lui parce que c'était la meilleure chose à faire, et tout porte à croire qu'il n'en a jamais parlé à quiconque. Et quand il a découvert que Jeremy était l'auteur de la lettre, il ne l'a pas dénoncé à la police. Cet homme était la discrétion incarnée. Sophia devait le savoir autant que n'importe qui. J'admets qu'elle s'est humiliée devant lui, mais son secret était bien gardé : il n'en parlerait à personne. Alors pourquoi aurait-elle voulu le tuer ?

– Nous devrions peut-être chercher la preuve que Geoffrey a divulgué le secret de Sophia, proposa Becks.

– Ou peut-être que si elle a l'air d'être l'assassin, c'est parce qu'elle est l'assassin, dit Suzie, qui choisissait toujours la voie de la simplicité.

Judith ressentit soudain un grand besoin de calme pour réfléchir avec toute la clarté nécessaire.

– Je rentre chez moi, annonça-t-elle.

– Carrément ? dit Suzie. Alors que nous sommes en pleine apothéose ?

Mais Judith s'éloignait déjà.

De retour chez elle, elle se rendit dans sa salle d'enquête et étudia les noms de tous les suspects affichés au tableau. Elle n'arrivait pas encore à mettre des mots sur son ressenti ; juste une vague impression que certains éléments de l'enquête ne collaient pas. Cela ne voulait pas forcément dire que Sophia n'était pas l'assassin – qu'elle ait empoisonné Geoffrey restait l'hypothèse la plus vraisemblable –, mais Judith ne parvenait pas à se satisfaire de cette idée. Et quand Judith n'arrivait pas à résoudre une énigme, une seule solution s'offrait à elle : nager.

Une fois dans l'eau fraîche de la Tamise, Judith se trouva libre de suivre le cours de ses pensées tout en nageant à contre-courant. Pouvait-on sérieusement envisager que l'assassin ait cherché à faire accuser Sophia à sa place ? De prime abord, cela paraissait impossible, car il fallait identifier un individu capable à la fois d'assassiner Geoffrey et de faire porter le chapeau à Sophia. Qui pouvait donc les détester tous les deux à ce point ? Judith avait beau passer chaque suspect en revue dans son esprit, aucun ne répondait à ce profil.

Pourtant, il restait une personne capable, selon elle, de faire accuser Sophia d'un meurtre qu'elle n'avait pas commis : son mari. Mais au moment où Judith commençait à réfléchir à la façon dont Paul s'y serait pris, un labrador noir se précipita dans la Tamise, projetant d'énormes éclaboussures sur son passage. Judith regarda plus attentivement : le maître du labrador s'apprêtait à jeter un bâton dans l'eau pour le faire rapporter par son chien. Judith se dit que la discrétion était le principal ingrédient du courage ; elle cessa de nager et laissa le courant la ramener chez elle.

Une fois sortie de l'eau et revêtue de sa cape, Judith prit le chemin de sa maison. Elle s'apprêtait à retirer sa cape quand elle entendit la sonnerie de son téléphone portable. Tanika l'appelait. Encore ruisselante d'eau, elle décrocha.

– Félicitations ! dit Tanika. Nous venons de recevoir les résultats des analyses. La police scientifique a réussi à identifier des dizaines d'empreintes digitales sur le sac en plastique qui contenait le bandage et les postiches : toutes appartiennent à Sophia. Ils ont également trouvé des cheveux humains à l'intérieur de la perruque, et là encore, ils correspondent aussi à l'ADN de Sophia. Judith, tu as réussi haut la main, une nouvelle fois, et je ne sais pas comment te remercier.

– Vous avez retrouvé des cheveux de Sophia dans la perruque ?

– Quelques-uns seulement. Elle a dû les y laisser en la retirant.

Après avoir encore inondé Judith de remerciements, Tanika l'informa qu'elle la tiendrait au courant de tout nouveau développement, puis raccrocha.

Judith essayait de se satisfaire de la situation, mais elle ne parvenait pas à chasser cette impression d'inachevé. Peut-être son caractère devenait-il plus difficile avec l'âge, pensa-t-elle, et il lui déplaisait qu'on lui serve la solution sur un plateau. Mais justement, c'était bien ça le problème ! Cette impression inexplicable qu'on cherchait à lui servir Sophia sur un plateau.

Retrouvant ses vêtements en désordre sur son fauteuil à oreilles préféré, elle pensa d'abord se rhabiller, mais une idée lui vint en premier. Elle reprit sa montre-bracelet et entreprit de l'attacher à son poignet gauche. Judith portait sa montre au poignet gauche, comme tout le monde.

Tout le monde, sauf Debbie Bell.

Elle repensa à leur dernière conversation. Juste avant que Paul les reçoive, Debbie avait regardé l'heure à sa montre, et celle-ci était attachée à son poignet droit. Pourquoi diable ce petit détail venait-il d'émerger dans les pensées de Judith ? Comme il ne pouvait rien avoir de pertinent, elle passa à autre chose et s'appliqua à ajuster le fermoir sur son poignet.

Mais son esprit ne voulait rien savoir. La montre de Debbie possédait une signification, elle en était sûre, mais elle ne voyait pas encore laquelle. Elle suggérait, à tout le moins, que Debbie était gauchère. Mais quelle importance ?

Un autre souvenir, fulgurant celui-ci, lui revint – quelque chose qu'elle avait entendu au cours de l'enquête et qui s'imposait de nouveau à elle. Son esprit résista intensément à l'idée de suivre ce souvenir jusqu'à sa conclusion, tant l'idée était absurde, mais elle se força à passer à l'étape logique suivante.

– Mon Dieu ! murmura-t-elle quand l'évidence de cette réflexion lui apparut. Était-ce possible ?

Judith frémit de tout son corps, mais l'eau froide de la Tamise, dont elle ruisselait toujours, n'y était pour rien. Elle découvrait, un détail après l'autre, l'extrême ingéniosité dont l'assassin avait fait preuve. Ce coup de téléphone de Sophia le matin du meurtre ? Oui, c'était bien Sophia qui avait appelé Alec Miller : il avait identifié sa voix d'après le podcast ; mais la véritable signification de cet instant s'imposa à Judith comme une décharge électrique. Elle se précipita dans sa salle d'enquête, sans s'apercevoir que sa cape venait de tomber sur le parquet.

Devant son tableau, elle détacha la carte du meurtrier présumé, qu'elle venait d'identifier. Est-ce que cela tenait debout ? Oui, indéniablement, même si le stratagème exigeait des sacrifices gigantesques. Mais quand on veut commettre un meurtre, n'est-on pas prêt à tout ?

Sentant que sa décharge d'adrénaline commençait à décliner, Judith entreprit de faire l'inventaire de ce qu'elle avait découvert : pourquoi le câble de la caméra de surveillance du conseil municipal avait été coupé pour que Sophia puisse passer son appel ; pourquoi Sophia devait être en retard à la réunion ; et pourquoi il fallait se servir de l'aconit de son jardin.

Ce qu'elle n'arrivait pas encore à expliquer, c'était la raison de l'assassinat de Geoffrey. Le « pourquoi ». Depuis le début de l'enquête, elles avaient sans cesse buté sur ce problème. Qui voudrait tuer Geoffrey, et pourquoi ? Judith se souvint des mots mêmes de Sophia lors de leur premier entretien : elle n'aurait jamais eu la moindre raison de tuer Geoffrey. C'était un saint, tout le monde s'accordait à le dire.

Et à ce moment précis, Judith comprit.

Aussi inimaginable que cela puisse paraître, c'était précisément parce qu'il était un saint que Geoffrey devait mourir. La révélation était surprenante, mais comment le prouver ? L'assassin avait fait preuve d'une ingéniosité remarquable.

Pourtant, si ingénieux qu'il fût, Judith l'était bien davantage. Elle découvrirait la vérité, même dans une pièce qui était à la fois une salle d'enquête policière et un invraisemblable dépotoir d'archives de presse. Des archives dont Suzie lui avait récemment dit qu'elle devait s'en débarrasser…

Judith contempla les montagnes de papier qui dévoraient la moitié de la pièce, du sol au plafond. Les premières étincelles d'un stratagème apparurent dans son esprit et commencèrent à se mettre en place. Avec ses archives, elle pouvait aider à faire arrêter l'assassin. Pour cela, il fallait créer un événement fictif, lequel impliquerait d'énormes sacrifices de sa part. Mais combien pèse un petit sacrifice sur la balance de la justice ? Et quoi qu'il arrive, demain était un autre jour. L'important était de mettre l'assassin derrière les barreaux.

Debout, seule dans la pièce, Judith, complètement nue, contempla la carte qu'elle tenait à la main. Elle savait désormais que le nom de l'assassin de Geoffrey y était inscrit.

« Je te tiens ! » dit-elle.

Bilan de l'enquête 3

Rien de tel qu'une grille de mots croisés
pour faire le point sur l'enquête !

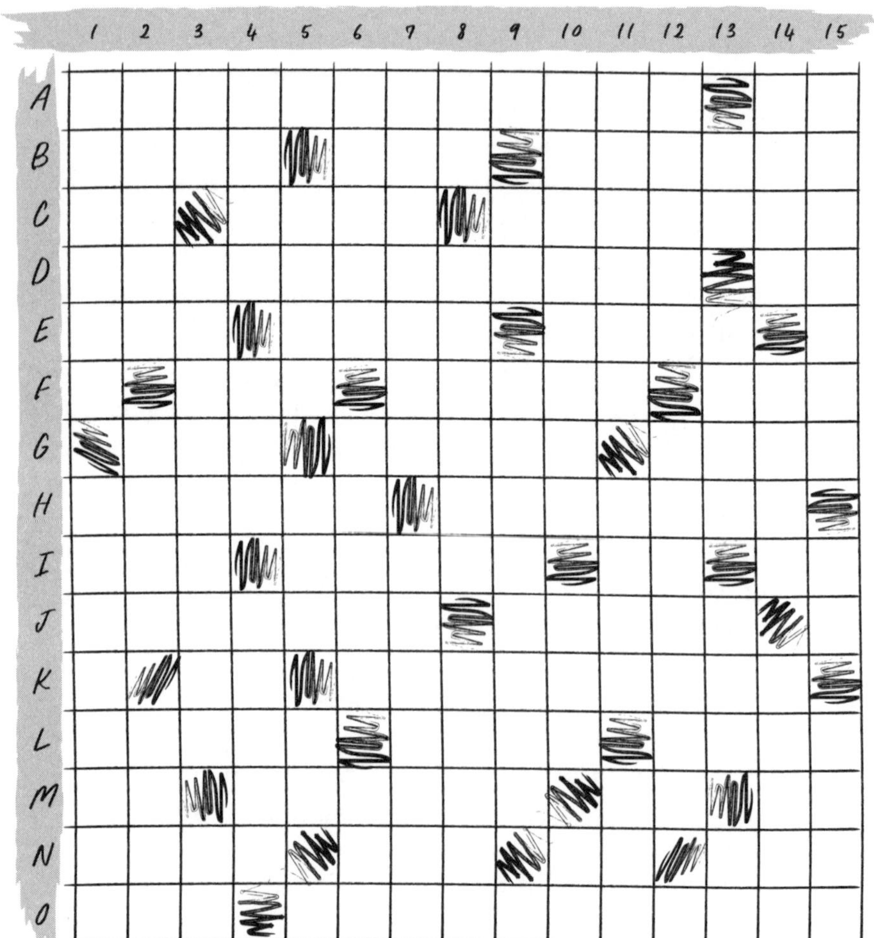

Horizontalement	Verticalement

A. Roman que Marlow Press aurait pu éditer. Marlow Wealth Management en a dans son cabinet. B. Higginson Park ou Station Road. Minéral. Elle fait une drôle de tête à Judith. C. *Id est*. Arbre du pays d'origine de Tanika. Se ... de ses archives serait pour Judith comme une amputation. D. Montant de fausses factures. Sievert. E. Tenta sa chance. Matthew Cartwright y fut expat. Lumière crue. F. Aussi probable que le poison ait été dans le lait. Est-elle dans le pot aux roses ? Grecque. G Tonus. Oxyde d'U. Sophia croit en avoir un, crevé. H. De Bechstein, on les protège. Les Dames le sont au Strawberry Grove Café. I. Siéra. Écrivaine américaine de polars. Incarnes. *You*. J. Forme de tache sous un sein. Elle est douce au jardin de Sophia. K. Survie générale. Alec en est un pétri de bonne conscience, d'après Ian. L. Parfait pour cacher le déguisement. Teddy Bear. Filtre. M. Toutefois. Celui d'aménagement urbain est une scène de crime. À bibi. *The Queen of Poisons*, dans celle de ce roman. N. Fait comme Judith quand elle a besoin de réfléchir. *Donkey* ou *ass*, en anglais. Impayé. Becks en porte un chez Dave, lors de la livraison de junk food. O. Voile débutant le nom du super-héros que Paul prétend avoir vu au cinéma. Judith le sera à vie de Becks et de Suzie, après toutes les aventures qu'elles partagent.

1. Elle réside à trois numéros de Dave. Ce que l'arrêt du développement de Wiley's Field coûtera à Ian. 2. Pas avouées. Cigare cubain qu'apprécierait Paul. Marian ne le change même pas dans son lit. 3. Règle. Elle déborde du classeur de Dave et dans le hangar à bateaux de Sophia. Joe de Biden. 4. La quincaillerie des faux reçus. Mèche en début d'épisode. Irrité par un membre procédurier. 5. Mâle aîné, il est le malaimé. *Isn't it ?* Saint face à Jersey. 6. Bouts de bois. Nulle lettre ne suggère que le conseil en fasse un mauvais de son argent. Île de langue anglaise ou homme dessus. 7. Un autre Sam du roman, dont on aura besoin. Ian en a des dizaines pour son alibi. 8. Accord perdu. Pièce florale de narcisse. Envoyée voir ailleurs. 9. Nazi. Trouver une espèce protégée chez Alec l'était. 10. Filles de Lesbos. Légumineuses. Renfort du oui. 11. Suzie l'est comme une alpiniste. Prépare un piège, comme Jeremy à Marcus. Endroit où Judith punaise les photos de suspects. 12. Muse. S'exprimera avec fureur, comme Ian. 13. Argon. Cachez ce sein de Sophia que Geoffrey ne saurait voir. Paul voulait Sophia et il l'a ..., non ? Antimoine. 14. Éphèse, en version turque. Un quiz ? Marcus en était un de Jeremy dès l'école. 15. La ménopause a embrumé celui de Debbie. Trois sur trois. Une fête touchant l'innocent en plein cœur.

CHAPITRE 38

Plus tard dans l'après-midi, Sophia De Castro arriva au conseil municipal de Marlow. La main sur la poignée de la porte, elle s'arrêta un instant et prit une longue inspiration pour calmer sa nervosité. Ses mensonges lui pesaient – ceux qu'elle avait déjà avoués et ceux qu'elle s'apprêtait à révéler. Mais elle n'avait plus le choix. Elle était allée trop loin, et maintenant, elle se retrouvait prise au piège.

La tête haute, elle entra.

Le long du couloir, elle évita de regarder le câble sectionné de la caméra de sécurité et l'auvent en plastique tout rayé du téléphone public. Elle poussa la porte à deux battants et entra dans la chambre des débats.

Marcus, Jeremy et Debbie étaient déjà assis autour de la table centrale avec Judith Potts, Suzie Harris, Becks Starling et l'inspectrice principale Tanika Malik.

– Vous n'avez pas le droit de nous forcer à faire cela ! grogna Jeremy alors que Sophia prenait place.

– Je crains bien que si, répondit Tanika, et plus tôt vous le ferez, plus vite vous serez sortis d'ici.

– Je refuse de coopérer, dit-il en croisant les bras.

– Qu'est-ce qu'on est venus faire ici ? demanda Sophia, qui connaissait très bien la réponse.

– Une putain de reconstitution de scène de crime ! grommela Jeremy.

– Pas seulement, dit Marcus, mécontent. Apparemment, il faut aussi avouer.

Sophia vit que Debbie, les mains sur les genoux, baissait les yeux.

– Comment ça, « avouer » ? demanda Sophia avec un sourire forcé.

– Chacun d'entre vous à une confession à faire, expliqua Judith d'un ton autoritaire. Mais il est également très important que vous me montriez tous ce que vous avez fait après avoir préparé votre thé ou votre café.

Judith fit un geste vers le comptoir qui séparait la salle de la kitchenette. Le samovar d'eau chaude s'y trouvait avec la machine à expresso, les capsules de café et le coffret de sachets de thé, ouvert.

– Selon vos dépositions, reprit Tanika, Marcus était le premier arrivant, et il s'est fait une tasse de thé. Marcus ?

– Vous tenez vraiment à ce que je le fasse ?

– Pourriez-vous reconstituer votre parcours, s'il vous plaît ?

– Très bien, dit-il en repoussant sa chaise. À mon arrivée, il n'y avait que Suzie et moi. Je suis allé au comptoir et je me suis fait un thé.

Il s'approcha du comptoir, prit une tasse et une soucoupe et jeta un sachet de thé dans la tasse qu'il remplit d'eau chaude. Il ajouta un nuage de lait et retourna s'asseoir.

– Ça va, vous êtes contente ?

– Vos aveux, maintenant, dit Judith.

– Je ne sais pas de quoi vous parlez, rétorqua Marcus.

– Marlow01628, ça ne vous dit rien ? dit Suzie qui n'en pouvait plus d'attendre. Voilà de quoi on parle !

– Ce n'est pas possible ! s'écria Sophia. Cet abominable compte Twitter ?

– Écrit jusqu'au moindre mot par Marcus, déclara fièrement Suzie. C'est d'ailleurs pour ça qu'on vous a fait chanter.

– Non, non, non ! dit Marcus, mais son expression de culpabilité laissait plutôt entendre : « Oui, oui, oui ! »

– Et vous vous êtes rendu la tâche tellement plus difficile en nous mentant à tout bout de champ, même quand ce n'était pas nécessaire.

– Je n'ai rien à voir avec ce compte Twitter.

– Vous avez tort de ne pas le reconnaître, parce que vous êtes suspect dans une affaire de meurtre. Vous savez ce que ça veut dire ? Que Tanika aura le motif pour vous envoyer tout un escadron de police éplucher chaque recoin de votre vie, lancer des mandats de perquisition pour tous vos ordinateurs, votre correspondance, et en plus mettre votre bureau sens dessus dessous. Votre réputation sera réduite à néant avant même qu'on ait pu prouver que vous êtes derrière ce compte.

– Je l'ai supprimé, lâcha Marcus.

– Pardon ?

– La dernière fois que nous nous sommes vus, j'ai eu tellement honte ! J'avais perdu le contrôle de mes actes. Je n'avais même jamais cru à ces trucs que je postais… C'était… c'était tellement enivrant de raconter toujours plus d'horreurs ! Comme une addiction. J'en étais malade, oui, ça me rendait malade de penser au mal que cela pouvait causer. Ces offenses permanentes, c'était comme une drogue. Mais vous pouvez vérifier, j'ai supprimé le compte. J'ai compris la leçon.

Pendant que Marcus disait ces mots, Suzie consulta Twitter sur son téléphone.

– La page affiche « Ce compte a été supprimé ».

– Marcus, je suis très choquée, dit Debbie.

– Pas moi ! clama Jeremy, incapable de contenir sa vantardise. Moi, j'avais tout découvert !

– Il n'y a pas de quoi être fier, lâcha Suzie, parce que le maître chanteur, c'était vous !

Marcus, furieux, se leva d'un bond.

– C'était toi ?

Jeremy soutint le regard de Marcus.

– Oui, c'était moi, dit-il.

Judith perçut, dans cette courte réponse, des décennies de frustration. Celle que Jeremy éprouvait devant le succès de Marcus, celle de son propre sentiment d'inadéquation…

– Pourquoi ? demanda Marcus.

– C'est toi qui es en tort, pas moi ! dit Jeremy avec humeur.

– Oui, je suis en tort, et j'ai supprimé le compte. Mais si c'est un tort, ça n'a rien d'illégal. Le chantage, en revanche, c'est un délit !

– Tu oses dire que ce que j'ai fait est pire que ce que tu as fait ?

– Messieurs ! coupa Debbie. Ce n'est pas le moment.

Jeremy, cessant de fusiller Marcus du regard, s'en prit à Debbie.

– Oh ! Toi, tes aveux, j'ai hâte de les entendre ! jappa-t-il.

Debbie se recroquevilla sur sa chaise.

– Quant à moi, je n'ai enfreint aucune loi ! ajouta Jeremy comme s'il venait de jouer son as.

– Mais si, imbécile ! Bien sûr que tu as enfreint la loi ! dit Marcus.

– Je ne t'ai rien demandé en échange ! Pour qu'il y ait chantage, il faut en tirer un bénéfice, n'est-ce pas ? dit-il en se tournant vers Tanika.

– C'est votre ligne de défense ? dit-elle.

– Je connais mon droit. Marcus peut donner à la police l'une ou l'autre de ces lettres que je lui ai envoyées, et j'admets qu'elles sont menaçantes – et de mauvais goût, j'en conviens aussi –, mais ça ne va pas plus loin. Aucune loi n'a été enfreinte. Et encore moins la législation sur le chantage !

– Tu as toujours été un sale rat, Jeremy, pesta Marcus.

– Il faut bien en être un pour en reconnaître un autre ! dit Jeremy.

Pendant que les deux hommes se fixaient d'un regard meurtrier, Judith se tourna vers Debbie, qui hochait la tête de façon presque imperceptible.

– Excusez-moi, Debbie, mais Jeremy ne s'étant pas fait de thé, il n'a aucune reconstitution à faire. Toutefois, son placement à cette table est intéressant, car il démontre qu'il était hors de portée de Geoffrey et de sa tasse de café. Comme Suzie n'a cessé de le répéter. Maintenant, c'est à vous de raconter votre histoire à vos amis. Mieux vaut le faire maintenant avant que Tanika n'engage les poursuites et que la police découvre le pot aux roses.

Debbie comprit qu'elle n'avait plus le choix. D'une voix hésitante, elle leur raconta que ses hormones avaient fait de sa vie un enfer et lui avaient brouillé l'esprit. Elle avait entrevu une solution pour retrouver la santé. Les autres membres du comité l'écoutèrent respectueusement, mais quand elle révéla qu'elle avait aussi, les deux années suivantes, continué de détourner de l'argent du conseil municipal pour s'acheter des figurines en porcelaine, leur sympathie disparut très vite.

– Eh bien ! On fait une belle équipe ! conclut Marcus avec amertume. Un troll du Net, un maître chanteur et une voleuse.

– Et maintenant, pourriez-vous aller faire votre café ? demanda Becks à Debbie.

– Vous parlez sérieusement ? répondit Debbie en levant les yeux vers elle.

– Oui, c'est très important, dit Judith.

Judith savait que toute cette mise en scène de reconstitution était prévue pour aboutir à ce moment précis. Elle suivit scrupuleusement Debbie du regard quand celle-ci se leva, se rendit devant la machine à café et prit une capsule. Elle essaya de l'insérer dans la machine, mais sans succès.

– C'est bloqué !

– Ne vous inquiétez pas, dit Tanika. Nous avons tenu à reproduire les circonstances exactes du soir du crime, alors j'ai coincé une capsule dans la machine avant votre arrivée. Comme elle était ce soir-là.

– D'accord, dit Debbie.

Elle ouvrit le panneau avant de la machine, libéra la capsule coincée qui chut dans le petit compartiment destiné à cet effet, referma le panneau et inséra sa capsule.

– En quoi est-ce utile, tout ça ? grommela de nouveau Jeremy.

– Debbie est en train de nous révéler qui est l'assassin, commenta Judith.

Debbie prit une tasse, la déposa sous le bec de la machine, appuya sur un bouton et attendit que le café s'écoule. Quand la tasse fut pleine, elle la rapporta à table.

Judith et ses amies échangèrent un bref regard : la théorie de Judith venait d'être validée.

Debbie était bien gauchère.

– Vous êtes la secrétaire du comité ? demanda Tanika.

– Oui, répondit Debbie en s'asseyant, sa tasse à la main.

– Vous preniez donc des notes pendant cette réunion.

– C'est exact.

– Sur un ordinateur ?

– Non, sur du papier, avec un stylo. Je préfère me servir d'un stylo.

– Un stylo dont vous vous servez de la main gauche ? demanda Suzie.

– Oui, confirma Debbie, déconcertée. Je suis gauchère. C'est important ?

– Non, ça n'a aucune importance, dit Judith. Sophia, c'est votre tour.

– Je ne me suis fait ni thé ni café, rappela Sophia.

– Je sais, mais il reste encore vos aveux.

Sophia regarda Judith, puis les autres membres du comité.

– Je suis tombée amoureuse de Geoffrey, dit-elle hâtivement, sans attendre de perdre courage. Il y a des années de cela, quand le scandale des cimetières a éclaté. Geoffrey s'était tellement démené pour m'éviter le déshonneur que j'ai eu le béguin pour lui. Mais ces derniers mois, mon béguin est devenu une obsession. J'ai tenté de le séduire mais il m'a rejetée. Il ne s'est rien passé. D'ailleurs, ajouta-t-elle en se tournant vers Judith, j'ai examiné toute la paperasse que je garde dans mon hangar à bateaux. J'ai découvert que Geoffrey avait réussi à identifier chaque sépulture et qu'il m'avait envoyé un plan exact de toutes les concessions. Je ne m'en étais pas encore rendu compte parce que j'avais mal regardé, mais chaque lieu d'inhumation, en définitive, a été correctement réattribué.

– Merci, dit Judith, mais les informations qui m'intéressent concernent vos sentiments pour Geoffrey ; je ne vais pas vous donner un bon point parce que vos bourdes d'autrefois ont été réparées. Ce que j'aimerais aussi savoir, c'est ce que vous avez fait, le soir de la mort de Geoffrey, entre le moment où vous avez déposé votre voiture au garage Platts et votre arrivée ici.

Sophia fronça les sourcils.

– Je… hésita-t-elle avant de continuer, péniblement : je suis allée me promener.

– Où ?

– Dans la ville, sur le pont, j'ai même fait un tour à l'église. Je tuais le temps. Je ne voulais pas aller à la réunion, revoir Geoffrey pour la première fois depuis qu'il m'avait chassée de chez lui. Je ne tenais surtout pas à arriver avant que ce soit indispensable, et je n'étais même pas sûre de le faire. À la dernière minute, j'ai presque tourné les talons. À la porte du conseil, j'ai failli me dégonfler. Mais je savais qu'il faudrait bien revoir Geoffrey tôt ou tard, alors j'ai pris mon courage à deux mains et je suis entrée dans la chambre des débats. Au moins, j'étais en retard : je savais qu'on entrerait dans le vif du sujet sans bavardage inutile.

– Parfait, dit Judith. C'était tout ce que nous voulions voir et entendre, donc merci à tous de m'avoir rendu ce service. Cependant, vous devez vous demander pourquoi je vous ai fait venir à cette reconstitution, ajouta-t-elle en se déplaçant vers le milieu de la salle.

Le téléphone de Tanika sonna. Elle alla prendre l'appel à l'autre bout de la pièce.

– C'était surtout une sacrée perte de temps ! râla Jeremy.

– Au contraire, dit Judith. Grâce à votre aide, je peux maintenant vous révéler qui a tué Geoffrey Lushington.

Tanika l'interrompit.

– Judith ! C'est ta maison !

– Quoi, ma maison ?

– Elle est en flammes !

– *Comment ?*

– J'ai l'inspecteur Perry au bout du fil. Il dit qu'on vient de signaler un incendie au bord de la Tamise, côté Berkshire. Il dit que c'est ta maison.

Avant que Tanika eût terminé sa phrase, Judith se précipitait dans la kitchenette et, par la sortie de secours, dans Higginson Park. Ses amies, et le comité d'aménagement urbain tout entier, la suivirent.

Au-delà de Higginson Park coulait la Tamise, et à moins d'un kilomètre, de l'autre côté de la chapelle de l'abbaye de Bisham, le ciel était chargé de fumée noire et des flammes orangées apparaissaient juste au-dessus des arbres.

La maison de Judith était en feu.

CHAPITRE

39

L'assassin de Geoffrey Lushington savait qu'avec la nouvelle de la maison de Judith dévorée par les flammes, personne n'irait fouiner du côté de chez Sophia. Il était vêtu de noir de la tête aux pieds, ganté et coiffé d'une cagoule. À pas rapides, il s'avança le long du jardin de Sophia en direction du hangar à bateaux.

Au loin, il entendait les sirènes des camions de pompiers. Il ne put réprimer un sourire. Quand l'inspectrice principale avait annoncé à Judith, devant toute l'assemblée, que sa maison était en flammes, quel grand moment ! Quand tout le monde était sorti pour vérifier, l'état de panique dans lequel s'était trouvée Judith avait été encore plus savoureux. L'imperturbable Judith Potts enfin déstabilisée ! L'inspectrice principale avait conduit Judith et ses amies sur le lieu de l'incendie aussi vite que possible.

L'assassin n'aurait pas pu rêver meilleur timing : il était désormais libre de pénétrer dans le studio d'enregistrement de Sophia pendant que la police, Judith et ses amies, ainsi que tous les services de secours, se trouvaient chez elle, tentant de sauver ce qu'ils pouvaient de la catastrophe. Depuis le jardin de Sophia, il distinguait un faible halo orangé du côté de Marlow où se trouvait la maison de Judith.

Il gravit quatre à quatre les marches de l'escalier du hangar à bateaux et entra dans le studio, se dirigea vers l'échelle qui menait à la mezzanine, l'escalada à toute vitesse et se retrouva parmi les cartons d'archives de Sophia.

Il commença à les ouvrir avec avidité.

C'est alors que quelqu'un toussa. Il s'arrêta net. Il n'y avait pourtant personne d'autre dans cette pièce !

Judith Potts, cachée derrière une pile de cartons, apparut.

– Un bonbon ? dit-elle en souriant.

L'assassin perdit l'équilibre et renversa un carton qui atterrit dans le studio en vomissant ses papiers comme un ivrogne ses tripes.

– Non ? insista Judith en lui tendant une boîte de bonbons anglais. Elle en choisit un et le mit dans sa bouche. D'accord, reprit-elle. Je suppose que vous n'allez rien dire non plus. Évidemment. Vous espérez encore vous en tirer. Vous êtes certainement plus agile que moi et capable de descendre de cette échelle assez vite pour que je ne puisse pas vous poursuivre, et votre identité est bien cachée sous cette cagoule. En fait, et c'est intéressant, vous n'avez aucun signe particulier. Vous êtes, comme nous n'avons cessé de le répéter depuis le début, de taille et de corpulence tout à fait moyennes. Vous pourriez être n'importe qui. Mais vous ne l'êtes pas, bien entendu. Je sais parfaitement qui vous êtes. Alors, si vous voulez, on va jouer à un petit jeu. Après tous vos efforts, il me semble que vous le méritez bien. Car je sais que c'est vous qui avez pris de l'aconit dans le jardin de poisons, juste en dessous. C'est aussi vous qui portiez une perruque blonde et une fausse barbiche dans la kitchenette le soir de la mort de Geoffrey. Et c'est vous, enfin, qui vous êtes arrangé pour que Geoffrey choisisse la capsule de café empoisonnée.

Un éclair passa dans le regard attentif de l'assassin.

– Très bien, commençons. C'est un jeu qui s'appelle *Qui est-ce ?* et mon amie Becks m'y a initiée récemment. Alors, qui a tué Geoffrey Lushington et se trouve devant moi en ce moment ? Logiquement, vous ne pouvez pas être Debbie Bell, Marcus Percival ni Jeremy Wessel. Tous assistaient à la réunion au moment où vous vous trouviez encore dans la cuisine. Mais peut-être êtes-vous Sophia De Castro ? Après tout, tous les indices mènent à elle : après avoir revêtu le déguisement d'un homme blond, elle a assassiné Geoffrey depuis la kitchenette et s'est changée rapidement dans les toilettes voisines avant d'arriver comme par hasard en retard à la réunion, de façon assez convaincante. Mais voici ce qui m'est apparu : Sophia n'est pas plus coupable que les autres. Si les preuves contre elle sont si accablantes, c'est parce que vous avez tout manigancé pour la faire accuser.

L'assassin balança son poids d'un pied sur l'autre.

– Voilà, je viens d'éliminer de la liste des suspects tous les membres du conseil municipal. Il se trouve que par la même occasion, nous avons fini par découvrir que chacun d'entre eux avait un secret, pour certains un terrible secret, mais qu'aucun n'est impliqué dans l'assassinat de Geoffrey. Alors, qui nous reste-t-il ? Nous pouvons déjà éliminer Dave Butler, dont la corpulence ne correspond pas à celle de notre assassin blond – ce que je peux confirmer rien qu'en vous regardant. Il nous reste donc trois personnes. Je ne fais que suivre la logique, vous comprenez. Cependant, nous devons éliminer Alec Miller, parce que si Dave Butler est trop gros, Alec est trop grand. Impossible que vous ne fassiez qu'un. Cela nous laisse deux suspects : Ian Maloney et Paul De Castro.

« Occupons-nous d'abord de Ian. Parce que, pour être honnête, j'ai toujours pensé que ce n'était pas son genre de meurtre. Ian a déjà du sang sur les mains, au sens figuré bien sûr, mais je pense que vous serez d'accord avec moi : s'il devait assassiner quelqu'un, il le ferait de façon beaucoup plus directe. Un braquage qui tourne mal, par exemple, et se termine en carnage. De plus, bien que je ne pense pas que le poison soit une arme exclusivement féminine, ce n'est pas du tout celle de Ian. Ajoutons à cela qu'il a un alibi pour l'heure du crime : il assistait à un concert de jazz. Donc, bien qu'il soit le seul blond naturel de tous et qu'il ait la taille et la corpulence requises, il ne peut pas être notre mystérieux serveur.

« Ce qui nous amène, vous et moi, à un point critique, parce que j'ai apparemment éliminé tout meurtrier potentiel de Geoffrey, sauf un. Quelqu'un qui connaît le jardin de poisons de Sophia et savait où trouver l'aconit dont il avait besoin. Quelqu'un qui traite déjà Sophia avec mépris, qui la soupçonne de le tromper, et qui a beaucoup de mal à maîtriser ses accès de colère. Son mari, Paul.

L'assassin de Geoffrey restait immobile.

– Mais je me pose une question : pourquoi Paul aurait-il voulu tuer Geoffrey pour punir sa femme ? Malgré l'obsession amoureuse que nourrissait Sophia pour Geoffrey, je ne crois pas qu'il ait fait le coup. Pour tout vous dire, quand nous avons interrogé Paul, il était évident qu'il soupçonnait sa femme de lui être infidèle mais il n'avait pas la moindre idée de l'identité de son amant. Quand nous avons évoqué le nom d'un certain Alec Miller, il l'a gobé sans difficulté. Donc, si Paul a pu avoir l'occasion de tuer – son alibi cinématographique est loin d'être solide –, qu'il était de la taille et de la corpulence que nous recherchons, quel aurait été son mobile pour tuer Geoffrey ? Il n'en avait pas, ce qui nous conduit de nouveau dans une impasse. Parce que je n'arrête pas d'éliminer des suspects, et pourtant vous êtes bien là. Qui êtes-vous ?

Judith lui proposa de nouveau un bonbon.

– Vous êtes sûr de ne pas en vouloir un ? Je vous conseille celui à la fraise. Ils ne sont pas aussi caloriques qu'ils en ont l'air – détail important pour vous, n'est-ce pas ? Parce que c'est à cette conclusion que j'en suis arrivée, et j'ai mis beaucoup trop longtemps à découvrir la vérité : l'assassin de Geoffrey Lushington, l'homme qui se tient en ce moment devant moi, est Dave Butler.

L'assassin fit un pas en arrière.

– Oui, Dave, je sais que c'est vous. Vous pouvez retirer votre cagoule. Allez-y, révélez votre véritable identité ! Après tout, votre réussite est si brillante ! Vous avez droit à votre moment de gloire.

Au bout d'un long moment, l'homme leva une main gantée et retira sa cagoule.

Voyant apparaître le visage de Dave Butler, Judith ressentit un bref élan de sympathie, qu'elle étouffa immédiatement. Dave était un assassin, il en méritait les justes conséquences. Elle se contenta de le regarder de la tête aux pieds, admirant son corps svelte.

– Mon Dieu ! Quand je pense qu'il vous a fallu vivre cloîtré pendant une année entière pour perdre tout ce poids ! Quelle persévérance ! Mais vous saviez qu'une fois votre poids cible atteint, vous pourriez accomplir votre projet machiavélique. Vous pourriez tuer sans être reconnu et, à chacune de vos interactions publiques, multiplier les couches de vêtements afin d'avoir l'air aussi corpulent que vous l'étiez auparavant. Après tout, s'il est évident qu'un homme obèse ne peut pas se faire passer pour mince, il est tout à fait possible à un homme mince, avec le rembourrage approprié, de se faire passer pour obèse. Surtout quand l'obésité de cet homme était connue de tous les habitants de Marlow. Votre médecin traitant a dit à la police que vous étiez déjà atteint de cette pathologie quand vous être revenu vivre en Angleterre, et même qu'elle s'est aggravée depuis. Sophia l'a également confirmé, ainsi que vos voisins. Mais la société est dure pour les obèses, n'est-ce pas ? Elle ne se demande pas si telle personne est intelligente, rusée ou compatissante, non : elle est grosse, point à la ligne, la société a rendu son verdict. Elle ne voit en cet individu que son obésité, c'est son signe distinctif et le seul qu'elle aura jamais.

« Et mes amies et moi, nous sommes tombées dans votre piège. Quand nous sommes venues vous voir pour la première fois, nous n'avons rien vu d'autre que le poids que vous paraissiez avoir. Pourtant, j'ai trouvé à cette occasion que votre visage avait l'air beaucoup plus jeune que le reste de votre personne. Oui, plus jeune ! J'aurais dû me rendre compte que ce visage semblait plus fin que le reste de votre corps. Pardonnez ma curiosité, mais comment faisiez-vous pour vous étoffer à ce point ? Porter vos vieux vêtements devait déjà être un moyen de poser un repère. Mais peu importe : des serviettes de toilette autour de la taille et des cuisses, de nombreuses couches de vêtements superposées, il y avait plus d'un moyen d'y arriver.

« Cependant, la triste vérité, c'est que nous avons toutes vu ce que nous étions censées voir, et la vision de toutes ces nourritures grasses qu'on vous livrait à domicile ne faisait que rendre la chose encore plus crédible. Bien sûr que vous deviez manger gras ! Si vous commandiez toute cette junk food, ce n'était pas par addiction, c'était parce que vous aviez tué Geoffrey alors que vous étiez mince et que vous deviez reprendre aussi vite que possible les kilos que vous aviez perdus. Et bien sûr, vous avez continué à vous faire passer pour obèse et impotent les quelques fois où vous avez dû sortir de chez vous, pour me passer vos coups de fil anonymes par exemple. C'était vraiment futé, et tellement simple ! Quand nous vous avons vu, sur la vidéo de la caméra de surveillance de l'église, jamais nous n'avons pensé à remettre en cause votre obésité.

Dave interrompit Judith en lâchant :
– Qu'est-ce que vous faites ?
– C'est évident, non ? Je vous explique comment vous avez tué Geoffrey.
– Mais votre maison est en flammes !
– Ah, oui, je comprends le sens de votre question.
– Pourquoi n'êtes-vous pas allée voir ce qui pouvait encore être sauvé ?
– Oh ! dit-elle avec un geste désinvolte, que valent nos possessions terrestres comparées à la justice ? Vous avez tué Geoffrey, il fallait vous arrêter !
– Je ne comprends pas. Comment saviez-vous que je serais ici ?
– Ce n'est pas la bonne question.
– Comment ça, « ce n'est pas la bonne question » ?
– La bonne question est la suivante : pourquoi êtes-vous venu ici, dans le hangar à bateaux de Sophia ? Question rhétorique, notez bien, parce que je connais la réponse. Voyez-vous, votre plan était parfaitement huilé mais vous avez commis une seule erreur. Lors de notre première conversation, nous avons parlé de Debbie Bell, et vous l'avez qualifiée de « sinistre ». Je vous ai demandé pourquoi vous aviez choisi ce mot, et vous m'avez répondu que c'était pour plaisanter. Mais ce n'est pas un mot ordinaire, et ça n'avait rien d'une blague. C'est un terme très spécifique. « Sinistre » possède un autre sens, vous le savez. Quiconque fait des mots croisés le sait. En latin, cela veut dire « gauche ». Au Moyen Âge, être gaucher était considéré comme une malédiction, et c'est ainsi que le mot « sinistre » est devenu synonyme de « mal ». À ce moment, j'ai considéré votre usage du mot comme une bizarrerie, rien de plus.

« Quand j'ai remarqué que Debbie portait sa montre au poignet gauche – ce qui suggérait qu'elle était gauchère –, j'ai commencé à entrevoir le rapport, mais de façon ténue. Et plus tard, quand je me suis souvenue de votre emploi du mot « sinistre » pour la décrire, je me suis demandé si vous vouliez dire en réalité qu'elle était gauchère. Mais comment l'auriez-vous su ? Quand j'ai montré votre photo à Debbie, elle m'a dit qu'elle ne vous avait jamais vu de sa vie. Et quand bien même vous vous seriez déjà rencontrés, pourquoi auriez-vous uniquement retenu d'elle qu'elle était gauchère ? Alors j'ai suivi cette piste et je me suis souvenue qu'elle était la secrétaire du comité d'aménagement urbain. Donc, elle prenait ses notes et tenait sa tasse de café de la main gauche. Encore une fois, pourquoi retenir ce détail ? Vous n'aviez jamais assisté à une réunion du comité d'aménagement, sinon d'autres membres de ce comité vous auraient reconnu quand nous leur avons montré votre photo.

« Et c'est là que j'ai eu une idée surprenante. Nous avons toujours su que quelqu'un avait désactivé la caméra de surveillance à l'entrée du conseil municipal. Et si cette même personne avait également installé une caméra dans la chambre des débats ? Cela n'aurait rien de sorcier pour un informaticien, surtout pour le directeur d'une entreprise de services informatiques. C'est-à-dire vous. Une petite caméra cachée derrière quelques livres ou sur une étagère, connectée en permanence à votre ordinateur, était un bon moyen d'apprendre que Debbie est « sinistre », si vous avez assisté par caméra interposée à cette réunion du comité.

– Rien n'est vrai dans ce que vous dites !

– Oh, si ! Tout est bien vrai, comme Tanika et son équipe le prouveront en temps voulu. Parce que cette caméra est encore dans la chambre des débats, je me trompe ? Bien sûr qu'elle y est. Comment auriez-vous pu accéder à cette pièce après le meurtre ? C'est pourquoi, désolée de vous le dire, j'ai organisé cette fausse reconstitution de scène de crime il y a quelques heures. J'avais deviné que dès l'arrivée de la police et du comité d'aménagement, les capteurs de mouvement de la caméra vous signaleraient qu'il se passait quelque chose et que vous surveilleriez l'action avec attention. C'est pourquoi j'ai décidé de tendre un piège.

– Quel piège ?

– Le piège dans lequel vous êtes si bien tombé, Dave. Le piège qui vous a poussé à venir ici et à vous révéler. Mais d'abord, si je vous racontais comment vous avez tué Geoffrey Lushington ?

CHAPITRE

40

– Votre plan était méticuleusement préparé, continua Judith. Comme je l'ai dit, toute l'année passée, vous êtes resté chez vous en cherchant à perdre le plus de poids possible. Ensuite, vous avez acheté une perruque blonde et une barbiche postiche – sur Internet, j'en suis sûre. J'imagine que quand on est féru d'informatique comme vous l'êtes, on n'a aucun mal à se créer un compte dont la police ne retrouvera pas la trace.

« Ensuite, il fallait trouver le poison – un jeu d'enfant. Sophia évoque souvent son jardin de poisons sur son podcast. Vous avez donc pris le risque de sortir, probablement en pleine nuit, mais était-ce vraiment si risqué ? Si quelqu'un vous avait aperçu, personne n'aurait reconnu votre nouvelle silhouette, plus mince. Vous avez arraché un ou deux plants d'aconit, mais vous ne vous êtes pas arrêté là. Sophia prend aussi des cheveux sur sa brosse pour en entourer ses plantes, afin d'éloigner les limaces. Vous en avez donc prélevé quelques-uns. De plus, elle se sert de sacs en plastique pour protéger les plantes du gel : il ne vous a fallu que quelques secondes pour en prendre un. Vous aviez désormais votre arme du crime, avec quelques accessoires supplémentaires.

« Prochaine étape ? Continuons à nous intéresser à cet échantillon de cheveux et à ce sac en plastique. Vous aviez l'intention de faire croire à la police que Sophia était l'assassin. Il vous fallait, pour cela, créer une histoire. Vous avez donc fait un repérage autour du conseil municipal, à la recherche d'un lieu où Sophia pourrait s'être débarrassée de son déguisement, et vous avez choisi les toilettes publiques juste à côté de la chambre des débats. Mieux encore : vous vous êtes aperçu que le petit local d'entretien donnait accès à des combles. Pour votre plan, c'était idéal !

« Et maintenant, nous en arrivons au jour du meurtre. Ce matin-là, vous vous êtes rendu au conseil municipal. Portiez-vous déjà votre déguisement ?

Dave ne répondit pas.

– Oui, vous le portiez, j'imagine. C'est ce que j'aurais fait. Vous avez commencé par sectionner le câble de la caméra de sécurité afin de ne laisser aucune trace de ce qui allait suivre : d'abord, vous vous êtes introduit dans la chambre des débats et vous y avez cherché un bon emplacement pour dissimuler votre caméra. Rien de compliqué non plus : en dehors des réunions, cette salle est inoccupée et il s'y trouve beaucoup d'étagères, de dossiers et de vieux matériel, plus qu'il n'est nécessaire pour dissimuler un minuscule objet. Autrement dit, un jeu d'enfant pour un spécialiste de l'informatique.

« C'est ensuite que vous avez fait preuve d'une ingéniosité remarquable. Nous savons qu'Alec Miller, le serveur habituel, s'est vu remercié pour la soirée. Mais comment y arriver sans vous impliquer ? Et mieux encore : en impliquant Sophia ? J'ai séché sur cette question pendant pas mal de temps, car c'est bel et bien Sophia qui a appelé Alec Miller ; il a reconnu sa voix dans l'un de ses podcasts. C'est ce détail qui m'a suggéré la réponse ! Je crois que vous avez téléchargé un podcast de Sophia, puis que vous vous êtes servi de vos talents d'informaticien pour faire un petit montage de quelques mots et phrases et obtenir un tout nouveau message, où elle lui disait que sa présence n'était pas requise ce soir-là. Est-ce que je me trompe ?

« Quand nous l'avons vu, Alec a mentionné que Sophia lui avait parlé de manière brusque avant de lui raccrocher au nez. Bien sûr qu'elle était brusque, vous ne disposiez pas d'une infinité de phrases à lui faire prononcer ! Et ce matin-là, au conseil municipal, vous avez appelé Alec, vous lui avez passé l'enregistrement de la voix de Sophia, puis vous avez raccroché. Mission accomplie !

« Et maintenant, l'appoggiature ! Le pneu crevé de la voiture de Sophia. Je crois que vous aviez compris que vous ne risquiez pas grand-chose à venir, sous un déguisement, servir les boissons à la réunion du soir. Après tout, les membres du comité ne vous connaissaient pas. S'ils s'étaient rendu compte de l'absence d'Alec, rien ne vous empêchait de prétexter un congé ou éluder la question. Qu'ils aient interagi avec vous ou non, vous vous seriez de toute façon assuré que Geoffrey choisisse bien la capsule empoisonnée avant de vous éclipser. D'ailleurs, aucun des membres du comité n'a remarqué votre présence, ce qui en dit long sur leur considération pour le personnel de service, mais c'est ainsi.

« Cependant, si la presque totalité de ce comité ne vous avait jamais rencontré auparavant, ce n'était pas le cas de Sophia. Vous l'aviez aidée à équiper son studio ici même, dans son hangar à bateaux. Comme vous étiez décidé à lui faire porter le chapeau, vous ne pouviez pas risquer qu'elle vous reconnaisse, c'est pourquoi vous avez dégonflé un pneu de sa voiture. Vous espériez la retarder suffisamment pour vous laisser le temps d'exécuter votre plan et de partir avant qu'elle n'arrive. C'est la seule partie de votre plan qui n'a pas complètement fonctionné, car le garage Platts a résolu le problème beaucoup plus vite que prévu. Heureusement pour vous, Sophia était si anxieuse à l'idée de revoir Geoffrey – et cela, vous ne pouviez pas le savoir – qu'elle avait prévu d'elle-même d'arriver en retard à la réunion. Par conséquent, et conformément à ce que vous espériez, vous avez réussi à empoisonner la capsule de Geoffrey et à partir par la sortie de secours avant l'arrivée de la seule personne qui aurait pu vous reconnaître.

« Et c'est là que réside toute l'ingéniosité de votre plan : de votre déguisement à la création de faux indices et de la caméra cachée au montage de la voix de Sophia jusqu'au pneu dégonflé de sa voiture, vous n'avez en réalité commis aucun crime susceptible d'intéresser la police. Si n'importe quel élément de ce plan échouait, vous pouviez encore renoncer temporairement à tuer Geoffrey, quitte à en élaborer un autre plus tard. Mais tout s'est déroulé comme sur des roulettes, n'est-ce pas ? Sophia n'est pas arrivée à temps pour vous reconnaître, vous avez semé tous les petits cailloux dont la police aurait besoin plus tard pour l'incriminer. Même quand nous avons découvert votre existence, vous avez commis un acte d'une grande audace : nous inviter à revenir pour nous dire à quel point le caractère de Sophia était violent. Ce qui était faux, j'en suis sûre, mais vous vous assuriez ainsi que la police commence à braquer son projecteur sur Sophia comme vous le désiriez. Dites-moi si je fais fausse route.

Pour toute réponse, Dave la fusilla du regard.

« Voilà donc le "qui" et le "comment" de ce crime. Pourtant, il vous restait une dernière tâche à accomplir après le meurtre. Peut-être plus tard dans la soirée, ou les jours suivants, vous avez repris votre déguisement. Vous vous êtes assuré qu'il ne s'y trouvait aucun de vos cheveux ou tout autre indice qui permettrait de vous identifier. Alors, vous avez mis dans la perruque quelques cheveux de Sophia, prélevés dans son jardin de poisons, et vous avez fourré le tout dans le sac en plastique d'où il provenait également, en ajoutant des bandes de crêpe pour faire croire qu'elle s'en était servie pour dissimuler ses formes. Ensuite, vous l'avez déposé dans le petit grenier des toilettes publiques – un exploit, je m'empresse d'ajouter, dont vous n'auriez pas été capable il y a un an, quand vous aviez encore tous ces kilos en trop. Mais tel que vous êtes aujourd'hui, vous avez pu le faire sans aucun problème.

« Et maintenant, venons-en au "pourquoi". Voyez-vous, l'histoire de votre vie est tragique, même si elle n'excuse pas vos actes. Mais de même qu'il fallait découvrir votre poids actuel pour comprendre comment vous avez procédé, cet élément est également la clé qui explique pourquoi vous avez tué Geoffrey.

« Tous vos problèmes remontent à la mort de votre mère, n'est-ce pas ? Au début de votre adolescence, vous viviez heureux, et voilà qu'elle tombe malade et meurt. Pour n'importe quel enfant, c'est une épreuve déchirante. Mais votre père rencontre une autre femme, l'épouse presque immédiatement et vous arrache à Marlow pour vous traîner en Amérique et y commencer une nouvelle vie. J'ai de la compassion pour vous, cela a dû être terrible. Tout d'un coup, vous héritez d'une belle-mère et vous devez vous adapter à une nouvelle culture, et si je voulais jouer au psychologue à deux sous, je dirais que vous avez anesthésié un peu de votre souffrance par la nourriture. Je devine aussi que vous vous êtes réfugié dans la lecture ; j'ai fait la même chose à votre âge. Mais moi, c'était plutôt *Malory School* d'Enid Blyton, tandis que vous, c'était la science-fiction.

« Quoi qu'il en soit, il est clair que votre adolescence n'a pas été heureuse. Dès vos dix-huit ans, vous avez plaqué votre père et l'Amérique pour revenir à Marlow, imaginant sans doute que votre vie allait reprendre son cours. Mais voici la triste vérité : on ne s'éloigne jamais de sa souffrance. Elle voyage avec nous.

Judith eut un sourire triste. Il lui fallut un petit moment pour se ressaisir.

– Vous êtes revenu ici avec des rêves plein la tête : écrire un roman de science-fiction et devenir célèbre. Mais Geoffrey n'a pas aimé votre manuscrit. Il vous a rejeté. Et je suis certaine qu'il n'a pas cherché à influencer les autres éditeurs, ainsi que vous le soupçonniez : quand un éditeur compétent comme Geoffrey vous dit non, il n'y a rien d'étonnant à ce que tous les autres en fassent autant.

« Ce rejet vous a atteint en plein cœur. Et c'est peut-être à ce moment que votre propension à la réclusion a commencé à refaire surface. Croyez-moi, je connais très bien ce processus. On perd toute notion de sociabilité, de confiance en soi. La vie nous paraît tellement plus facile quand on peut la contrôler, et pour vous assurer d'avoir toujours ce contrôle, vous ne sortiez plus. Vous n'étiez pas plus heureux à Marlow qu'ailleurs, votre roman n'intéressait personne, et pour gagner votre vie, vous deviez diriger une boîte d'informatique qui vous ennuyait à mourir. Je pense, cependant, que tous vos malheurs prennent leur origine dans la perte de votre mère et dans le fait que vous n'avez pas eu de réelle occasion de lui dire adieu. J'y viens dans quelques instants.

« Votre colère et votre déception se sont cristallisées autour de Geoffrey et sur le sentiment d'exclusion qu'il vous a fait ressentir. Voilà la raison de toutes ces lettres que vous avez écrites au conseil municipal. Elles n'étaient pas offensantes comme les tweets de Marcus Percival, ni anonymes comme les lettres de chantage de Jeremy, et encore moins illégales comme l'escroquerie de Debbie, mais elles n'étaient pas anodines. Elles ont pourtant eu une conséquence inattendue, celle de maintenir votre nom dans la mémoire de Geoffrey, qui, un jour, a décidé d'épousseter le manuscrit que vous lui aviez envoyé des années auparavant. Et, ironie du sort, la Grande-Bretagne est aujourd'hui plus chaude et plus humide : il l'a relu et il lui a trouvé une résonance différente.

– Il disait que c'était un chef-d'œuvre.

– Ce qui rend votre crime encore plus déchirant de tristesse. Mais il est vrai que, si vous aviez perdu depuis des années l'espoir de faire éditer votre roman, vous n'aviez pas encore perdu celui de retrouver le responsable de la perte de votre mère.

– Qu'entendez-vous par « perte » ?

– Vous le savez très bien. C'est la raison pour laquelle vous avez tué Geoffrey. Non seulement cela, mais Sophia devait aussi en être incriminée. Ils devaient être punis, tous les deux.

Judith attendit que Dave prît la parole, mais il garda un silence attentif.

– Très bien. Voici pourquoi vous avez tué : quand votre mère est morte, Sophia régissait l'organisation des cimetières locaux. Le mari de Becks, Colin, nous a appris que la plupart des erreurs d'attribution de sépulture ont été réparées par la suite ; toutes, sauf une : celle d'une personne dont la tombe n'a jamais été retrouvée. Celle de votre mère, n'est-ce pas ?

Dave n'osait plus faire un geste.

– J'imagine très bien l'horreur de ne pas savoir où se trouve la tombe de la personne la plus importante de votre vie, votre mère. De ne pas pouvoir lui rendre visite, se recueillir en sa présence. Il y a de quoi en devenir fou de douleur. Surtout quand on est déjà plein d'amertume, comme vous. Et vous ne pouviez blâmer personne, du moins pas précisément. Tout ce que vous saviez alors, c'était que Geoffrey Lushington présidait le sous-comité qui avait plongé toutes ces sépultures dans une confusion totale. La première fois que nous sommes venues chez vous, vous avez dit quelque chose de très intéressant : quand vous avez enfin rencontré Geoffrey, celui-ci, pour vous prouver qu'il était de votre côté, a admis que tous vos reproches au conseil municipal étaient justifiés. "Tous, et plus encore", vous a-t-il dit. À ce moment, j'ai senti que vous craigniez d'en avoir trop dit et j'ai mis cela sur le compte de votre introversion, mais si vous vous êtes refermé comme une huître, c'était en réalité parce que vous veniez de faire une déclaration potentiellement dangereuse. Le "plus encore" faisait allusion à Sophia et à ses erreurs, n'est-ce pas ? Et ce pauvre Geoffrey ne s'est pas rendu compte qu'il venait de signer son arrêt de mort.

« Toute votre souffrance provenait de là. Sophia était coupable d'avoir emmêlé les concessions du cimetière et de ne pas avoir rédigé des comptes rendus en bonne et due forme. Mais vous ne la teniez pas pour unique responsable. Ainsi que Geoffrey fut le premier à l'admettre, c'était lui qui avait confié cette responsabilité à Sophia. Ils étaient donc tous les deux coupables mais, selon vous, surtout Sophia. Cela s'est-il passé avant ou après votre rencontre, lorsque vous avez équipé son studio de podcasts ? Je ne pense pas que vous allez me le dire, mais cette commande venait-elle de Sophia en personne ou est-ce vous qui l'avez incitée à vous confier ce travail ? J'ai toujours eu du mal à croire qu'une personne du poids que vous aviez à l'époque aurait accepté un job qui exigeait de descendre d'une colline et de monter un escalier. Mais quand vous vous êtes retrouvé seul dans ce studio, vous avez pu fouiller dans les papiers qui s'y trouvaient.

Judith désigna les cartons entassés sur la mezzanine.

– Mais vous n'avez pas trouvé ce que vous cherchiez,

à savoir l'emplacement précis de la tombe de votre mère. Cela vous aurait libéré de vos tourments.

« C'est à ce moment, je crois, que vous vous êtes dit que la mort serait un sort trop clément pour Sophia. De même que vous estimiez purger une peine de douleur à perpétuité, vous espériez lui infliger la même chose.

« Arrivée à ce point final, je vous dois des excuses. Quand j'ai enfin reconstitué la façon dont vous aviez commis votre crime ainsi que les raisons qui l'ont motivé, j'ai compris que je devais trouver un moyen pour vous obliger à vous démasquer. Mais lequel ? Là était la question. J'avais tout de même une longueur d'avance sur vous en devinant que vous aviez caché une caméra dans la chambre des débats. J'ai donc réfléchi à un moyen de l'utiliser contre vous, et j'ai réuni tout le comité d'aménagement urbain cet après-midi, sachant que vous regarderiez. Tout ce que j'avais à faire, au préalable, était de demander à Sophia de mentionner qu'elle avait enfin retrouvé les documents prouvant que toutes les sépultures avaient été correctement réattribuées, et que ces documents étaient dans son hangar à bateaux. C'était un piège, j'en suis désolée, mais je savais qu'il vous inciterait à cambrioler son hangar à la première occasion, et c'est pourquoi j'ai allumé ce feu chez moi.

– *Vous* avez allumé le feu chez vous ?

– Je vous l'ai dit : j'avais un assassin à pincer. Et je savais que si vous trouviez l'occasion de mettre la main sur le document certifiant l'emplacement de la tombe de votre mère, ce serait pour vous une tentation irrésistible. Certain que la police, mes amies et moi serions toutes désespérément en train d'essayer de sauver la maison : vous n'aviez qu'à vous glisser ici par une fenêtre pour savoir enfin où votre mère repose de son dernier sommeil.

– Alors c'était un mensonge ? demanda Dave.

– Oui, je le crains.

– Ce document n'existe pas ?

– Non. Un jour, on arrivera peut-être à localiser sa sépulture, mais la réponse que vous cherchez n'est pas dans ce loft.

Pendant qu'elle disait ces mots, Tanika pénétra dans le studio à l'étage inférieur, accompagnée de deux policiers. Alors que l'un d'eux montait à l'échelle pour atteindre la mezzanine, Dave s'effondra, le visage plein de larmes.

– Je suis désolée de vous avoir menti, Dave, mais vous êtes coupable de tout cela. Parce que Geoffrey Lushington était un homme bien, qui n'avait jamais fait de mal à personne de toute sa vie. Vous méritez d'être emprisonné très, très longtemps.

Le policier passa les menottes à Dave.

Il n'opposa aucune résistance.

CHAPITRE 41

Dès qu'une voiture de police eut emmené Dave au commissariat de Maidenhead, Tanika reconduisit Judith chez elle à toute vitesse. Les nuages de fumée au-dessus de sa maison reflétaient la lueur orange des flammes – une épaisse fumée noire s'élevait encore dans le ciel. À leur arrivée, elles découvrirent une scène apocalyptique : camions de pompiers, tuyaux traînés dans l'allée carrossable, pompiers aux visages noirs de suie, consacrant toute leur énergie à maîtriser les flammes.

Suzie et Becks se tenaient prudemment à distance de l'autre côté de la rue, à côté du van de Suzie. Voyant arriver Judith, elles accoururent.

– Ça y est, tu le tiens ? lui cria Suzie.

– Elle le tient, et solidement ! dit Tanika. Tout s'est exactement déroulé comme Judith l'avait prévu.

– Il est passé aux aveux ? demanda Becks.

– Pas encore, répondit Tanika, mais il le fera en temps voulu. Il n'a pas d'autre choix.

– Je n'arrive toujours pas à y croire. Il avait minci à ce point-là ?

– Oui, dit Judith. Comment ça se passe, ici ?

– Très mal, avoua Becks. Les pompiers sont furieux. Ils disent que l'incendie aurait pu s'étendre à la forêt.

– N'importe quoi ! dit Judith. Après l'hiver humide qu'on a eu !

Un pompier casqué de blanc vint voir Tanika.

– Êtes-vous l'inspectrice principale ? demanda-t-il.

– Oui, c'est moi.

– Il semble que l'incendie ait été allumé volontairement.

– Je vous le confirme, reconnut Judith.

– Vous savez ça, vous ?

– Oh ! Oui, parce que c'est moi qui l'ai allumé.

– Vous l'avouez ?

– Je suis chez moi ici, je peux y faire ce que je veux, y compris y allumer des feux. Dans ce cas, j'admets être désolée que les choses aient un peu dérapé.

Le pompier ne savait que répondre.

– Ne vous inquiétez pas, dit Tanika, je vous expliquerai plus tard.

– On pourrait voir de plus près ? demanda Suzie.

– Bien sûr ! répondit le pompier, qui pensait que ce monde était devenu complètement fou. Faites le tour du jardin, vous aurez une meilleure vue.

– Merci ! dit Judith.

Elles commencèrent à traverser les herbes hautes qui bordaient l'allée. Arrivées à l'angle du jardin, elles regardèrent en direction de la rivière et virent que le feu faisait encore rage. *C'est magnifique*, se dit Judith, qui avait toujours apprécié contempler un bon feu. Elle savait aussi qu'elle venait de brûler une partie de sa vie qui disparaîtrait à jamais. Becks, percevant la tristesse de son amie, prit sa main et la serra pour la rassurer. Judith ressentit une énorme gratitude envers ses deux meilleures amies alors que les flammes s'élevaient, furieuses, comme si elles avaient voulu manger le ciel.

– Y avait-il un risque pour la maison ? demanda Suzie en regardant le manoir, intact, à une quinzaine de mètres.

Judith n'avait pas mis le feu à sa maison, bien entendu. Elle l'adorait. Ce feu qu'elles avaient, toutes les trois, passé l'après-midi entier à préparer était fait de tous les vieux journaux, périodiques et magazines que contenaient les archives secrètes de Judith accumulées depuis quarante ans.

– Non, le vent va dans la bonne direction, répondit Judith. Mais je suis contente que le hangar à bateaux ait survécu. J'avais un peu peur que du papier enflammé tombe sur son toit et y mette le feu.

Le travail avait été exténuant, nécessitant des dizaines d'allers et retours pour charger des brouettes de papier sec comme de la poussière, mais Judith n'avait pas flanché. Pour que son plan soit efficace, il fallait que de Marlow, et notamment de chez Dave, on eût la réelle impression que sa maison était en flammes. Ce feu devait être aussi monumental que possible. Dave, qui surveillait la chambre des débats à l'aide de sa caméra, verrait ainsi Tanika recevoir l'appel téléphonique l'informant d'un incendie chez Judith et irait à sa porte pour constater que l'incendie était bien réel.

– Il y a un truc que je ne comprends toujours pas, ajouta Suzie. Pourquoi t'a-t-il passé ces coups de fil anonymes ?

– Je crois en comprendre la raison, dit Judith. Comme il avait écrit toutes ces lettres au conseil municipal, j'imagine qu'il s'attendait à se retrouver un jour ou l'autre sous les radars de la police. Ces appels étaient en quelque sorte son assurance. S'il venait à être accusé de meurtre par la police – ou par nous –, il pouvait répondre qu'il avait tenté de nous aider à arrêter l'assassin en nous donnant des indices.

– Ce qu'il a réellement fait, fit remarquer Becks.

– Cela explique les appels anonymes. Il ne tenait pas à être repéré, mais si cela se produisait, il comptait rappeler qu'il avait cherché à nous aider dès le début.

– Cela, il l'a fait aussi, dit Becks. Mais je n'arrive toujours pas à croire à sa culpabilité. Geoffrey n'a fait qu'aider Sophia à couvrir son erreur. Son assassinat n'était donc qu'un détail, un pion parmi d'autres dans le plan de Dave pour nuire à Sophia ? Cet homme est le mal à l'état pur !

– Je croyais que seule ta belle-mère incarnait le mal à l'état pur à tes yeux, dit Suzie avec un regard taquin.

– Pitié ! La soirée commençait si bien.

– En fait, dit Judith, j'ai un plan pour chasser Marian de ta maison. Les résultats ne viendront pas du jour au lendemain, mais c'est une petite étincelle qui peut être le début d'un grand feu – pardonne-moi cette allusion, ajouta-t-elle en faisant un petit signe du menton vers les flammes qui s'élevaient encore au fond de son jardin.

– Quand as-tu eu le temps d'élaborer ce plan ?

– Parfois, les étoiles s'alignent, déclara Judith, et parfois aussi, il faut les aider à s'aligner correctement.

Suzie et Becks sourirent. Elles ne connaissaient

qu'une personne dotée du pouvoir d'aligner les étoiles : son nom était Judith Potts.

Le lendemain matin, une Jaguar deux-places décapotable rutilante se gara devant le café Cooper. Un bel homme qui approchait des quatre-vingts ans en sortit. Il était grand, aux cheveux gris et épais. Ses richelieus marron, son pantalon en velours côtelé et sa veste sport lui donnaient l'air d'une star de cinéma des années cinquante.

En passant la porte du café, il sourit. Judith avait bien choisi leur lieu de rendez-vous. La salle, très animée, résonnait des conversations des clients. L'endroit n'avait rien de guindé. C'était ainsi qu'il se rappelait Judith. Il ajusta l'œillet blanc qu'il portait à la boutonnière.

– Bonjour monsieur, puis-je vous aider ? s'enquit un jeune serveur.

– Je cherche une amie, répondit l'homme. Une vieille amie.

Il inspecta toutes les tables avec un étonnement croissant : Judith n'y était pas. Lui avait-elle posé un lapin ?

C'est alors qu'il la vit.

Ou plutôt qu'il distingua une femme assez âgée, assise seule à une table où était posé un œillet blanc. Elle ne ressemblait pas du tout à ses souvenirs de Judith, mais il savait que l'apparence des gens pouvait changer avec les années. En s'approchant d'elle, il jugea l'attitude de cette femme assez hautaine. Il sourit d'autant plus : il avait toujours trouvé le côté hautain de Judith très séduisant.

– Bonjour, Judith ! dit-il.

Elle leva les yeux vers lui, étonnée, mais loin de l'être autant que lui. Il comprit l'énorme erreur qu'il venait de commettre. Cette femme assise devant lui ne pouvait en aucun cas être Judith. Même adolescente, Judith n'avait jamais eu ces pommettes hautes et distinguées, et le regard de cette femme jetait des éclairs bleu de cobalt. Judith n'avait pas les yeux bleus.

– Oh ! dit-il, décontenancé. Vous n'êtes pas Judith.

– Qu'est-ce qui vous fait croire que je pourrais m'appeler Judith ?

– L'œillet blanc, se justifia-t-il en indiquant la fleur posée sur la table.

– Ah, ça ? répondit la femme, encore plus étonnée. Cette fleur appartient à ma belle-fille, elle était encore là il y a quelques instants. Elle est aux toilettes.

– Comme c'est étrange ! dit l'homme, qui regarda de nouveau autour de lui. Sur aucune autre table n'était posé d'œillet blanc.

– Désolé, j'aurais dû commencer par me présenter, ajouta-t-il. Je m'appelle Matthew Cartwright, et s'il est 10 heures du matin précises, je suis censé retrouver ici une vieille amie.

Il consulta l'heure à sa montre.

La femme remarqua que Matthew portait une Rolex en or. Elle jaugea également l'élégance de sa vêture et le trouva bel homme.

– Je m'appelle Marian, se présenta-t-elle avec son plus beau sourire. Asseyez-vous, je vous en prie ! Nous essaierons de comprendre ce qui s'est passé. Je me demande bien ce que fabrique ma belle-fille.

Matthew ne se rendait pas compte que Marian, qui balayait la salle du regard, espérait au contraire que Becks revienne le plus tard possible.

La conversation s'installa entre Marian et Matthew. Celui-ci découvrit, non sans un certain plaisir, que Marian s'intéressait à tout ce qu'il disait.

À l'extérieur du café, Becks et ses deux amies observaient la salle à travers le vitrage de la porte.

– Elle y va carrément ! nota Becks.

– Elle appelle le serveur, ajouta Suzie.

– Je ne l'ai jamais vue si charmante. Oh, mon Dieu ! Je ne peux pas regarder ça, elle plaisante avec le serveur !

Becks fit un pas en arrière et se frotta les mains pour les réchauffer. C'était une jolie journée de printemps ensoleillée, mais le fond de l'air était encore frais.

Suzie et Judith s'éloignèrent avec elle. Elles passèrent devant la Jaguar deux-places de Matthew.

– Tu es certaine d'avoir fait le bon choix ? demanda Suzie. En l'écartant de ta vie ?

Judith sourit.

– Tout à fait certaine. Et maintenant, si nous retournions chez moi prendre une bonne tasse de thé avec quelques biscuits ?

– Excellente idée ! dit Becks.

– Mais nous devrons acheter des biscuits en route, rappela Suzie. Nous avons fini le dernier paquet l'autre jour.

– Pas d'inquiétude, assura Judith d'un ton guilleret, je suis certaine que Becks en a caché quelque part chez moi.

– Une boîte de Fox's Chocolate Originals sous ton fauteuil à oreilles, confirma Becks.

– Qu'est-ce que je disais ? dit Judith.

Alors qu'elles traversaient Marlow, Judith se sentit presque submergée par une onde de satisfaction. Elle savait que les moments où l'on peut se dire pleinement heureux sont rarissimes, mais c'était ce qu'elle ressentait à cet instant précis : un bonheur authentique.

– Il faut que je vous remercie, toutes les deux, particulièrement Suzie. Je me sens tellement mieux aujourd'hui. Plus légère.

– Depuis l'incendie, tu veux dire ?

– Depuis l'incendie, confirma-t-elle. Il y a longtemps que j'aurais dû me débarrasser de ce fardeau.

– Nous n'avons jamais cessé de te le répéter ! dit Becks.

– Oui, mais je peux être un peu obstinée, parfois.

Suzie et Becks échangèrent un sourire. Obstinée, par principe, Judith l'était, et elles le savaient bien. Comme elles savaient aussi que Suzie serait toujours à la recherche d'une nouvelle combine pour passer le temps, et que Becks ressentirait toujours le besoin de s'excuser pour chacun de ses actes. Aucune des trois amies ne changerait jamais, et cela leur convenait parfaitement. C'était leur nature.

Remerciements

Alors que j'écris ces lignes, en juillet 2023, il se passe à Marlow quelque chose de merveilleux et d'admirable : la première saison de l'adaptation télévisée des *Dames de Marlow* est en cours de tournage ! Et comme j'habite Marlow avec ma famille depuis dix ans, c'est l'occasion pour moi de remercier tous les citoyens de cette ville qui, durant ces dix années, nous ont accueillis avec tant de chaleur et d'amitié. En particulier Fred, notre facteur. Fred est une légende locale. La gentillesse qu'il prodigue à tous ceux qui croisent son chemin est un parfait exemple du charme de Marlow, une des villes les plus agréables à vivre de tout le Royaume-Uni.

Je dois avouer que j'éprouvais d'abord une certaine appréhension : comment les Marloviens allaient-ils accepter la présence d'une équipe de télévision, toujours dans leurs pattes et bloquant parfois les rues ? J'avais tort de m'inquiéter. Tous les citoyens ont soutenu l'équipe et ont très bien accueilli ce tournage, et j'espère sincèrement que cette série dépeindra une ville de Marlow aussi merveilleuse qu'elle l'est dans la réalité. (J'en profite, au passage, pour leur présenter des excuses : il n'y a pas autant d'assassins dans ma ville que mes écrits ne le suggèrent. Quiconque connaît bien Marlow sait qu'il n'y a pas un meurtrier derrière chaque porte. Enfin, qu'il n'y a pas de meurtrier derrière la plupart des portes.)

Alors merci, Marlow ! Et merci à toute l'équipe de Monumental TV, qui m'a aidé à adapter le roman sous forme de série. Ce fut un bonheur de travailler au côté de Deb Hayward, Alison Carpenter, Lucy Rawlinson, Katharine Rosser, Tamara Campos, Jane Wallbank, Steve Barron – tous les acteurs et toute l'équipe technique. J'ai hâte de voir le public découvrir avec quel talent Judith, Suzie et Becks ont été incarnées à l'écran. (Les observateurs attentifs s'amuseront aussi à relever quelques petites modifications que nous avons apportées au texte d'origine afin de l'adapter à la version filmée. Par exemple, je me souviens qu'au cours d'une des premières réunions de scénarisation, on m'a demandé : « Et donc, où l'assassin a-t-il pu se procurer un pistolet allemand Luger ? » et que tout ce que j'ai pu répondre était : « Euh… » Voilà donc un petit problème que nous avons résolu pour la version télévisuelle.)

Enfin, et comme toujours, mes plus beaux remerciements vont à ma merveilleuse épouse, Katie ; à nos deux enfants, Charlie et James ; et enfin à ma mère, Penny, à qui je dédie ce livre avec amour.

Solutions des mots croisés

	1	2	3	4	5	6	7	8	9	10	11	12	13	14	15
A	M	A	R	C	U	S	■	D	E	C	A	S	T	R	O
B	A	M	E	R	■	A	C	O	N	I	T	■	O	I	S
C	R	O	I	■	B	I	O	T	■	T	H	E	N	■	I
D	L	U	N	D	I	■	U	E	L	E	■	P	I	E	D
E	O	R	■	U	B	E	R	■	A	R	T	I	C	L	E
F	W	E	S	S	E	L	■	C	D	■	I	A	■	A	S
G	■	U	T	■	L	U	S	H	I	N	G	T	O	N	■
H	T	S	A	V	O	■	A	I	E	U	L	■	P	S	T
I	H	E	R	I	T	A	G	E	S	■	O	D	E	■	H
J	E	■	L	T	■	V	A	N	■	A	N	E	R	I	E
K	■	F	I	E	R	E	■	S	A	M	■	B	A	R	S
L	P	R	N	■	E	U	E	■	S	N	O	B	■	I	E
M	A	I	G	R	I	■	P	R	A	I	R	I	E	S	■
N	R	G	■	E	N	V	I	E	■	O	B	E	R	E	S
O	C	O	U	D	E	S	■	M	I	S	E	■	S	E	T

p. 102

	1	2	3	4	5	6	7	8	9	10	11	12	13	14	15
A	A	L	E	C	M	I	L	L	E	R	■	S	K	A	I
B	M	U	■	I	A	N	M	A	L	O	N	E	Y	■	D
C	P	E	R	M	I	S	■	P	A	U	L	■	O	V	E
D	O	S	E	E	■	O	P	I	N	A	■	I	T	E	M
E	U	■	E	T	A	L	O	N	■	G	O	D	O	T	■
F	L	A	■	I	R	E	S	■	F	E	R	A	■	U	N
G	E	R	S	E	S	■	A	I	R	■	T	H	E	■	E
H	R	E	C	R	I	M	I	N	A	T	I	O	N	S	■
I	O	■	O	E	T	A	■	D	I	R	E	■	T	U	A
J	U	F	O	■	E	G	L	I	S	E	■	S	I	C	K
K	G	A	T	E	S	■	O	C	■	M	O	I	E	R	A
L	E	T	E	L	■	R	I	■	C	A	M	E	R	A	■
M	■	I	R	E	N	E	■	O	R	■	I	D	E	■	G
N	A	M	■	V	I	C	A	R	I	A	T	■	T	R	I
O	D	A	V	E	B	U	T	L	E	R	■	P	E	A	T

p. 210

	1	2	3	4	5	6	7	8	9	10	11	12	13	14	15
A	A	N	T	H	R	O	P	O	C	E	N	E	■	E	C
B	L	I	E	U	■	R	O	C	■	G	I	R	A	F	E
C	I	E	■	N	E	E	M	■	S	E	P	A	R	E	R
D	S	E	P	T	S	E	P	T	S	E	P	T	■	S	V
E	O	S	A	■	A	S	I	E	■	N	E	O	N	■	E
F	N	■	P	E	U	■	E	P	I	N	E	■	E	T	A
G	■	P	E	P	■	U	R	A	N	E	■	P	N	E	U
H	M	U	R	I	N	S	■	L	E	S	T	E	E	S	■
I	I	R	A	■	O	A	T	E	S	■	E	S	■	T	U
J	L	O	S	A	N	G	E	■	P	E	N	T	E	■	N
K	L	■	S	G	■	E	M	M	E	R	D	E	U	R	■
L	I	D	E	A	L	■	O	U	R	S	■	R	E	I	N
M	O	R	■	C	O	M	I	T	E	■	M	A	■	V	O
N	N	A	G	E	■	A	N	E	■	D	U	■	S	A	C
O	S	P	I	■	I	N	S	E	P	A	R	A	B	L	E

p. 356

Note de la traductrice

Marlow et la Thames Valley

Le lecteur français connaît généralement la Tamise en aval de Londres. Charles Dickens, dans *De grandes espérances* (1861), a évoqué l'atmosphère brumeuse de son estuaire et de ses marais littoraux. Il est plus rare que la littérature anglaise évoque la Tamise en amont de la capitale, comme le font les livres de Robert Thorogood. En cela, *Les Dames de Marlow enquêtent* offre autant une intrigue policière qu'une découverte de la Thames Valley, que l'auteur décrit avec minutie et tendresse. D'Oxford à Londres, le fleuve y suit un parcours tout en méandres et le rythme de la vie quotidienne : baignades, aviron, compétitions, régates. Cette région synthétise le mode de vie anglais, son confort et son ambiance paisible. Sauf quand quelque meurtre mystérieux vient troubler sa quiétude…

Sophie Brissaud

Restons en contact

La newsletter des Éditions de La Martinière,
un rendez-vous mensuel incontournable !
Chaque mois, recevez une lettre d'information inédite
par e-mail, avec toujours plus d'idées lecture,
des activités culturelles, des jeux-concours,
des contenus exclusifs.
Ne manquez rien de toutes nos actualités.
Je m'inscris :

Téléchargez et imprimez les grilles de mots croisés du livre
en scannant le QR code ci-dessous :

Retrouvez le meilleur du cosy mystery
aux Éditions de La Martinière littérature

Les Dames de Marlow enquêtent :
la série à succès de Robert Thorogood, auteur
et scénariste de la série TV *Meurtres au paradis*
(France 2). Meilleure vente du genre en 2021 derrière
la série phénomène *Agatha Raisin enquête.*

3 volumes

Au nord-ouest de Londres, dans la petite ville de Marlow, les cadavres pleuvent aussi vite que les invitations à prendre le thé. Heureusement, Judith Potts n'est pas (du tout) une vieille dame comme les autres. Libre et excentrique, elle fait fi de toutes les conventions et entraîne ses amies dans des situations plus dangereuses et irrésistibles les unes que les autres. Vous reprendrez bien un nuage de crime avec votre thé ?

Deux autres séries de cosy mystery sont à retrouver aux Éditions de La Martinière Littérature !

AU SERVICE SECRET de MARIE ANTOINETTE

9 volumes

Imaginez Marie-Antoinette, la plus glamour des reines françaises, en enquêtrice malgré elle. Morts suspectes et loufoquerie dans les allées de Versailles – des comédies policières joyeusement érudites et remarquablement divertissantes.

BIENVENUE À L'HÔTEL SAVOY

Est-il un rêve plus doux et plus luxueux qu'un séjour au Savoy, le mythique hôtel de Londres ? Excepté peut-être pour Priscilla Tempest, l'extravagante attachée de presse de l'hôtel, qui semble semer les meurtres partout sur son passage…

2 volumes

BIENVENUE À L'HÔTEL SAVOY

Vol. 2

Venez séjourner, le temps de quelques coupes de champagne et de crimes so british, à l'hôtel le plus célèbre du monde…
Une comédie policière irrésistiblement anglaise !

Quand Miss Kane, une jeune danseuse du cabaret de l'hôtel, est retrouvée morte, étranglée dans les loges à la fin d'une représentation, un nouveau scandale menace l'établissement. Qui a pu commettre un tel crime ? L'assassin n'est peut-être pas qui l'on croit entre le producteur américain, l'actrice la plus en vogue du moment et les frères Kray, des gangsters notoires.

Soumise au chantage d'un détective de Scotland Yard et traquée par les médias, Priscilla Tempest va devoir redoubler d'ingéniosité pour démasquer le véritable tueur.

UN LIVRE A
LE MÊME PRIX
PARTOUT

En France, un livre a le même prix partout. C'est le « prix unique du livre » instauré par la loi de 1981 pour protéger le livre et la lecture.
L'éditeur fixe librement ce prix et l'imprime sur le livre. Tous les commerçants sont obligés de le respecter.
Que vous achetiez votre livre en librairie, dans une grande surface ou en ligne, vous le payez donc au même prix.
Avec une carte de fidélité, vous pouvez bénéficier d'une réduction allant jusqu'à 5 % applicable uniquement en magasin (les commandes en ligne expédiées à domicile en sont exclues). Si vous payez moins cher, c'est que le livre est d'occasion.

La Martinière littérature s'engage à imprimer ses livres en France pour réduire la production de CO_2 ; à imprimer sur du papier PEFC qui garantit une gestion durable des forêts ; à ne faire appel qu'à des imprimeurs appliquant la charte Imprim'vert. La certification Imprim'vert impose la collecte et l'élimination des déchets en conformité avec la réglementation, un suivi régulier des consommations d'énergie et interdit l'utilisation de produits toxiques.

RÉALISATION : NORD COMPO À VILLENEUVE-D'ASCQ
IMPRESSION : NORMANDIE ROTO IMPRESSION S.A.S. À LONRAI
DÉPÔT LÉGAL : OCTOBRE 2023. N° 153212 (2302925)
IMPRIMÉ EN FRANCE